Sonnenfinsternis

Roman
nach dem deutschen
Originalmanuskript

日蝕

Arthur Koestler
アーサー・ケストラー

岩崎克己 訳

三修社

日蝕

もくじ

「僭主の権力を奪取しながらブルトゥスを殺さなかったり、共和政を樹立しながらブルトゥスの息子たちを殺さなかったりすれば、その政体は長続きしない。」

ニコロ・ディ・ベルナルド・マキャベリ(1)
『ディスコルシ』 第三巻、第三章

「ああ、ああ、思いやりの心が少しでも無ければ、人はまったく生きてはいけない。」

ドストエフスキー 『罪と罰』(2)

この小説の登場人物は架空のものだが、かれらの行動原理を規定した歴史的状況は現実のものである。N・S・ルバショウという男の人生は、いわゆるモスクワ裁判の犠牲者となった何人かの男たちの人生から作られた。かれらの幾人かは著者の個人的知り合いであった。本書を今は亡きかれらに献げる。

パリ　一九四〇年三月

最初の審問

「支配者にはつねに罪がある。」

サン＝ジュスト(3)

1

独房の扉は背後でガチャンと閉じた。

ルバショウはしばらく扉にもたれ、その後、煙草に火を点けた。右手の寝台には比較的きれいな毛布が二枚あり、わら布団も詰め替えたばかりのように見えた。左手の洗面台には栓がなかったが、蛇口の水は出た。その横のトイレ用バケツは消毒したばかりで、臭わなかった。壁は両側とも煉瓦づくりで、叩いても響かなかったが、暖房用パイプと排水管の壁穴は周りを石膏で固めてあり、ある程度は響いた。そのうえ暖房用パイプ自体も音を伝えるようであった。窓は顔の高さにあり、鉄格子をつかんで体を引き上げなくても中庭を見下ろすことができた。ここまでは、すべて問題なかった。

ルバショウはあくびし上着を脱ぐと、それを丸めて枕がわりにわら布団の上に置いた。中庭を見下ろすと、雪は月明かりと電灯で二重に照らされ、黄色っぽく輝いていた。壁に沿ってぐるりと雪をかき分け、散歩用の細い通路が作られていた。夜明けまでにはまだ間があり、電灯は点いていたが、星は厳寒の中でくっきりと見えた。独房の向かいにある外壁横のスロープ状の通路を、小銃を肩にかけたひとりの衛兵が百歩ごとに巡回していた。衛兵はまるで軍事パレードのように、一歩ごとに足を踏み鳴らした。そうやって歩くのが規則なのか、寒いからなのか、ルバショウには判断しかねた。ときどき、衛兵の銃剣の柄に黄色い電灯の光が反射して光った。

ルバショウは窓辺に立ったまま靴を脱いだ。煙草を消し、吸いさしを寝台の足側の端に並べて置くと、わら布団の上に数分間座っていた。もう一度窓辺に戻った。中庭は静かで、衛兵はちょうど回れ右をした。

機関銃座のある監視塔の上には天の川が少し見えた。ルバショウは寝台の上に横たわって体を伸ばすと、上の毛布にくるまった。朝の五時だった。ここでは、冬はおそらく七時前に起きる必要はなかろう。眠くてたまらず、最初の取り調べも三、四日の内に行われることはまずあるまいと思った。鼻眼鏡(4)をはずすと、それを石タイルの床の煙草の横に並べ、にやりとして目を閉じた。毛布の包み込むような暖かさが安堵感をもたらした。夢にうなされる心配がないのはこの数か月来はじめてだった。

数分後、看守が外から電灯を消し覗き穴から房内をうかがったとき、先の人民委員(5)ルバショウは、壁に背を向け、伸ばした左腕に頭をのせて眠っていた。寝台から突き出た腕は硬直し、その端の手首だけがだらんと垂れ下がり、眠りながらピクピク痙攣していた。

2

さかのぼること一時間前、逮捕にやってきた内務人民委員部(6)の二人の職員が玄関のドアをバンバン叩いていたとき、ルバショウはちょうど自分が逮捕される夢を見ていた。

ノックの音がだんだん大きくなり、ルバショウは目を覚まそうと努力した。はじめて逮捕されたときの夢をここ数年また繰り返し見るようになったが、それは時計仕掛けのような正確さで進行した。そのため、ルバショウは悪夢からむりやり目覚める技《わざ》に習熟していた。いわば自分自身の髪の毛をつかんで夢から引っ張り上げるとでもいうように、強く意志を集中することでこの時計仕掛けをうまく止められるときもあった。しかし今回は失敗だった。ここ数週間にたまった疲労のせいだった。ルバショウは眠りながら汗をかき、息苦しさに喘いだ。時計仕掛けはカチカチと音を立て、夢は続いた。

夢の中では、いつものように、部屋のドアがバンバンと叩かれ、外には逮捕に来た三人の男が立っていた。ルバショウには、かれらが外に立ってドアの木枠部分を叩くようすが、そのドア自体を透かして見えた。かれらは独裁国家ドイツ親衛隊の真新しいお似合いの軍服を着ており、帽子と袖口にはそのシンボルである威嚇的な鈎十字が付いていた。叩いていない方の手には馬鹿でかいピストルを持ち、ガンベルトや腰のベルトからは真新しい革の匂いがした。気がつくと、かれらは部屋の中のベッドの前に来ていた。二人は背の高い田舎出の若者で、分厚い唇とうつろな目をしていた。三人目は小柄で太り気味だった。かれらはベッドの前に立ち、ピストルを構えて、ルバショウにハァーッと息を吹きかけた。とても静かで、小柄の太っちょだけが喘息患者のように喘いだ。そのとき、上の階で誰かがトイレを流し、水がシャーッと一様な音を立て壁の中の配管を流れ落ちた。

時計仕掛けの音は小さくなっていった。しかし、玄関のドアを叩く音は大きくなった。ルバショウを逮捕に来た外の男二人は、ドアを交互にバンバン叩いては、かじかんだ手を息で温めた。このあと、夢の中のとりわけつらいシーンが来るとわかっていたが、ルバショウは目を覚ますことができなかった。例の三人は今なおベッドの前におり、ルバショウはナイトガウンを着ようと試みる。しかし、片袖が裏返っていて腕を通すことができない。なんとかしようと努力するがうまくいかず、とうとう麻痺したみたいに体がしびれ出す。袖に腕を通し、さっさと準備することにすべてがかかっているのに、体が動かない。この苦痛を伴う硬直状態は数秒間続く。その間、ルバショウはうめき、こめかみに冷や汗を感じ、ドアのバンバンという音は遠くから響く太鼓の連打のように眠りに押し入ってくる。ナイトガウンの袖に腕を通そうとする必死の努力で興奮し、枕の下で腕はピクピク動く。そのとき、ついにピストルの握りで耳横を激しく叩きつける最初の一撃がルバショウを襲い、この苦境から救う。

ルバショウの難聴の原因ともなったこの最初の一撃の記憶は、何百回と繰り返し夢の中で新たに体験されることでおなじみのものとなっていた。ルバショウは、いつもこの記憶とともに目を覚ました。しかし、その後もふつうは震えが止まらず、枕の下に挟まれた手はナイトガウンの袖口を求めて痙攣し続けた。というのも、すっかり目覚めてしまう前に、たいていは、最後の最も嫌な行程がまだ残っていたからだ。それは、クラクラする底の見えない不確かな感覚だった。この目覚めの解放感の方がむしろ夢で、実際には、今なお暗い独房の湿った石タイルの床に横たわり、足もとにはトイレ用のバケツが、頭の横には食べ残したパンくずと水差しがあるような気がした。

このぼうっとした状態はこのときもしばらく続き、手探りする手が触れているのがバケツなのか、ベッド脇のスタンドなのかわからなかった。すると、ライトが点き、曖昧さは消えていった。ルバショウは何回か深呼吸し、シーツで額とはげ始めた後頭部の汗を拭った。横たわったまま身動きせず、両手を胸の上に合わせ、回復期の患者のように自由と安心がもたらす幸福感を味わった。同時に、また戻ってきた皮肉な眼差しで、党の指導者であるナンバー・ワン[7]の油性プリントの肖像画を見上げ、まばたきした。それはルバショウの部屋のベッドの上に掛かっていた。またこの部屋の上下左右のすべての部屋の壁に、さらには、この建物の、この町の、そして限りなく広いこの国のあらゆる壁にも掛かっていた。この国のためにルバショウは戦い、そして苦しんだが、今やふたたびその巨大で包み込むような膝の上に抱き抱えられていた。ようやくルバショウは、完全に目を覚ました。しかし、ドアをバンバン叩く音はまだ続いていた。

3

ルバショウを逮捕にやってきた二人の男たちは、部屋の外の暗い踊り場で何やら相談していた。かれらを上に案内してきた管理人のヴァスィリーは、開いたままのエレベーターの戸口で不安に喘いだ。ヴァスィリーは痩せた老人で、寝間着の上に羽織った兵隊用コートのすり切れた襟口から、幅のある赤い傷痕がのぞいていた。そのせいで瘰癧《るいれき》患者[8]のように見えた。その傷は、ヴァスィリーがルバショウの指揮するパルチザン連隊で戦い抜いた内戦[9]中に、首に銃撃を受けた際にできたものだった。内戦が終わるとルバショウは外国勤務を命じられ、ヴァスィリーは娘が毎晩読んでくれる新聞記事を通して、ときおりルバショウの近況を知るだけになった。ヴァスィリーは、ルバショウが大会で行った演説を娘に読んでもらった。それらは長くてさっぱりわからず、そこから、あの小柄でひげづらのパルチザン司令官ルバショウの声色を聞き取ろうとしても、けっしてうまくいかなかった。司令官はあのカザンの聖母[10]様さえ思わず笑ってしまうほど悪態が上手だった。ヴァスィリーはたいてい演説の途中で寝入ってしまったが、娘が結びのスローガンと拍手の箇所に至り、厳かに声を上げると、いつもまた目を覚ますのだった。インターナショナル万歳、世界革命万歳、ナンバー・ワン万歳というこの厳かなスローガンの一つ一つに、ヴァスィリーは心を込めてアーメンを、ただし娘に聞かれないよう小声で付け加えた。その後、上着を脱ぎ、後ろめたさを感じながら密かに十字を切ってベッドに入った。ヴァスィリーのベッドの上にもナンバー・ワンの肖像画は掛かっていた。しかし、その横にはパルチザン司令官姿のルバショウの写真もあった。もしあの写真が見つかったら、次はわしも引っ張られるかもしれん。

階段の踊り場は寒くて薄暗く、とても静かだった。内務人民委員部から来た二人の職員のうち、若い方は鍵を銃で撃ち抜いて開けようと言い出した。ヴァスィリーはエレベーターのドアに寄りかかっていたが、慌てていたためブーツをきちんと履いていなかった。両手があまりにひどく震え、靴紐をしっかり結ぶことができなかったのだ。年配の方の職員は撃って開けるという提案を却下した。逮捕はできる限り密かに行うよう指示されていた。かれらは凍えた手を息で温めると、また新たにドアを叩き始めた。若い職員はピストルの握りで叩いた。下の階の方で、ひとりの女が甲高い声でわめき始めた。「あの女に黙れと言え」と若い職員はヴァスィリーに言った。「騒ぐな、お役人だぞ」とヴァスィリーは叫んだ。女の声はすぐにやんだ。若い職員は、今度はドアをブーツで蹴り始めた。階段全体に大きな音が鳴り響き、ついにドアが突然開いた。

かれら三人はルバショウのベッドの前に来た。職員はどちらも軍服で、若い方は手にピストルを持ち、年配の方は上司の前にいるように直立不動だった。ヴァスィリーは二人から一歩下がって壁にもたれていた。ルバショウはまだ額と後頭部の汗を拭っている最中だった。近眼の目を細め、寝ぼけ眼《まなこ》でかれらの方を見た。「ニコラス・サルマノヴィッチ・ルバショウだな。法の名においてあなたを逮捕する」と若い職員が言った。ルバショウは枕の下の鼻眼鏡を手探りし、少し身を起こした。鼻眼鏡を掛けると、その目つきは、ヴァスィリーや年配の職員が革命時代の写真や肖像画で見慣れていたのと同じ表情になった。年配の職員はさらに少し背筋を伸ばした。すでに別の指導者の名前を聞いて育った若い職員は、もう一歩ベッドに近づいた。この動きから、この若者が自信のなさを押し隠すため、さっそく何か乱暴なことを言うか、ひどいことをしかねないのがほかの三人には見て取れた。

「銃をしまいなさい、同志。いったいわたしをどうしたいんだね?」とルバショウは若い職員に言った。

「聞いただろ、逮捕されたんだ。つべこべ言わずに服を着ろ」と若い職員は答えた。

「逮捕状はあるかね？」とルバショウは尋ねた。

年配の職員はポケットから書類を取り出し、ルバショウに渡すと、また直立不動の姿勢を取った。

ルバショウはそれを注意深く読み、そして言った。「しょうがない、大事なことは何も書いてない。どうとでもしたまえ。」

「服を着ろ、急げ」と若い職員は言った。もはやわざと乱暴な物言いをしているのではなく、これが生まれつきなのだとわかった。とんだ世代を作ってしまったもんだ、とルバショウは思った。こうした若者たちがいつも笑顔で写っているプロパガンダ用ポスターを思い出し、強い疲労を感じた。「ピストルをおもちゃにするのはやめて、ナイトガウンを取ってくれないかね」とルバショウは言った。若い職員は真っ赤になったが、何も言い返さなかった。年配の職員はルバショウにガウンを渡した。ルバショウはなんとか腕を通し、「少なくとも、今回はうまくいった」と引きつった笑みを浮かべて言った。ほかの三人は何のことかわからず、黙っていた。かれらは、ルバショウがゆっくりとベッドから起き上がり、しわくちゃになった服をかき集めるようすを黙って見ていた。アパートは、あの甲高い女の声が聞こえて以来、また静かになっていたが、かれらには、全住民がベッドの中で目を開け息を潜めているのが感じられた。

そのとき、上の階のどこかで誰かがトイレを流し、配管を水がシャーッと一様に流れ落ちる音が聞こえた。

4

アパートの階下の正面玄関前には、職員たちが乗ってきた車が止まっていた。新しいアメリカ製の車だった。まだ暗く、運転手はヘッドライトを点けていた。この通りの住民はみな眠っているか、眠っているふりをしていた。かれらは、まず若い職員、次にルバショウ、その次に年配の職員の順で乗り込んだ。同じく軍服を着ていた運転手が車を発進させた。その街区を抜けると、すぐに道の舗装はなくなった。かれらはまだ街の中心におり、周りはすべて近代的な外観の九階建てか十階建ての高層建築だった。しかし道路は荷馬車が走る田舎道で、粘土質の土が凍りつき、わだちの跡に粉雪が薄く積もっていた。運転手は徐行していたが、申し分なくバネのきいた車が、まるで牛が引く荷車のようにがたぴし悲鳴を上げた。

若い職員は車内の沈黙に耐えきれず、「もっとスピード出してくれ」と運転手に言った。

運転手は振り向きもせず、ただ肩をすくめた。運転手は、ルバショウが車に乗り込む際、冷たく不機嫌そうな目つきでこちらをじろじろ見た。ルバショウはかつて事故に遭ったことがあったが、迎えにきた救急車のハンドルを握っていた男もまったく同じような目をしていた。ヘッドライトの小刻みに揺れる円錐形の光に先導され、人けのないでこぼこ道を、がたがた揺られながら、のろのろ走るのは耐えがたかった。「あとどれくらいかかるかね」とルバショウは同乗者の方を向かずに尋ねた。危うく「病院の手術室まで」と付け加えそうになった。「まだゆうに三十分はかかります」と年配の職員は答えた。ルバショウはポケットを探って煙草を取り出すと、一本を口にくわえ、そのまま箱を回した。若者は無愛想に断ったが、年配の職員は二本取り出し、うち一本を運転手に渡した。運転手は、帽子に手をやって謝意を示すと、片手でハンドルを握ったまま、みなの煙草に火を点けた。ルバショウは心が少し軽くなった。だが同時に、そのことで自分に腹も立て、「この期に及んでまだ感傷的になるなんて」と思った。それでも、かれらに話しかけ、少しばかり人間的な温もりを周りに生み出したいという誘惑に耐えることができなかった。「良い車がもったいない。かなりの外貨がかかっているのに、我が国の道を走ると半年でおしゃかだ。」

「おっしゃる通りです。我が国の道路事情はまだとても遅れています」と年配の職員は答えた。その口調から、ルバショウは、この職員が自分の憐れな状況を見抜いていることに気づいた。自分が骨を投げてもらった犬のように思え、もうこれ以上何も話すまいと決めた。しかし、若い職員が突然挑むようにして言った。「資本家どもの国では、道路はもっと良いとでも言いたいのか?」

ルバショウは思わず苦笑し、「きみは外国に行ったことがあるのかね?」と尋ねた。

「向こうがどんなふうかは行かなくたってわかる。作り話で騙そうなんて、今さらしなくたっていい」と若い職員は答えた。

「わたしを誰だと思っているのかね?」とルバショウは落ち着き払って尋ねた。しかし、「きみは本当にもう少し党の歴史について勉強した方がいいね」と付け足さずにはいられなかった。

若者は押し黙り、身動きせずじっと前を見続けた。三人はみな一言も発しなかった。運転手は、喘ぐような音を立てるエンジンをすでに三度エンストさせ、悪態をつきながらまた始動させていた。かれらは郊外の道をがたがた揺られて進んだが、そのあたりの木製のあばら屋の外観に変化はなかった。その屈んだようなシルエットの上には、蒼白く寒々とした月がかかっていた。

5

新築の豪華な監獄の回廊にはどこも電灯が点いていた。その明かりは、鉄製の通路や、漆喰で殺風景に塗られた壁や、名札と黒い覗き穴の付いた独房の扉を青白く照らした。ルバショウは、これまでの体験を通じ、この反射のないくすんだ光や石タイルの床を歩く甲高い足音の響きには慣れていた。それで、しばらくの間またその夢を見ているような幻想にふけった。本当にそう信じていると自分に言い聞かせたかった。「もしこれはただの夢だと確信できれば、本当にただの夢になるかもしれない」と思った。あまりに激しくそう願ったので、ほとんど目まいがしだした。その直後、喉を締めつけるような羞恥心が湧き起こった。「たとえ最後の一口で窒息するはめになっても、この杯は雄々しく全部飲み干してやる」と思い直した。気がつくと、かれらはもう四〇四号房に着いていた。覗き穴の上には、ニコラス・サルマノヴィッチ・ルバショウという自分の名を記した名札が掛かっていた。「やつらはすべてちゃんと準備していたんだ」とルバショウは思った。名札の上に自分の名前を見ると、ひどく心が動いた。リウマチの持病があるので追加の毛布が欲しいと看守に要求するつもりでいたが、そのときには、すでに独房の扉は背後でガチャンと閉じていた。

6

看守は、覗き穴を通し、定期的にルバショウの房内をうかがった。しかし、ルバショウはまだ寝台に横たわったままだった。ただ手首だけが、眠りながらときどき痙攣していた。寝台の横の石タイルの床には、鼻眼鏡と吸いさしの煙草が置かれていた。

収監から二時間経った朝七時に、ルバショウは起床ラッパで目を覚ました。この二時間、夢も見ずに眠り続けたが、すぐに我に返った。ラッパはもの悲しい同じメロディーで三度鳴り響いた。その音は長い残響を残しながら消えていき、あとには、敵意に満ちた静寂が残った。

まだ完全に明るくなってはいなかった。ブリキのバケツと洗面台の輪郭は、薄明かりでまだぼんやりしていた。窓の格子は、薄汚れたガラスの前で黒い影絵模様を描いていた。左上のガラスの割れた箇所には新聞紙が貼り付けてあった。ルバショウは上体を起こし、寝台の足側の床に置いた鼻眼鏡と吸いさしの煙草に手を伸ばし、ふたたび横になった。鼻眼鏡を掛け、煙草に火を点けた。静寂は続いた。この漆喰塗りのミツバチの巣のような建物内で、囚人たちは今おそらく同時に寝台から起き上がり、悪態をつきながら、石タイルの床をおぼつかない足取りで歩いていることだろう。だが隔離房では何も聞こえない。ただ、ときどき、遠ざかりながら消えていく廊下の足音が聞こえるだけだ。ルバショウには、自分が隔離房にいることも、銃殺されるまでここに居続けねばならないこともわかっていた。指で短いとがったあごひげをなで、煙草を吸いながら、静かに寝そべっていた。

「やはりおまえは銃殺だろう」とルバショウは思った。毛布の反対側から垂直に突き出ている足の親指が動くのを、まばたきしながらじっと見ていた。暖かく、守られている気がして、とても眠かった。もしこの暖かい毛布の中で寝かせてくれさえすれば、この場で眠りながら死ぬことになっても文句はなかった。「やはりおれたちは銃殺だろう」と自分に言い聞かせた。靴下の中で足指をゆっくり動かした。そのとき、キリストの足を茨の茂みの中の白いノロジカにたとえたある詩[11]を思い出した。ルバショウは鼻眼鏡を袖口で拭いた。それは、ルバショウの支持者たちにはよく知られているおなじみの仕草だった。暖かい毛布にくるまれ、ほとんど申し分ないほど幸福で、これから起きて動かなければならないということだけを恐れた。「やはりおれたちは抹殺されるだろう。」半ば口に出して言うと、もう三本しか残っていないのに、新たな煙草に火を点けた。空腹時に吸う最初の煙草はときどき軽い酔いに似た症状を引き起こした。いずれにせよすでに少し酔っているようだった。ルバショウは、以前、死に直面した際の体験から、この精神状態をよく知っていた。またこの状態は恥ずべきことであり、ある種の見地からすると許されざるものであることもわかっていた。しかし、目下、そうした見地に立とうという気にはなれなかった。その代わりに、靴下をはいた足指のおかしな動きを観察し、鼻眼鏡の奥で笑った。いつもは好きになれなかった自分の体に対する優しい同情心が波のように周りで揺れ、この体の消滅が直前に迫っていると思うと甘美な自己憐憫の情がルバショウをうっとりさせた。「古参党員は死んだ。おれたちがその最後だ[12]。おれたちは抹殺されるだろう。来たれ、甘き死よ。」ルバショウは、そうつぶやき、「来たれ、甘き死よ」のメロディーを思い出そうとした。しかし、思い浮かんだのはその歌詞だけだった。「古参党員は死んだ」と繰り返し、かれらの顔を思い出そうとした。思い出せたのは、ほんの数人だった。反逆者として処刑されたインターナショナル[13]初代議長については、少し丸くなったお腹の上の格子縞のベストの切れ端しか思い浮かばなかった。あいつはけっしてサスペンダーは使わず、いつも革のベルトを締めていた。同じように処刑された革命国家の初代大統領は、危険が迫るとよく爪を噛んでいた。「歴史はきみたちの名誉を回復してくれるだろう」と特に何の確信もなく思った。歴史は誰が爪を噛んでいようが、そんなこと知ったことじゃない。ルバショウは煙草を吸い、死者を思った。また、その死に先立ってかれらが受けた屈辱を思った。にもかかわらず、今なおナンバー・ワンを憎むことができなかった。ルバショウはベッドの上のナンバー・ワンの肖像画を見つめ、憎もうと何度も試みたことがあった。かれらは、仲間内でナンバー・ワンにさまざまな名前を付けたが、けっきょくナンバー・ワンが残った。ナンバー・ワンが発する恐ろしさは、ひょっとしたらナンバー・ワンの方が正しいかもしれないという点にあった。ナンバー・ワンに殺されたすべての者が、後頭部に銃弾を撃ち込まれる段になってもなお、ひょっとしたらナンバー・ワンの方が正しかったかもしれないと言わざるを得なかったのだ。誰も自分の方が正しいという確信があったわけではなかった。ただ、かれらが歴史と呼んだ、人を小馬鹿にしたような神託を引き合いに出すことができただけだった。だが、その神託が下されるのは、尋ねた者のあご骨がとっくの昔に塵となって消え失せたあとだった。来たれ、甘き死よ。

ルバショウは覗き穴から見られているような気がした。振り向かなくても、穴に押しつけられた瞳が房内を注視しているのがわかった。その直後、実際に、重々しい扉の鍵がきしむ音がした。扉が開くまで少し時間がかかった。スリッパを履いた小柄な老看守が、戸口に立ったまま尋ねた。

「どうして起きないいんだね？」

「体調が悪いんだ。」

「どこが悪いんだね？　朝にならないと医者へはつれて行けないよ。」

「歯が痛くて。」

「そうかい、歯が痛むのかい。」看守はそう言うと、足を引きずって出て行き、扉をバタンと閉じた。

少なくともこれでゆっくり寝そべっていられる、とルバショウは思った。しかし、もううれしいとは思えなかった。毛布の生ぬるい温かさが嫌になり、それをはねのけた。ふたたび足指の観察を始めてみたが、退屈なだけだった。靴下は両足とも親指のところに一つずつ穴が開いていた。それを繕いたいと思ったが、扉を叩きあの看守に針と糸を要求することを考えると、その気が失せた。どちらにせよ、針はおそらく断られるだろう。突然新聞を読みたいという激しい欲求が起こった。それはあまりに強く、ルバショウには、印刷用インクの匂いがし、ページをめくるガサガサいう紙の音が聞こえるような気がした。ひょっとしたら昨夜革命が一つ勃発し、国家元首がひとり暗殺されたかもしれない。あるアメリカ人が重力を相殺する方法を発見したかもしれない。ルバショウ逮捕の記事は載っているはずがなかった。国内では、少しの間それを秘密にしておくだろう。国外では、まもなくこの大事件が漏れ出し、資料室から引っ張り出された十年前の写真が印刷され、ルバショウとナンバー・ワンに関するお話にもならないようなナンセンスが書かれるだろう。新聞に対して先ほど感じた欲求はもう消えてしまった。しかし、今度は、ナンバー・ワンの頭の中が今どうなっているのかを知りたいという同じくらい激しい欲求に襲われた。ルバショウは、ナンバー・ワンがデスクに座って肘をつき、重苦しく不愉快な声で、ゆっくりと何かを口述筆記させているようすを思い浮かべた。他の者は、口述筆記の際、部屋を行き来したり、煙草の煙を輪にして吹き出したり、定規をもてあそんだりした。ナンバー・ワンは身動きせず、何ももてあそばず、煙の輪も作らなかった。突然、ルバショウは、自分が五分前からずっと房内を行ったり来たりしているのに気づいた。無意識のうちに寝台から起き上がっていたのだ。床の石タイルの角はけっして踏まないという昔からの習慣にも、ふたたび捕らわれていた。それで、石タイルの模様をすでにすっかり覚えていた。しかし、ルバショウの思考は一瞬たりともナンバー・ワンから離れなかった。そのうち、ナンバー・ワンの姿は、仕事机に座って身動きせずに口述筆記させているものから、徐々にその肖像画へと変わっていった。それは、この国のあらゆるベッドとタンスの上に掛かり、その凍りついた目で人々を昼夜絶え間なく見つめるおなじみの肖像画だった。

ルバショウは房内を行ったり来たりした。扉から窓まで行き、また戻る。寝台と、洗面台やトイレ用バケツとの間を六歩半進み、六歩半戻る。扉のところで回れ右をし、窓のところで回れ左をする。これは、昔ながらの独房での習慣だった。もし回転方向を変えないと、すぐに目が回る。ナンバー・ワンの頭の中はどうなっているのだろう？　行ったり来たりしながら、その脳の横断面図を思い浮かべた。それは灰色の水彩絵の具で一枚の紙にきれいに描かれ、製図板に画鋲でピンと張られていた。そのうねった灰色の物質は腸のように膨れ、筋肉質の蛇のようにお互いに絡み合い、天文図の渦巻き星雲のように輪郭が曖昧になりぼやけていった。この膨張する灰色の膨らみの中で何が起こっているのだろう？　かなたの渦巻き星雲についてなら何でもわかっているのに、これについては何も知られていない。おそらくそれは、歴史というものが、科学よりは神託に似ていることと関係するのだろう。ひょっとしたら、将来いつか、それもいつかずっとあとに、こんな解剖図も参考にしながら、こんなふうに描かれた経済統計の表に基づいて歴史を教える日が来るだろう。教師は、ある特定の時期の特定の国の一般大衆の生活諸条件を代数式にして黒板に書くだろう。「ほら、みなさん、この歴史的過程を条件づけた客観的な要因を御覧ください。」そして、指示棒でナンバー・ワンの第二および第三後頭葉の間の星雲状の灰白質を示すだろう。「ほら、ここに、その諸要因の主観的な反映が見られます。これこそが、二十世紀の第二四半期のヨーロッパにおいて権力原理の勝利をもたらしたのです。」その日が来るまでは、政治は血塗られた素人芸や、ただの迷信や黒魔術であり続けるだろう。

歩調を合わせて廊下を近づいてくる何人かの男たちの足音が聞こえた。これから拷問が始まると真っ先に思った。ルバショウは歩くのをその場で中断し、あごを突き出し、耳を傾けた。足音はある独房の前で止まり、何かを命令する声がかすかに響いた。鍵束がガチャガチャ音を立て、それから静かになった。

ルバショウは寝台とトイレ用バケツの間で体をこわばらせて立ち、最初の悲鳴が聞こえてくるのを、息を殺して待った。ルバショウの記憶では、恐怖が肉体的な苦痛を凌駕する最初の悲鳴がたいてい最悪だった。そのあとに来るものは、まだ耐えられ、慣れることができた。そのうえ少し経つと、叫び声の高さやリズムから、その囚人を拷問する方法まで推測することができた。たとえその気質や声がどれだけ異なっていても、たいていの者は拷問の終わりごろには、みな同じ反応になった。悲鳴は弱々しくなり、すすり泣きや嗚咽に変わった。それは、すなわち、拷問が終わったことを意味した。通常はその後まもなく独房の扉がバタンと閉まり、鍵束がふたたびガチャガチャいう。そして、隣の房の囚人が発する最初の悲鳴が、たいていの場合、かれらがその囚人に手を触れなくても、殴打係の衛兵が入り口に姿を見せただけで、もう聞こえてくる。

ルバショウは独房の真ん中で身動きせず、突っ立ったまま最初の悲鳴が聞こえてくるのを待った。鼻眼鏡を袖口で拭きながら、たとえ何が起ころうと今回も悲鳴は上げまいとつぶやいた。その言葉を、まるでロザリオの祈りを唱えるように、一本調子のささやき声で繰り返した。立ったまま耳を澄ました。いまだに悲鳴は聞こえてこなかった。ルバショウが耳にしたのは、監獄の廊下の押し殺されたようなむき出しの沈黙のみだった。その後、かすかなガチャガチャいう音と何かをつぶやくような声が聞こえ、独房の扉が閉まった。歩調を合わせた足音は、隣の房へ移動した。

ルバショウは覗き穴のところへ行き、廊下をうかがった。男たちは、ちょうど斜め向かいの四〇七号房の前で止まっていた。それは朝食配給の隊列で、先頭の老看守に加え、紅茶を入れた桶を引きずる二人の雑役受刑者、薄く切った黒パンの入った籠を抱えたもうひとり、さらにはガンベルトを着けた二人の軍服姿の男たちが見えた。拷問ではなく、朝食を配っていたのだ。四〇七号はちょうどパンを受け取るところだった。ルバショウからは四〇七号が見えなかった。おそらく、規則通りの姿勢で、房内のドアから一歩下がったところにいたのだろう。そのため、ルバショウには、その前腕と両手だけが見えた。腕はむき出しで、ひどく痩せ細っていた。それらは、並行する二本の棒のようにドアの枠から廊下の方に真横に突き出されていた。姿の見えない四〇七号の手のひらは上に向けられ、平たい鉢のように丸められていた。その手はパンを受け取ると両手で握りしめ、ルバショウからは見えない房内へと引っ込んだ。四〇七号房の扉はバタンと閉じた。

ルバショウは覗き穴から離れ、また房内を行ったり来たりし始めた。鼻眼鏡を袖口で拭くのをやめ、それをふたたび掛け、満足気に深呼吸した。口笛を吹き、朝食を待った。ただ、些細な違和感がルバショウを不安にした。あの痩せ細った腕と平たい鉢のように丸められた両手が、はっきりとは説明できない何かを漠然と思い出させた。ずっと昔のことだという以外は、それが何かはわからなかった。ただ、あの突き出された両手の輪郭は、その上に差した影すらもがなじみのもので、それらはまるでメロディーの切れ端やどこかの港の狭い通りの匂いのように記憶の中から漂い出てきた。

7

朝食配給の隊列は、すでに一連の扉を次々と開けては閉めていったが、ルバショウの扉はまだだった。ルバショウは、かれらがいつになったら来るかを見るため、覗き穴のところに戻った。熱い紅茶が待ち遠しかった。桶は湯気を上げており、その表面には薄く切ったレモンが浮かんでいた。ルバショウは鼻眼鏡をはずし、目を覗き穴に押しつけた。視界には、向かいにある四〇一号から四〇七号までの四つの独房が見えた。独房の上には、バルコニーのような狭い鉄製の通路があり、その背後には、二階の独房があった。隊列は、ちょうど右から廊下を戻ってくるところだった。明らかにかれらは、まず奇数番号の列に配り、それから偶数番号に移るようだった。今、かれらは四〇八号房の前にいた。ルバショウには、軍服姿でガンベルトを着けた二人の男の背中しか見えなかった。隊列の残りは、まだ、ルバショウの視界の外にいた。扉がバタンと閉まり、今やかれらは全員、四〇六号房の前に来た。ルバショウには、湯気を上げる桶とパンの籠を持った雑役受刑者がふたたび見えた。パン籠の中には数切れしか残っていなかった。四〇六号房の扉は、すぐにまた閉まった。そこは無人だった。隊列は近づき、ルバショウの扉を素通りし、四〇二号房の前で止まった。

ルバショウは拳で扉をバンバン叩き始めた。桶を持っていた二人の雑役受刑者が視線を交わし、扉に目をやるのが見えた。看守は、鍵束で四〇二号房の扉を開けるのに夢中で、何も聞こえていないふりをした。軍服の二人は、ルバショウの覗き穴に背を向けて立っていた。もう四〇二号房の扉口ではパンが渡された。やつらはすぐに行ってしまうにちがいない。ルバショウはいっそう激しく叩いた。靴を脱ぐと、それでドアを打ちつけた。

軍服を着た二人の男のうち、背の高い方はゆっくりと振り返り、無表情にルバショウの扉をじっと見たが、またそっぽを向いた。看守は四〇二号房の扉をバタンと閉じた。紅茶の桶を持った雑役受刑者たちは対応を決めかね、立ち尽くしていた。先ほど振り返った軍服の男が、老看守に何か言った。看守は肩をすくめると、鍵束をがちゃつかせ、ルバショウの扉の方に足を引きずりながら近づいてきた。紅茶の桶を持った雑役受刑者たちがそのあとに続いた。パン係の雑役受刑者はその場を動かず、覗き穴を通じて、四〇二号に向かって何か言った。

ルバショウは扉から一歩下がり、開くのを待った。心の中で緊張の糸が突然切れた。紅茶なんて、どうでもよくなった。ついでに言うと、桶の中の紅茶は今ではもう湯気を上げておらず、薄切りのレモンも残った薄黄色い液体の中で干からびて縮んで見えた。

扉の鍵が回り、こちらを見つめる瞳が覗き穴に現れ、また消えた。扉はぱっと開いた。ルバショウは寝台に座り、靴を履こうとしていた。房内に足を踏み入れた軍服姿の大柄な男のために、看守は扉を押さえていた。男の頭はそり上げられて丸く、無表情な目をしていた。糊のきいた将校用軍服は乾いた音を立てた。ブーツも同じ音がした。ルバショウはこの士官の男のガンベルトから革の匂いがしてくるような気がした。男はトイレ用バケツの横まで来て、房内を見渡した。男のせいで房内は狭くなったように見えた。

「おまえは部屋の整理整頓をしていないな。規則は知っているはずだが」と男はルバショウに向かって落ち着き払って言った。

「わたしは、どうして朝食の配給からはずされたのかね？」とルバショウも同様に落ち着き払って尋ね、鼻眼鏡を通してこの軍服の男をじっと見た。

「わたしと交渉したいなら、まず立ってもらう必要がある」とこの士官は答えた。

「きみと交渉しようという気もその必要性もまったくないね。」ルバショウは靴の紐を結びながら、そう言った。

「それでは、今後は、扉をガンガン叩かないことだ。さもないと通常の懲罰措置をおまえに適用しなければならなくなる」と士官は言った。士官はもう一度じっくり房内を見渡し、「この囚人には、床掃除のための雑巾がない」と看守に言った。看守がパン係の雑役受刑者に向かって何か言うと、雑役受刑者は廊下を足早に走って姿を消した。別の二人の雑役受刑者たちは、開いた戸口に立って、面白そうに房内をのぞき込んだ。軍服を着たもうひとりの士官は廊下に残り、かれらに背を向けたまま脚を開き、両手を背中に回していた。

「この囚人には食器もない。」ルバショウは、依然として靴紐を結び続けながら言った。「おそらくわたしにハンストをする手間を省いてくれるつもりらしい。きみたちの新方式には、頭が下がるよ。」

「おまえは勘違いしている」と士官は言い、ルバショウを無表情な目でじっと見た。この士官には、そり上げた頭に幅広い傷痕があり、ボタン穴には、革命勲章のリボンが付いていた。そうかこいつも内戦経験者かとルバショウは思った。だが、ずっと昔のことだ、いまさら何の違いもない。

「おまえは勘違いしている。おまえに朝食が配給されなかったのは、病気だと申告したからだ。」

「歯が痛いそうです」と老看守は扉にもたれたまま言った。看守は今なおスリッパ履きで、そのしわくちゃな軍服は食いこぼしの染みで汚れていた。

「好きにしたまえ」とルバショウは言った。手ひどく言い返す言葉が口先まで出かかった。病人を絶食療法で治療するのが、この体制の最新の成果なのかね、と聞いてやりたかった。しかし、「好きにしたまえ」としか言わなかった。このいさかいのすべてにうんざりしていた。

パン係の雑役受刑者は走って戻ってきて、喘ぎながら、汚い雑巾を手で振り回した。看守はその手から雑巾を取ると、それを房の隅のトイレ用バケツの横に投げた。

「ほかに何か希望はあるかね」と士官は、真面目くさって尋ねた。

「きみたちの茶番にはうんざりだ。ほっといてくれ」とルバショウは言った。士官は背を向けて出て行こうとした。看守は鍵束をがちゃつかせた。ルバショウは窓辺に行き、かれらに背を向けた。扉がバタンと閉まったとき、ルバショウは一番大事なことを思い出した。ひとっ飛びでまた扉のところに戻ると、覗き穴から「紙と鉛筆をくれ」と喉を振り絞って叫んだ。大急ぎで鼻眼鏡をはずし、目を覗き穴に押しつけ、かれらが振り返るかどうか確かめた。ルバショウはとても大きな声で叫んだが、朝食配給の隊列は、何も聞こえなかったかのように廊下を遠ざかっていった。最後に見えたものは、頭をそり上げた士官の背中の幅広いベルトと回転式ピストルが突っ込まれた革のガンホルダーだけだった。

8

ルバショウはふたたび独房の中を歩き始めた。六歩半で窓まで行き、また六歩半で戻った。先ほどのいさかいに興奮し、鼻眼鏡を袖口で拭きながら、心の中でその細部を思い返した。傷のあるあの士官に対して少しの間自分が感じていた憎悪を覚えておこうとした。というのも、来たるべき戦いのための精神的な支えを、そこから得られると期待したからだ。しかし実際には、ルバショウは、自分に敵対する者の立場に身を置き、その視点からあのいさかいを見ずにはいられないという、いつもの致命的な強迫観念にまたもや駆られた。では、あの寝台に座っているのが、ルバショウか。背は低いな。とがったあごひげがあって、傲慢そうだ。汗くさい靴下の上に靴を履こうとしているが、明らかに挑発的な意図があるからだ。確かに、このルバショウには功績と偉大な過去がある。だが、大会のひな壇にいたときと独房のわら布団の上とでは印象が別だ。「これが本当にあの伝説的なルバショウなのか?」とルバショウは、無表情な目をした士官の立場で考えた。「朝食が欲しいと子供のように大声で騒ぎ、恥ずかしいとも思わない。房内も散らかしっぱなし。靴下には穴まで開いてる。ひねくれたインテリだ。国家と体制に陰謀を企てた。金が目当てだったのか、それとも自分が正しいと思い込んでいたのか、そんなことどうだっていい。われわれは、不平家のために革命をやったわけじゃない。こいつは確かに、革命の実現を助けはした。当時はまだまっとうなやつだった。だが、今やもうろくして独善的になり、粛清するにはいい頃合いだ。それにひょっとしたら、こいつは、当時からこうだったのかもしれない。革命には、あとになって破裂して消える泡みたいな連中がつきものだ。もし、こいつにまだ自尊心のかけらでもあったら、自分の独房の掃除ぐらいはするはずだ。」

ルバショウは、床の石タイルの拭き掃除をやはりするべきだろうかと一瞬考え、どうするか決めかねて独房の真ん中で立ち止まった。その後、鼻眼鏡をふたたび掛けると、窓辺に行った。

中庭には今や日が差していた。日の光は、わずかに黄色味を帯びただけの薄い灰色だったが、それでも陰鬱な感じはなく、新たに雪が降りそうな空模様だった。おそらく八時ごろだろう。この独房に足を踏み入れてからまだ三時間しか経っていなかった。中庭を囲む壁は兵営の壁と同じに見えた。どの窓にも鉄格子があり、その背後の房は、中をのぞき見るには暗すぎた。誰かが窓のすぐ後ろに立って、ルバショウのように中庭の雪を見下ろしていたとしてもそれさえわからないほどだった。少し凍った雪はきれいで、もし踏んだらサクサクと音を立てるにちがいない。壁から十歩の距離で中庭を取り巻いている小径の両脇では、かき分けられた雪が堡塁のように丘陵状に積まれていた。向かい側の外壁横のスロープ上では衛兵が行ったり来たりしていた。向きを変える際に一度、衛兵は、雪の中に大きな弧を描いてつばを吐いた。それから、つばがどこに落ちて凍ったかを見ようとスロープの上から身を乗り出した。

昔からの悪癖だ、とルバショウは思った。革命家は他人の立場などで考えてはならない。

いや、ひょっとして、逆か？　ひょっとして、革命家こそまさにそうすべきなのか？

もし同時にあらゆる人間の立場で考えたりしたら、どうやって世界なんか変えられる？

だが、それ以外の方法でどうやって世界を変えられる？

他人を理解したり許したりしていたら、行動するための動機なんてどこに見つけられる？

いや、まさにそこにこそ行動の動機があるのでは？

おれは銃殺されるだろう、とルバショウは思った。おれの動機など誰も関心がない。ルバショウは額を窓ガラスに押しつけた。中庭は雪で真っ白に覆われ、静まりかえっていた。

ルバショウはその姿勢のまま少しの間立ち尽くし、額にガラスの冷気を感じながら、まったく何も考えないでいた。すでにかなり前から、かすかだが、辛抱強いコツコツという音が独房内でしていたのに、徐々にではあったが気づき始めた。

ルバショウは振り返り、聞き耳を立てた。叩く音はとても弱く、はじめはどちらの壁から来るのかわからなかった。聞いているうちに、叩く音はやんだ。ルバショウ自身も、まず、トイレ用バケツの横の四〇六号房側の壁を叩いてみた。しかし、返事はなかった。寝台横の四〇二号房側の壁も試してみた。こちらは返答があった。ルバショウは、楽な姿勢で寝台に腰かけた。ここからなら、覗き穴から目を離さないでいられた。心臓が高鳴り、ルバショウはにやりとした。最初のコンタクトはいつもすごく興奮する。

四〇二号は今や規則性のある叩き方をしていた。短い間隔で三回、それから休止、そしてふたたび三回、そしてまた休止、そしてまた三回。ルバショウは、聞こえていることを示すために、同じ符号の連鎖を打ち返した。相手が打音用の「方形アルファベット表」を知っているかどうかが気がかりだった。もし知らなければ、それを教え込むまでに、かなりの作業がまだこれから必要だった。壁は厚く響きが悪いので、きちんと聞き取るには頭を壁につけねばならず、しかもその際、覗き穴を監視していなければならなかった。四〇二号には明らかに長い経験があった。ゆっくり明瞭に、おそらくは鉛筆か何かの堅い物体で叩いていた。ルバショウは、久しく使っておらず腕が落ちていたので、聞こえた数を記憶する一方、「方形アルファベット表」を視覚的に思い浮かべようとした。それは、各行にアルファベットの五つの文字が一つずつ横に並んだ五行の列からなる二十五ますの表だった。四〇二号は最初五回叩いた。すなわち、VからZまでの五行目だ。それから二回、すなわち、その列の二番目の文字Wだ。それから休止。そして一回、すなわちAからEまでの一行目だ。そして五回、すなわちその列の五つ目の文字E。それから、四回と一回、すなわち、四行目の最初の文字R。(14)叩く音はそこで終わった。

ダレダ?

身も蓋もないやつだな、相手が誰なのかすぐに知りたがる、とルバショウは思った。革命家が叩いて信号を送る際の作法では、そもそも、政治的なスローガンの交換から始めるものと決まっていた。それから、諸々の情報を伝え、次に食事や煙草について話した。自己紹介は、もしするにしても、ずっとあとになって、たいていは何日も経ってからようやくするものだった。ただし、ルバショウのこれまでの経験は、革命党が迫害する側ではなく、迫害される側の国々に限られていた。そこでは、党員は秘密裡に活動する必要から、お互いのファーストネームしか知らず、それも頻繁に変えるため、名前には何の意味もなかった。ここでは、明らかに事情は違っていた。ルバショウは名乗るべきか迷った。四〇二号は待ちきれなくなり、もう一度打ってきた。

ダレダ?

「答えて悪い理由もなかろう」とルバショウは考え、自分のフルネームを打ち、結果を待った。

ニコラス　サルマノヴィッチ　ルバショウ。

長い間、反応がなかった。ルバショウはにやりとした。お隣さんの衝撃が手に取るようにわかった。まるまる一分待った、そしてもう一分。とうとう、肩をすくめ、寝台から立ち上がった。ルバショウは、ふたたび房内の散歩を始めたが、向きを変えるたびに立ち止まり、壁の方に耳を傾けた。壁は沈黙したままだった。袖口で鼻眼鏡を拭くと、足を引きずりながらゆっくりと扉の方に行き、覗き穴から廊下をうかがった。

廊下は人けがなく、電灯は、そのぼんやりとした鈍い光を広げ、ほんのわずかの物音さえ聞こえなかった。四〇二号はどうして黙ってしまったのだろう?

たぶん怖いのだ。おそらくルバショウに関わったりして、危険に巻き込まれるのが怖いのだろう。ひょっとしたら四〇二号は政治経験のない医者かエンジニアで、この隣人の持つ危険性を考え、震えているのかもしれない。確かに政治犯じゃない。もしそうだったら、まっ先に名前を聞いたりなんかしなかったはずだ。おそらく何かのサボタージュ事件に巻き込まれたのだろう(15)。もうかなりの期間ここにいて、信号を打つのは完璧になり、自分の無実を証明したくてたまらないのだ。こいつはまだ、自分が持つ主観的な有罪無罪の判断が重要であるという素朴な信念を抱いていて、実際に問題となっている、より高次な諸関係についてはまったく知らないのだ。こいつは、今、間違いなく寝台に座り、役所に宛てて読まれはしない百通目の嘆願書を書いているか、あるいは、妻に宛てて届きはしない百通目の手紙を書いているのだ。絶望からプーシキンのような黒ひげをぼうぼうに伸ばし、体を洗うのもやめてしまい、爪かみや過度の自慰行為などの悪癖がやめられない。監獄では、自分が無実だという意識が一番厄介だ。それは新しい環境への順応を妨げ、耐えようという気力を奪う。突然コツコツいう音が再開した。

ルバショウは急いで寝台に腰かけたが、最初の二文字は聞き逃した。四〇二号の打ち方は、今回は大急ぎで前ほど明瞭ではなかった。明らかに興奮しているのだ。

……ゼンノムクイダ。

「当然の報いだ……」

驚きだった。四〇二号は体制派だった。こいつは、当然のことながら、反対派の煽動者が大嫌いで、歴史は、ナンバー・ワンというけっして誤ることのない転轍手の指示のもと、けっして誤ることのない運行表に基づき、その線路上をまっしぐらに走っていると信じている。こいつは、自分自身の逮捕は誤解に基づくもので、ここ数年の外交・内政上の大惨事は、中国[16]からスペイン[17]まで、大飢饉から古参党員の粛清まで、すべて些細な脱線事故か、あるいはルバショウと反対派の連中による悪魔的な所業のせいだと信じている。四〇二号のプーシキンひげは消え去り、その顔はきれいにそり上げられた狂信者の顔に変わった。その独房はちり一つなくきれいで、兵営の小部屋みたいに規則通りに整頓されている。こいつと言い争っても意味はない。この種の連中は何を言っても変わりっこない。だからと言って、唯一のそしておそらくは最後の連絡手段を放棄するのはもっと馬鹿げている。

ダレダ?とルバショウは、とても明瞭に、またゆっくりと打った。

返事は途切れ途切れで、叩く速さも一定ではなかった。

オマエノシッタコトジャナイ。

デハゴカッテニ。

ルバショウは、ゆっくりそう打つと立ち上がり、また行ったり来たりを始めた。この対話はこれで終わったと思ったからだ。しかし、すぐにまた叩く音が始まった。今回はとても大きく、よく響き、ほとんど馬鹿にしているかのようだった。自分の言葉をより強調するため、四〇二号が靴を片方脱いで叩いているのは明らかだった。

コウテイヘイカバンザイ!

ああ、そうだったのかとルバショウは思った。今なお正真正銘の反革命が存在するんだ。反革命なんて、今では失政の罪を着せるスケープゴートとしてナンバー・ワンの演説に登場するだけだと、おれたちは思っていた。だが、本当にここに、ナンバー・ワンの口実用の生き証人がひとりいて、まさに反革命にふさわしく、皇帝陛下万歳などとわめいている。

アーメン。

とルバショウは打ち、にやりとした。すぐに、おそらくは、前より大きいぐらいの音で返信が来た。

コノヤロウ!

ルバショウは面白がった。鼻眼鏡をはずすと音の調子を変えるため、その金縁で小さく上品に打った。

キコエナイヨ。

四〇二号は、怒りの発作を起こしたようだった。クソヤロ……壁をドンドン叩いた。しかし最後の文字はもう来なかった。その代わりに、次のように打ってきた。四〇二号の怒りは突然消え失せたようだった。

ドウシテオマエハタイホサレタノカ?

単純なやつめ。四〇二号の顔はまた新たに変化し、ハンサムだが頭は空っぽの皇帝派の士官の顔になった。おそらくこいつは片眼鏡[18]をつけているはずだ。ルバショウは鼻眼鏡を使って打った。

セイジテキケンカイノソウイダ。

少しの間沈黙が続いた。四〇二号が頭を絞って何か辛辣な返事を考え出そうとしているのは明らかだった。実際にそれが来た。

ブラボー。オオカミドモガトモグイヲハジメタゾ!

ルバショウは答えなかった。誰かと話をしたいという欲求はもう充分満たされた。ふたたび房内の行ったり来たりを始めた。しかし、四〇二号房の士官は饒舌になったようであった。

ルバショウ……

と打ってきた。それはもうほとんど親密と言っていいくらいの調子だった。

ナンダ?とルバショウは答えた。

四〇二号はためらっているように見えた。その後、かなり長い一文が来た。

オマエガサイゴニオンナトネタノハイツノコトダ?

四〇二号が片眼鏡をつけているのは明らかだった。おそらくそれで打っているのだ、裸眼を神経質そうにぱちぱちさせながら。ルバショウは、嫌悪感は感じなかった。この男は少なくとも自分を正直にさらけ出している。いずれにせよ機関誌の巻頭論文を打ってきたりするのよりはましだ。ルバショウは少し考えてからこう打った。

サンシュウカンマエ。

返信はすぐ来た。

ハナシテクレ！

これは少し行きすぎだろう。ルバショウは、この対話を中断しようととっさに思った。しかし、この男は今後とても役に立つかもしれないと考え直した。こいつから情報を取れるし、四〇〇号やその先の房との連絡もこいつを通してできる。左隣の房は明らかに無人で、あちら側は鎖が切れていた。ルバショウは、自分が士官クラブでの会話について慣れていないのを残念に思った。戦前の古いシャンソンを一つ思い出した。ルバショウは、それを学生時代にどこかのキャバレーで聞いたことがあったが、そこでは黒いタイツ姿の女たちがフレンチカンカンを踊っていた。ルバショウはため息をつくと鼻眼鏡で打った。

チイサナリンゴノヨウナムネ……

こんな感じでうまくいってくれれば良いのだが……。明らかに良いようだった。というのも、四〇二号はさらにせがんできた。

ツヅケテクレ。クワシク……

こいつはおそらく今、神経質そうに口ひげをつまんでいるだろう。こいつは両端がカールして上を向いたカイザーひげを生やしているにちがいない。くたばりやがれ。だが、唯一の連絡手段だ。こいつの気を引かなきゃ。士官クラブで、こいつらはどんな話をするんだろう？　女と馬の話だな……。ルバショウは鼻眼鏡を袖口で拭くと慎重に叩いた。

ヤセイノメスウマノヨウナアシ……

ルバショウは疲れ切って中断した。どうしたってこれ以上は無理だった。しかし、四〇二号は極めて満足し、興奮して打ってきた。

オマエスゴイナ！

こいつはきっと、大笑いしているにちがいない。だが何も聞こえない。こいつは膝を叩き、カイザーひげをこねくり回しているはずだ。だが何も見えない。物言わぬ壁の持つこの抽象的な卑猥さがルバショウにはやりきれなかった。四〇二号はさらにせがんできた。

ツヅケテクレ……

これ以上はできない。オワリ――ルバショウはイライラして、そう打ったが、すぐに後悔した。四〇二号を怒らせてはならない。しかし、四〇二号は、腹を立てることなく、かわりに片眼鏡を使ってしぶとく打ってきた。

ツヅケテクレ　タノム、タノム……

ルバショウは、今や練習を積んで勘が戻ってきたおかげで、もう信号の数を意識的に数えなくても、それを直接音声に変換して理解できるようになっていた。そのため、エロチックな話をさらに懇願する四〇二号の声色まで聞こえるような気がした。懇願は繰り返された。

タノム　タノム……

四〇二号は、まだ若く悶々としているにちがいない。おそらく亡命先で育ったんだろう。代々軍人を輩出してきた家系の出で、偽造パスポートで送り込まれたが、すぐに捕まった。おそらくこいつはカイザーひげをたえずいじくっては、片眼鏡をまたはめ、聞き耳を立てながら漆喰の壁を見つめているんだ。

ツヅケテクレ　タノム、タノム……

そうやって物言わぬ壁をずっと見つめていると、そのうちに湿気でできた壁の染みは小さなりんごのような胸と雌馬のような脚をもった女の姿を取り始める。

ハナシテクレ　タノム、タノム

おそらくこいつは、寝台の上に跪き、両手を合わせて差し出しているのだろう――廊下の向かいの囚人がパンを受け取るときそうしていたように。

このとき、ルバショウは、姿の見えない囚人が、平たい鉢のように丸めて突き出した手でパンを受け取ったとき、あの手の仕草がどんな体験を思い出させようとしていたのかに、突然気づいた。あれは嘆きの聖母像、ピエタ[19]だ。

9

ピエタ――中部ドイツのある街の美術館の絵画展示室、ある月曜日の午後。その展示室には、ルバショウと待ち合わせの青年以外誰もいなかった。かれらの会話は、人けのない大展示室の中央に置かれたビロード張りの丸いソファーの上で行われた。展示室の壁には、フランドル派の巨匠たちが描いたどっしりとした体つきの女性の絵が大量に掛かっていた。それは一九三三年の、数か月間も暴行やリンチ殺人などのテロの嵐が吹き荒れたはじめの頃[20]で、その直後にルバショウも逮捕された。運動は壊滅的な打撃を受け、その参加者たちは、迫害者の意のままに、まるで獲物のように追い立てられ、殴り殺された。党はもはや政治組織の体をなさず、流血する数千の手と足をもつ肉のかたまりに過ぎなかった。それでも、死者の髪や爪が死後もなお少し伸びるように、死んだ党の個々の細胞や筋肉や四肢が、今なおわずかに動いていた。

国中の至るところで、破局を生き延び、地下に潜って活動を続ける者たちの小さなグループが生きていた。かれらは地下室や森の中や駅や美術館やスポーツクラブでこっそり会合した。かれらはひっきりなしに寝場所と名前と行動パターンを変えた。お互いをファーストネームだけで呼び合い、相手の住所は尋ねなかった。お互いに自分の命を相手に委ねながら、誰もその相手をまったく信頼していなかった。かれらはアジビラを作ったが、その中では党がまだ生きていると自分にも人にも嘘をついた。党がまだ生きていることを証明するため、夜な夜な都市周辺の狭い通りに忍び出て、昔ながらのスローガンを壁に書いた。党がまだ生きていることを証明するため、未明に工場の煙突に上り、昔ながらの旗を掲げた。しかし、アジビラを目にした者はほんの数人で、しかもそれをすぐに投げ捨てた。死者からの知らせにぞっとしたからだ。壁のスローガンは夜明けとともに消され、旗は煙突から下ろされた。それでもそれらは、何度も現れた。というのも、自らを死を猶予された者と称し、その人生の残りを自分たちがまだ生きていることを証明するために賭ける者たちの小グループが国中の至るところにあったからだ。

かれらはお互いに何の結びつきも持たなかった。党の神経繊維はズタズタで、それぞれのグループは自立していた。しかし、徐々にではあるが、かれらはふたたび触手を外に伸ばし始めた。外国から立派な身なりのセールスマンが何人かやってきた。それは特使で、偽造パスポートと二重底のトランクを携えて入国してきた。その多くは捕まり、拷問され処刑されたが、ほかの者がまた代わりに来た。党は、相変わらず死んだままで、息もせず、身動きもしなかった。しかし、その髪と爪は伸び続け、外国にあった党本部は、その硬直した体に生体電流を送った。それは、党の四肢に引きつったような痙攣を引き起こした。

ピエタ。ルバショウは四〇二号を忘れ、また六歩半ごとに、行ったり来たりを始めた。埃と床ワックスの匂いがする人けのない絵画展示室で、ビロード張りの丸ソファーに座っている自分の姿が浮かんだ。ルバショウは、自分がつけられていないことにかなり自信があった。それで、駅から直接、約束した待ち合わせ場所に向かい、指定時間より数分ほど早く着いた。駅の手荷物一時預かり所には、オランダの歯科医療器具会社の新製品のサンプルを入れたトランクが預けてあった。ビロード張りの丸ソファーに座り、鼻眼鏡を通して壁に掛かった数多くのたるんだ肉体の人物画を観察しながら待った。

その頃その町の党組織を率いていた青年が、数分遅れてやってきて、リヒャルトというファーストネームを名乗った。その青年もルバショウもまだお互いに一度も会ったことはなかった。丸いソファーの上に座っているルバショウを見つけたとき、その青年はすでに、誰もいない展示室を二つ通り抜けていた。ルバショウの膝の上にはレクラム文庫版の『若きヴェルテルの悩み』があった。その青年は本に気づくと、そっとあたりを見回し、ルバショウと並んでソファーに腰かけた。少し気まずそうに、ルバショウから五十センチほど離れてソファーの角に座り、帽子を膝に置いた。青年の職業は機械工で、日曜礼拝用の黒いよそ行きの背広を着ていた。機械工の作業着では美術館で目立つとわかっていたからだ。「あのう、遅れてきたことをお許しください」と青年は言った。

「わかった。では、まず最初にきみたちの仲間の状況から確認しよう。名簿はあるかね。」

リヒャルトと名乗った青年は首を振った。「ここには名簿はありません。住所も何もかも、すべてぼくの頭の中にあります。」

「なるほど。だが、きみが捕まったら、事情のわかる者がいなくなってしまうのでは？」

「いいえ、その場合に備えて、名簿はアニーに渡しました。アニーというのは、ぼくの妻です。」

リヒャルトはいったん口をつぐみ、つばを飲み込んだ。その喉仏は何度か上下に動いた。リヒャルトはそのときはじめてルバショウの顔をまじまじと見た。ルバショウはその目が泣きはらして赤く腫れているのに気づいた。眼球の血管は真っ赤に浮き出て、目も少し出っ張り気味で、日曜礼拝用背広の黒い襟の上のあごと頬には無精ひげが伸びていた。「アニーは昨晩捕まったんです」とリヒャルトは言い、ルバショウの顔を見つめた。ルバショウは、その目の内に、党本部の特使なら奇跡でも起こして助けてくれるのではないかという漠然とした愚かな希望を読み取った。

「そうか。では警察は全員の名簿を手に入れたのだね」とルバショウは言い、鼻眼鏡を袖口で拭いた。

「いいえ、そうではありません。ぼくの義妹が部屋にいて、あいつらがアニーを捕まえに来たとき、とっさに預けることができたんです。義妹のところなら安心です。夫は警官ですから。でも義妹はぼくたちの味方です」とリヒャルトは言った。

「そうか。奥さんが逮捕されたとき、きみはどこにいたのかね?」とルバショウは尋ねた。

「それはですね」とリヒャルトは説明を始めた。「ぼくはもう三か月前から家には帰ってないんです。映写技師の仲間がいて、そこへ潜り込めます。上映が終われば、映写室で寝られます。映写室には、非常階段を伝って道路から直接入れるんです。映画も見たいだけただで見られます。」リヒャルトは、そこでまた少し言葉を切り、つばを飲み込んだ。「アニーはこの仲間からいつもただ券をもらえて、映画が始まって周りが暗くなると映写室の方を見上げていました。アニーにはぼくは見えませんでしたが、スクリーンが明るくなると、ときどきアニーの顔がとてもよく見えたんです。」

リヒャルトはここで話を中断した。リヒャルトのちょうど真向かいに「最後の審判」の絵が一枚掛かっていて、丸いお尻をした巻き毛の天使たちがラッパを吹きながら雷雲の中に向かって飛んでいた。リヒャルトの左には、あるドイツ人の巨匠が描いたペンによるデッサン画が掛かっていたが、ルバショウにはそのほんの一部しか見えなかった。大部分は、ビロード張りのソファーの背もたれとリヒャルトの後頭部で隠されていた。平たい鉢のように丸められた聖母マリアの痩せ細った両手と雲一つない空の一部、そしてペンで水平に引かれた何本かの線。これだけしか見えなかった。というのも、リヒャルトは話している間も、赤みを帯びた首を少し前に屈めたままの姿勢で、頭をじっと動かさずにいたからだった。

「そうか。きみの奥さんはいくつだったのかね？」

「十七です。」

「そうか。それできみはいくつだね？」

「十九です。」

「子供はおそらくいないのだろうね？」とルバショウは聞き、少し首を伸ばした。しかし、デッサン画は、それ以上は見えなかった。

「はじめての子がお腹にいます。」リヒャルトはそう答えたが、まるで鉛の鋳像のように座ったまま身動きしなかった。

ルバショウは少し間をおき、その後リヒャルトに仲間たちの情報を口頭で報告させた。名簿には三十人ほどの名前があった。ルバショウはいくつか質問し、何人かの住所をオランダの会社の歯科医療用サンプルの注文台帳の空き行に書き込んだ。その台帳には、あらかじめ電話帳から書き写した地元の歯科医や歯科技工士や名士たちの名前が、ところどころに行を空けてずらりと大量に書かれていた。名簿の聞き取りがすべて終わると、リヒャルトは言った。

「同志、今からわれわれの活動について簡単に報告させてください。」

「わかった。聞かせてもらおう。」

リヒャルトは報告した。リヒャルトは、ビロード張りの幅の狭いソファーにルバショウから五十センチほど離れ、少し前屈みになって座っていた。赤みがかった大きな手を日曜礼拝用背広のズボンの膝に置き、話している間、ただの一度も身動きしなかった。リヒャルトは、煙突に掲げた旗や、壁に書いたスローガンや、工場のトイレに置いてきたビラについて、まるで帳簿係のように事務的に事実のみを語った。リヒャルトの正面では、天使たちがラッパを吹きながら雷雲の中へと飛んで行き、背後ではこちらからは見えない聖母マリアが痩せ細った手を差し伸べ、壁の至るところで、豊満な胸や太ももや臀部がかれらを見つめていた。

「小さなりんごのような胸」という言葉が思い浮かび、ルバショウは独房の窓から三つ目の黒い石タイルの上で立ち止まった。そして四〇二号がまだ叩いているかどうか、耳を澄ました。何も聞こえなかった。ルバショウは覗き穴のところへ行き、パンを求めて両手を突き出していた四〇七号の方を見た。灰色に塗られた四〇七号房の扉と小さくて黒い覗き穴が見えた。廊下は、いつものように電灯に照らされ、あまりに人けがなく静かなので、これらの扉の向こうで人が生活しているとは、信じられなかった。

リヒャルトが報告している間、ルバショウは一度も口を挟まなかった。あの破局のあと、リヒャルトが自分の周りに再組織した三十人の男女のグループのうち、残っていたのは十七人だけだった。工場労働者とその恋人の二人はやつらが逮捕にやってきたとき、窓から身を投げた。逃亡した者がひとりいた。街から姿を消してどこか遠くに行き、いまも行方不明だ。警察のスパイの疑いがある者が二人いたが、本当にそうなのかははっきりしなかった。党本部の政策に抗議して党から抜けた者が三人。そのうちの二人は、新しい反対派のグループを立ち上げ、残りのひとりは穏健派に加わった。投獄された者は五人。その中には昨夜のアニーもおり、うち二人については、もう殺されたことがわかっていた。つまり残っていたのは十七人、このメンバーで、引き続きビラを撒いたり、壁にスローガンを書いたりしていくつもりだった。

リヒャルトは、ルバショウが個々の人間関係を理解できるよう、とても詳しく説明した。それがとりわけ重要だと思ったからだ。しかし、リヒャルトは知らなかったが、実は党中央の情報提供者がこのグループ内におり、ルバショウはその男を通して事実関係の大部分をすでに知っていた。また、リヒャルトはこれも知らなかったが、その情報提供者というのは、リヒャルトがその映写室に寝泊まりしていたあの映写技師であり、この男は、昨晩逮捕されたアニーとずっと前から親密な関係にあった。これらすべてをリヒャルトは何も知らず、ルバショウは知っていた。というのも、運動は瓦解していたが、その情報監視システムはまだ動いていたからだ。それはおそらく、まだ機能していた唯一のものだった。ルバショウは当時その頂点にいた。そのことも、日曜礼拝用の背広を着たこの猪首の青年リヒャルトは知らなかった。この青年が理解できたのは、アニーが逮捕されたこと、引き続きビラを作り、壁にスローガンを書き続けなければならないこと、党中央から来たルバショウは父親のように信頼して良いが、そんな甘えを見せたり、その前で弱音を吐いたりしてはならないということだけだった。というのも、軟弱で感情に流される者は、この使命には適さず、放逐されねばならなかったからだ。運動から放逐されてしまうのだ、たったひとり、何もかも失って。

外の廊下を足音が近づいてくるのが聞こえた。ルバショウは扉のところへ行き、鼻眼鏡をはずし、覗き穴に目を押しつけた。革のガンホルダーを着けた二人の士官がひとりの農民風の若者を連行してきた。かれらの後ろからは、鍵束を持った老看守が歩いてきた。若者は目が腫れていて、上唇には少し血が付いていた。通り過ぎる際、袖で出血する鼻を拭いた。その顔はうつろで無表情だった。ルバショウの視界の外の、廊下のずっと先で独房の扉が開き、また閉まった。その後、士官と看守だけが通路を戻ってきた。

ルバショウはまた房内の行ったり来たりを始めた。丸いビロード張りのソファーの上にリヒャルトと並んで座る自分の姿が浮かんだ。あの青年が報告を終えたときに生じたあの沈黙を、もう一度耳にした。リヒャルトは身動きせずに座ったまま、両手を膝に置いて待っていた。罪を告白して聴罪司祭の判断を待つ人のように座っていた。かなりの間、ルバショウは何も言わなかった。それから口を開いた。

「それですべてかね?」

リヒャルトは、首を振ってうなずいた。リヒャルトの喉仏は上がってまた下がった。

「きみの報告には不確かなことがいくつかある。きみは、きみたちが自身で作ったビラについて何度も触れた。それはわたしたちも承知しており、その内容については厳しく批判された。あれには、党にとって政治的に容認できない表現がある」とルバショウは言った。

若いリヒャルトは愕然としてルバショウを見つめ、その顔は赤らんだ。ルバショウは、リヒャルトの頬骨の上の皮膚が熱くなり、少し出っ張り気味の泣きはらした目の中で赤い血管が凝縮するようすをじっと見ていた。

「一方」とルバショウは続けた。「われわれはきみたちに何度も印刷済みの文書を、配布するようにと送っているね。その中には、党組織から公的に出された薄葉紙《うすようし》(21)版の機関紙もあったはずだ。きみたちは送付物を受け取ったね。」

リヒャルトはうなずいたが、その顔から興奮は消えなかった。

「きみたちは、それなのにわれわれの文書を撒かなかったね。きみの報告では、そもそも言及されてすらいない。その代わり、きみたちは自分たちで作った文書を撒いた。党の監督も許可もなしにだ。」

「でっ、でも、ぼくたちは」とリヒャルトはひどく苦労して、声を絞り出した。ルバショウは鼻眼鏡越しに注意深く観察し、この青年がときどき吃音になることに今ようやく気づいた。「奇妙だ。この二週間でこれが三度目だ」とルバショウは思った。「我が党にはひどい欠陥のある人間が多い。これはわれわれがそのもとで活動せざるを得ない諸条件のせいなのか、あるいは、党の運動が欠陥者を呼び寄せるのか。」

「わ、わかってくださらなくちゃいけません、どっ、同志」とリヒャルトは、ますます興奮しながら言った。「とっ、党の宣伝資料の、ろっ、論調は間違ってます。だっ、だって……」

「声を落としなさい。それから、頭を戸口の方に向けてはいけない」とルバショウは突然厳しく言った。

親衛隊の黒い制服を着た背の高い若者が恋人を連れて展示室に入ってきた。若い娘は金髪で、若者は娘の広い腰に手を回し、娘の腕は若者の肩にあった。かれらはルバショウとその話し相手には目もくれずソファーに背を向けたまま、ラッパを吹く天使たちの絵の前で立ち止まった。

「話を続けなさい」とルバショウは声をひそめてゆっくり言い、ほとんど無意識に手を動かし、ポケットからシガレットケースを取り出した。その後、美術館は禁煙だということを思い出し、ケースをふたたびしまった。若者は、電気ショックで麻痺したかのように座ったまま、前の二人を凝視していた。「話を続けなさい」とルバショウは小声で繰り返した。「きみは子供の頃から吃音があったのかね？　答えなさい。あっちを見てはいけない。」

「たっ、たまに、でっ、です。」リヒャルトは、ひどく苦労してやっとそう口に出した。

若者と娘の二人は絵のならびに沿って移動していき、ビロードの寝床に横たわって見学者の方をじっと見つめるとても太った女の裸体画の前で立ち止まった。男の方が何か、明らかに冗談めいたことをつぶやいた。というのも、娘の方が声を出して笑い、慌ててソファーに座る二人の方を盗み見たからだ。かれらはそのまま移動し、死んだ雉と果物を描いた静物画の方へ行った。

「ぼっ、ぼくたちも出た方がいいのでは？」とリヒャルトは尋ねた。

「だめだ」とルバショウは言った。ルバショウは、立ち上がった際、この青年が動揺して人目につくような振る舞いをするのを恐れた。「あの二人はまもなく行ってしまう。われわれが座っているこの部屋は薄暗いから、われわれの顔ははっきり見えない。ゆっくり何度か深呼吸しなさい。落ち着くから。」

娘の方はふたたび声を立てて笑い、二人はゆっくりと戸口の方へ移動していった。通りすがりに、二人はルバショウとリヒャルトの方に顔を向けた。かれらは、まさに展示室を出ようとしていたが、そのとき、娘が指でピエタのデッサン画を指さし、かれらはその前で立ち止まった。「ぼっ、ぼくは、どっ、どもると、とっ、とても聞きにくいですか?」リヒャルトは小声で尋ね、目の前の床をぼんやりと見つめた。

「感情をコントロールしなければだめだ」とルバショウは素っ気なく言った。今は、親しげな雰囲気を漂わせてはならなかった。

「きっ、きっと、すぐにまた、おっ、落ち着きます」とリヒャルトは言い、その喉仏は、引きつったように上下した。「アッ、アニーはいつもぼくをからかって笑ってました。」

若者と娘の二人が展示室にいる間は、ルバショウは会話を先に進められなかった。また、軍服の背中が見えている限り、リヒャルトのそばを少しも離れられなかった。ともに危険にさらされているという感覚が物怖じを和らげるのに役立ったのか、リヒャルトは、ソファーの上で、ルバショウに少しばかり近寄って来さえした。

「そっ、それでもぼくのことが好きだったんです」とリヒャルトは、先ほどとは別のよりひそかな興奮を示しながら、小声で続けた。「アッ、アニーをどう扱っていいか全然わかりませんでした。子供は、望まなかったんです。でっ、でもっ、堕ろすことはできませんでした。ひょっ、ひょっとして、妊婦だとわかれば、あいつらもひどいことは、しっ、しないかもしれない。もっ、もう、はっきりわかるぐらいでした。にっ、妊婦でも、あいつら、なっ、殴ると思いますか？」

リヒャルトは、あごで親衛隊の若者の背中を指した。まさにその瞬間、若者は突然顔をリヒャルトの方に向け、一瞬かれらの目が合った。若者は娘の方に小声で何か言い、娘の方も顔を向けた。ルバショウはふたたびシガレットケースに手を伸ばしたが、ポケットから出す前に、また手を放した。娘は何か言うと、若者を引っ張って歩き出した。若者の方は少しグズグズしたものの、二人はゆっくりと展示室を出て行った。外で娘がもう一度クスクス笑う声と、遠ざかっていく二人の足音が聞こえた。

リヒャルトは首を回し二人を見送った。この動きのおかげで、ルバショウにはデッサン画に描かれた聖母マリアのか細い腕がはじめて肘の関節のところまで見えた。それは痩せ細った少女の腕で、ルバショウからは見えない十字架の支柱に向かって浮き上がるように差し伸べられていた。

ルバショウは時計に目をやった。リヒャルトは、自分でもそれと気づかないままソファーの上で体をずらし、ふたたび、ルバショウから少し離れた。

「われわれは結論を出す必要がある」とルバショウは言った。「わたしの理解に間違いがなければ、同志、きみは、その内容に同意できなかったのでわれわれの文書を意図的に撒かなかったというんだね。われわれもまたきみのビラの内容に同意できない。ここからある種の結論が導き出されるということは、同志、きみにもおそらく明らかだろうね。」

リヒャルトは、泣きはらした目をルバショウに向けた。そしてふたたびうつむいた。「あれに書かれていたことがまったくのナンセンスだって、あなた自身もご存知でしょう」とリヒャルトは、気が抜けたような小声で言った。突然、もう吃音はなくなっていた。

「何を言っているかわからないね」とルバショウは素っ気なく答えた。

「あなた方は、何もなかったかのように書いていました」とリヒャルトは、先ほどと同じ疲れて眠たそうな声で言った。「やつらは党を粉々に打ち砕きました。それなのにあなた方は、勝利への不屈の意志とかの空文句を並べているだけです。先の大戦時の参謀本部発表と同じ嘘っぱちばかりです。誰に見せてもみんな馬鹿にしてつばを吐くだけでした。それは、あなた自身も全部ご存知でしょう。」

今では、膝に肘をつき、握りしめた赤い拳にあごを載せてかなり前屈みに座っているこの青年を、ルバショウはじっくり観察した。そして素っ気なく答えた。

「きみは、わたしがそれに与《くみ》していないある見解を持っていると二度も主張したね。そうしたことはやめていただきたい。」

リヒャルトは、顔をゆっくりとこちらに向け、泣きはらした目で、ルバショウの表情を疑わしげにうかがい見た。ルバショウは続けた。

「我が党は厳しい試練を受けている。だが、他国の革命党はもっと厳しい試練を経験してきた。決定的なのは、その不屈の意志だ。今、弱気になり、感傷的になる者は、我が隊列には属さない。パニック状態を助長する者は、敵の手先だ。その際、本人がどう考えているかは関係ない。その行為によってその人間は運動に有害となり、それゆえ、そういう者として扱われるのだ。」

リヒャルトは今なお拳にあごを載せたまま座っていたが、顔はルバショウの方をずっと見ていた。

「それでは、ぼくは運動にとって有害なんですね。敵の手先なんですね。ひょっとしたら、そのうえ、金ももらっているかもしれない。アニーも、たぶん同じですか」とリヒャルトは言った。

「きみたちのビラには」とルバショウは先ほどと同じ素っ気ない調子で続けた。「それを書いたのは自分だときみは認めているが、われわれは敗北を喫した、我が党は破局に見舞われた、われわれは再出発しわれわれの方針を根本から変えなければならない、等の文句が繰り返し登場する。これは敗北主義だ。運動の士気を下げ、その闘争力を萎えさせてしまう。」

「ぼくにわかるのは、みんなに真実を言わなければならないということだけです。だって、どっちみちみんなそれを知ってるのだから。かれらの前で嘘っぱちを並べようなんて馬鹿げています」とリヒャルトは言った。

「党指導部会議は」とルバショウは続けた。「その決議の中で、党は敗北を喫したのではなく、一時的な後退をしただけであり、またこれまでの党の政策を変更する理由は何もないことを確認した。」

「そんなのナンセンスですよ」とリヒャルトは言った。

「もしきみがその調子で続けるならば、われわれはこの協議を中断せざるを得ない」とルバショウは言った。

リヒャルトは少しの間押し黙った。展示室の中は暗くなり始め、壁の天使や女性たちの体の輪郭はさらに柔らかくぼんやりしてきた。

「すみません。わたしが言いたかったのは、党指導部は間違っているということです。わたしたちの仲間の半分以上が殴り殺され、生き残った者も自分たちがまだ生きていることだけに感謝し、群れをなしてあいつらの側に寝返っている。そんなときに、あなた方は『戦略的な後退』などと言っている。国外にいるあなたたちが考え出したそんなどうでもいい言葉遊びなんか、ここでは誰にも理解されません。」

リヒャルトの顔立ちも、薄暗がりの中で同じくぼやけ始めた。リヒャルトは一呼吸おいたが、その後さらに続けた。

「アニーもおそらく昨晩、戦略的後退をしたんですね。わかってください。ぼくたちはここでは、みんな猛獣だらけのジャングルの中で生きてるんです。」

ルバショウは、リヒャルトにまだ何か言うことがあるかどうかを待ったが、リヒャルトはもう何も言わなかった。あたりはますます薄暗くなった。ルバショウは鼻眼鏡をはずし、それを袖口で拭いた。

「党は誤るはずがない。きみやわたしのような個人は誤るかもしれない。しかし、党は違う。同志、党は、きみやわたしや、わたしたちのような何千という党員以上の存在だ。党は歴史における革命の理想を体現した存在だ。歴史は躊躇も配慮も知らない。歴史は、重々しく誤ることなく目標に向かってひたすら流れる川だ。その川の湾曲部にはどこでも、小石や泥や溺死体が堆積する。しかし、歴史はその進むべき道を知っている。歴史は誤らない。党に対するこうした無条件の信頼を持たない者は、党の隊列には属さない。」

リヒャルトは拳に頭を載せ、無表情な顔をルバショウの方に向けたまま、押し黙っていた。リヒャルトが何も言い返さなかったので、ルバショウは続けた。

「きみは、我が党の文書の配布を妨げ、党の声を抑圧した。きみは、その一言一句すべてが誤った有害なビラを配布した。きみは、『革命運動の生き残りは結集し、独裁政権を敵と見なすあらゆる勢力はまとまらねばならない。われわれは昔ながらの内部対立を忘れ、共同の戦いを新たに始めねばならない』と書いた。これは間違いだ。党には穏健派との協力の余地はない(22)。運動をそのおめでたさで何度となく裏切ってきたのが穏健派だ。かれらは、次も、またその次も同じことをするだろう。かれらとの妥協に耳を貸す者は誰でも革命の墓掘り人だ。きみはこうも書いている。『家が燃えているときには、みなで火を消さねばならない。もしわれわれが引き続き主義主張で争っていたら、われわれはみな丸焼けになってしまう。』これも間違いだ。われわれは炎に対して水で戦うが、かれらは油を使う。それゆえ、消防隊を結集する前に、まず、水か油か、どの方法が正しいかを決定せねばならない。きみのやり方では政治活動はできない。絶望や情熱では、そもそもどんな政治活動もできないのだ。党のコースははっきりと定められている。山の稜線を通るまっすぐの一本道だ。右や左にほんの少し足を踏みはずしただけでも転げ落ちる。空気は薄く、めまいを起こした者は誰も助からない。」

日はいっそう暮れて、ルバシショウには、デッサン画の中のあの手はもはや見えなかった。閉館を告げるベルが二度けたたましく長々と鳴った。美術館はあと十五分で閉館だった。ルバシショウは時計を見た。あとは最終的な宣告を下す文を一つ言えばよかった。それで終わりだ。リヒャルトは今なおルバシショウの横で膝に肘をついたまま身動き一つしなかった。

「ええ、それについては反論しようがありません」とついにリヒャルトは言った。その声は、ふたたび気が抜けてとても疲れ切っていた。「おそらく、あなたのおっしゃることが正しいのでしょう。それにあなたの言われた稜線の一本道というのはとてもうまい言い方です。でもぼくにわかるのは、ぼくたちが負けたということだけです。まだ残っている者も、ぼくたちから離れて行きます。おそらく山頂の一本道は寒すぎるんでしょう。同志、おそらくぼくたちのところは寒すぎるんでしょう。あいつらは仲間をちゃんと温めている。あいつらの元には、音楽と旗があり、みんな暖かい暖炉の周りに座っている。おそらく、だからあいつらは勝ったんですね。そしてぼくたちはみんな破滅した。」

ルバシショウは何も言わなかった。ルバシショウは、自分の方から最終的な宣告をする前に、この青年の側にさらに何か付け加えることがあるかどうか待っていた。宣告の内容に関してはもはや変わりようはなかったが、それでも待った。

リヒャルトの大柄な体の輪郭は、ルバシショウの眼前でますますぼやけていった。リヒャルトは丸いソファーの上でルバショウからさらに少し離れたので、今やルバショウに半ば背中を向けていた。リヒャルトは背中を丸めて座り、顔をほとんど両手に埋めていた。ルバショウは背筋を伸ばしてソファーに座り、待った。上あごに引っ張られるような鈍い痛みを感じた。おそらく虫歯になった犬歯のせいだろう。しばらくして、リヒャルトの声が聞こえた。

「わたしはどうなるのでしょうか?」

ルバショウは痛む歯を舌で探った。最終的な宣告を下す前にその箇所を指で触れたいという欲求を感じたが、それを抑えた。ルバショウはゆっくりと言った。

「わたしは、党指導部の指示によりきみに伝えねばならない、リヒャルト、きみは党から除名された。」

リヒャルトは身動きしなかった。ルバショウはすぐには立ち上がらず、ふたたび少しの間待った。リヒャルトは座ったままだった。ただほんのわずか頭をもたげ、ルバショウの方を見上げて聞いた。

「あなたはこれを言うために来られたのですか?」

「主には、そうだ」とルバショウは言った。そのまま行こうとして立ち上がったが、座ったまま動かないリヒャルトの前でさらに少しの間待った。

「わたしはどうなるのでしょうか?」とリヒャルトは尋ねた。ルバショウは何も答えなかった。少し経って、リヒャルトは言った。

「これからは、おそらくぼくはもう同志の映写室には泊まれないんでしょうね。」

少しの間ためらったあと、ルバショウは言った。

「その方がいいだろうね。」

ルバショウは、その直後、自分がそう言ってしまったことに腹を立てたが、リヒャルトがこの言葉の意味を理解したかどうかは、わからなかった。ルバショウは、座ったままの人影を見下ろして言った。

「われわれはこの建物を別々に出た方がいいだろうね。では、元気で。」

リヒャルトは、前屈みの姿勢から上半身をまっすぐに起こしたが、なお座り続けていた。ルバショウには、リヒャルトの少し出っ張り気味の泣きはらした両目が、薄暗い大展示室の中でぼんやりと見えるばかりだった。しかし、この眼前で輪郭がぼやけていった座る人物像のイメージは、ルバショウの記憶にいつまでも残り続けた。

ルバショウはその展示室を出て、同じようにがらんとして薄暗い次の部屋を歩調を速めることなく通り抜けたが、足を下ろすたび、寄木張り《よせぎば》の床は不自然なほど大きな音を立ててきしんだ。出口に達したところではじめて、ルバショウは、ピエタの絵を見忘れたことを思い出した。けっきょくルバショウは、合わされた両手とか細い腕の一部を、肘のところまで見ただけだった。

車寄せの階段の上で、ルバショウは立ち止まった。歯の痛みが前より少し強くなった。外は肌寒く、色あせた灰色の毛糸のマフラーをさらにきつく首に巻いた。美術館前の大きくて静まりかえった広場には、すでに街灯が灯っていた。この時間帯、ここでは道行く人はほんのわずかだった。地方都市によくある小さな市電が、ベルを鳴らしながら楡の並木道をこちらへ上がってきた。ルバショウはタクシーを探した。

階段の一番下の段に来たところで、リヒャルトが追いついてきた。リヒャルトは肩で息をしていた。おそらく最後の瞬間になってルバショウを追いかけてきたにちがいなかった。ルバショウは歩き続けた。足を速めも緩めもせず歩き続け、振り返らなかった。リヒャルトはルバショウより頭半分大きく肩幅も広かったが、前屈みになり、ルバショウの横で体を小さくし、その歩調に合わせていた。数歩ほどそうやって進んだところでリヒャルトは言った。

「ぼくが先ほど、これからも同志のところで泊まれるかと聞いたとき、あなたは『やめた方がいいね』とおっしゃいましたが、あれはひょっとして警告だったんでしょうか？」

ルバショウには、明るいライトを点けたタクシーが並木道に沿って近づいてくるのが見えた。ルバショウは歩道の端に立って、車が近づいてくるのを待った。リヒャルトはその傍らに立ち尽くした。「リヒャルト、わたしはもはやきみに言うことはないよ」とルバショウは言い、タクシーに向かって手を振った。

「同志、あなた方はまさかわたしを売ったりはしませんよね、同志……」とリヒャルトは言った。タクシーはブレーキをかけた。それは、かれらからわずか二十歩ほどの距離だった。リヒャルトはルバショウの前に屈み、フロックコートの袖をつかみ、顔を間近に見下ろしながら話した。ルバショウはリヒャルトの息と飛び散ったつばが少し額にかかるのを感じた。

「ぼっ、ぼくは、党に敵対したりはしません。ぼっ、ぼくを、てっ、敵に売ったりなんてだめです。どっ、同志……」とリヒャルトは言った。

タクシーは歩道の縁石の脇に止まった。運転手に最後の言葉が聞こえたのは確かだった。ルバショウは、乗らずにやり過ごしても、もう手遅れだろうとすばやく計算した。百歩のところに派出所があった。革ジャンパーを着た小柄な老運転手は、無表情な目つきでかれらを見ていた。

「駅までやってくれ」とルバショウは言い、乗り込んだ。運転手は、右手を後ろの方に伸ばし、ルバショウが乗り込むとドアを閉めた。リヒャルトは、帽子を手に持って、歩道の端に立っていた。リヒャルトの喉仏はすばやく上下に動いた。タクシーは発車し、警官の方へ向かい、そしてその横を通り過ぎた。ルバショウは、警官がいたので振り返ろうとはしなかった。しかし、リヒャルトが今なお歩道の端に立ってタクシーの赤いテールランプを見送っているのがわかった。

かれらは、数分の間、人通りの多い通りを抜けて走った。走行中、運転手は何度もルバショウの方を振り返った。まるでルバショウがまだ車内にいるかどうか確認するかのようだった。ルバショウはこの町のことをほとんど知らず、かれらが本当に駅へと向かっているか確かめようがなかった。通りはふたたび人けが少なくなり、並木道の突き当たりに、明るく照らされた大きな時計のある重厚な建物が見えてきた。かれらは駅の前で止まった。

ルバショウは降りた。この街のタクシーにはまだ走行距離メーターがなかった。「いくらかね」と尋ねた。

「お代は要りません」と運転手は言った。運転手は老け顔で、しわだらけだった。革ジャンパーのポケットから、薄汚れた赤い布切れを出すと、長ったらしく鼻をかんだ。

ルバショウは運転手の顔を鼻眼鏡越しに注意深く見つめた。どう考えてもその顔に見覚えはなかった。運転手は、ハンカチをしまった。「だんなのような方はいつでもただです」と言い、ハンドブレーキをいじっているふりをしたが、まだ出発しなかった。運転手は、突然ルバショウに手を差し出した。それは、血管が浮き出て、爪に垢がたまった老人の手だった。「それじゃあ、お気をつけて」と言い、当惑しながらルバショウの方に笑いかけた。「もし一緒にいたお仲間が何か入り用でしたら、わたしはいつも美術館の前で停まってますから、あの方にわたしのナンバーを伝えていただいてけっこうですよ、だんな。」

ルバショウは、自分の右側に、柱にもたれて立ってこちらを見ているポーターがひとりいるのに気づいた。そこで、運転手が差し出した手にすばやく硬貨を渡すと、挨拶もせず駅構内へと入った。

列車が出発するまで一時間待たねばならなかった。駅の食堂でまずいコーヒーを飲んだ。歯がまたひどく痛んだ。列車の中では疲れからうとうとし、機関車に追いかけられながら走る夢を見た。機関車にはリヒャルトとあの運転手がいた。かれらはルバショウが運賃を騙し取ったからというので、ひき殺そうとしていた。車輪がガタンゴトンと音を立てながらどんどん近づき、ルバショウの両足は動かなくなった。目が覚めると気分が悪く、額には冷や汗が浮かんでいた。同じ車両の客たちはルバショウをいぶかしげに見ていた。外は夜で、列車は、闇に包まれた敵国の中を走っていた。リヒャルトの件は、さらに決着をつけねばならなかった。歯がズキズキ痛んだ。その一週間後、ルバショウは逮捕された。

10

ルバショウは額を窓に押しつけ、中庭を見下ろした。脚は疲れ、頭は長時間の行ったり来たりで少しクラクラした。時計を見ると十二時十五分前だった。あのピエタの件を思い出して以来、ほとんど四時間近くぶっ通しで房内を行ったり来たりしていたことになる。驚きはしなかった。監禁時の白昼夢という、この漆喰塗りの壁から生じる中毒症状については、嫌というほど知っていた。ルバショウは、床屋の見習いだったある比較的若い同志がかつて語ったことを思い出した。その同志は、独房に閉じ込められていた二年目の最もつらい時期に、目を開けたまま七時間夢想し続け、その際、歩いて五歩の長さしかない房内を二十八キロ歩き足の裏にまめができたが、それすら気づかなかったという。

とはいえ、今回は少し早すぎた。以前は数週間後になってやっと出るのが常だった悪癖に、もう初日に取り憑かれていた。もう一つ奇妙なのは、自分が過去を思い出していたことだった。独房内で慢性的に白昼夢を見る者はほとんどいつも未来を夢想する。過去について夢想する場合も、こうなっていたかもしれないという夢想はしても、実際に起こったことをそのまま夢想することはけっしてなかった。ルバショウは、自分自身の思考回路が今後さらにどんな驚きを自分に突きつけることになるだろうかと考え込んでしまった。人間は死に直面するたびに思考メカニズムが変わり、まるで磁極に近づけられたコンパスの動きのように驚くべき反応が自分の中で引き起こされることを、ルバショウは過去の経験から知っていた。

相変わらず、また雪が降りそうな空模様だった。下の中庭では、雪かきして作られた小径を、二人の男がぐるぐる回って散歩していた。二人のうちのひとりは、何度かルバショウの房の窓を見上げた。単なる偶然か、それともルバショウの逮捕がすでに噂になっていたのか。見上げていたのは、黄色っぽい顔の、上唇が裂けた兎唇《みつくち》(23)の痩せた男だった。男は薄いレインコートを着ていたが、それを首の前で合わせ、寒そうに肩をすぼめていた。もうひとりの男は年上で、寒さから身を守るため毛布を肩の周りに巻いていた。散歩で回っている間、かれらはお互いに口をきかず、ゴム製の棍棒を持ちガンホルダーを着けた軍服姿の刑務官の手で、十分後にまた建物の中へと連れ戻された。その刑務官がかれらを待っていた入り口は、ルバショウの窓のちょうど正面にあった。兎唇の男は、背後で戸が閉まる前にもう一度ルバショウの方を見上げた。兎唇の男にはルバショウはきっと見えなかったはずだ。ルバショウの独房の窓は、中庭からは真っ黒に見えたにちがいなかった。にもかかわらず、その視線は何かを探すように窓から離れなかった。「おれにはおまえが見えるが、おれはおまえを知らない。だが、おまえにはおれが見えないのに、明らかにおれが誰だか知っている」とルバショウは思った。寝台に腰かけ、鼻眼鏡をはずすと、四〇二号に向けて打った。

サンポシテタヤツ　ダレダ?

四〇二号は、おそらく気を悪くしていて答えないだろうと思った。しかし、片眼鏡の士官は根にもっていなかったようで、すぐに打ち返してきた。

セイジハン。

ルバショウは驚いた。兎唇の痩せた男を刑法犯だと思っていた。

キミラノナカマカ?と聞き返した。

イヤ　オマエラノダ、と四〇二号は、おそらくしてやったりという気持ちでにやりとしながら打ち返してきた。次の文はより明瞭な音で送られてきた。今回は、おそらくまた片眼鏡を使って打っているのだろう。

ミックチハオレノトナリダ。四〇〇ゴウニイル。キノウゴウモンサレタ。

ルバショウは数秒沈黙し、叩くときにしか使っていないにもかかわらず、鼻眼鏡を袖口で拭いた。最初は、「なぜ」と聞こうと思ったが、代わりにこう打った。

ドンナフウニ?

四〇二号は、素っ気なく叩いてきた。

ムシブロ。ナグルノハココデハヤラナイ。

ルバショウは、あちら側の国では繰り返し殴られた。しかし、「蒸し風呂」というこの方法は、聞いたことがあるだけで経験がなかった。ルバショウには、自分が知るかぎりのどんな肉体的苦痛にも耐えられる自信があった。もし何をされるかあらかじめ正確にわかれば、たとえば抜歯のような外科的処置と同じで、我慢できる。本当に厄介なのは未知のものだけだ。そのときは、自分自身の忍耐力を推し量る基準がなく、自分がどんな反応をするかも予測できない。そして最も厄介なのは、そうしたときに、あとからは取り返しのつかないことをやったり言ったりしてしまうのではないかという不安だ。

ナゼ?とルバショウは聞いた。

セイジテキケンカイノソウイダ、と四〇二号は皮肉を込めて叩いてきた。

ルバショウは、鼻眼鏡を掛けると、ポケットの中のシガレットケースを探った。もう二本しか残っていなかった。それから叩いた。

チョウシハドウダ?

アリガトヨ、サイコウダ、と四〇二号は打ち返し、それ以上は何も答えなかった。

ルバショウは肩をすくめ、残り二本となった煙草に火を点け、ふたたび行ったり来たりを始めた。奇妙なことに、自分の身に迫っていることへの期待がルバショウをほとんどウキウキさせていた。ぼうっとした憂鬱な気分が晴れ、頭が冴え、神経がいわばピンと張り詰めてくるのを感じた。洗面台の冷たい水で顔と腕と胸を洗い、口をすすぎ、ハンカチで体を拭いた。有名なオペラの闘牛士の歌の何小節かを口笛で吹いたが、自分自身に苦笑いせざるを得なかった。ルバショウの口笛は昔から絶望的なほど調子外れだった。数日前誰かが、「もしナンバー・ワンに音楽の才能があったら、とっくの昔にきみを銃殺にする口実を見つけていたぜ」と言っていたことを思い出した。「どっちにせよ口実は見つけるだろうさ」とルバショウは真面目に考えることなく、答えていた。

ルバショウは、最後の煙草に火を点けると、冴えた頭で今後の戦術を練り始めた。同時に、自分の能力に対する静かだが喜びに満ちた自信を感じた。それは、学生時代にとりわけむずかしい試験を前にしたとき、ルバショウの心にみなぎっていたものとまったく同じ自信だった。ルバショウは「蒸し風呂」というテーマに関して知っている限りのことをつぶさに思い起こした。個々の状況を具体的に思い浮かべ、予想される肉体的感覚を専門的に分析し、そこから薄気味の悪さを取り除こうと試みた。決定的に重要なのは、不意打ちを食らわないことだ。あちらでやつらにやられなかったように、今回もやられはしない。今や、そう確信がもてた。自分は取り返しのつかないようなことは言わないという自信があった。待ちきれぬ思いで、早く始まって欲しいとだけ願った。

運賃を騙し取られたと感じて追いかけてきたリヒャルトとあの年老いた運転手の夢を思い出した。

「おれはちゃんと払うぞ。」心の中でそう言うとルバショウは、上気した顔でにやりとした。

ルバショウは、最後の煙草を終わりまで吸ってしまい、ほとんど指の爪を焦がしかけて、慌てて煙草を落とした。踏んで消そうとしたが考え直し、身を屈めて拾うと、自分の手の甲の青味がかって蛇行する静脈の間に、燃えている吸いさしをゆっくりと押しつけ、火を消した。ルバショウは、その手順を、時計の秒針を観察しながら三十秒以上かけて行い、自分に満足した。その三十秒間、手はぴくりともしなかった。

その後ふたたび房内の散歩を始めた。

数分前から覗き穴を通してルバショウをうかがっていた目が、そこで引っ込んだ。

11

その直後に、昼食配給の隊列が廊下を過ぎていった。ルバショウの房はふたたび飛ばされた。ルバショウは体面を守るため、覗き穴には近づかなかった。それで、昼食に何が出たかはわからなかったが、匂いは房内まで入ってきた。うまそうな匂いだった。

煙草が欲しいと痛切に感じた。集中するためには、なんとしても煙草を手に入れる必要があった。煙草は食事より重要だった。ルバショウは、食事の配給のあと半時間ほど待ち、それから扉を拳で叩き始めた。老看守が足を引きずりながら来るまで、さらに十五分ほどかかった。「何の用だい？」と看守は不機嫌そうに言った。

「売店で煙草を買ってきてもらいたいのだが」とルバショウは言った。

「領置金の引換クーポンはあるかい？」

「わたしの金は収監の際に没収された。」

「じゃあ、それをクーポンに交換してもらうまで待ってもらわないと。」

「きみたちのこの模範的な施設では、それにはどれくらいかかるのかね？」とルバショウは尋ねた。

「苦情申し立て書なら書いてもいいよ」と老看守は答えた。

「わたしには、紙も鉛筆もないことぐらい知っているだろう。」

「筆記用具を買うなら、クーポンが必要だね。」

突然の怒りが自らの内にわき上がってくるのが詳細に感じられた。胸郭の内部から押し出してくるような圧力、首元の締まる感じ、顔の血管の脈動。それでもルバショウは、なんとか自分を抑えた。老看守は、鼻眼鏡越しにルバショウの瞳が鋭く光るのを見て、軍服を着たルバショウの油絵の肖像画を思い出した。以前、それは至るところで見られた。老看守は、陰険な笑いを浮かべながらも、半歩後ずさった。

「このクソ野郎」とルバショウは、ゆっくりかつ明瞭に言うと、看守に背を向け、窓辺に戻った。

「暴言を吐いたと報告するぞ」とルバショウの背中に向かって言う老看守の声が聞こえ、その後、扉は閉まった。

ルバショウは鼻眼鏡を袖口で拭きながら、自分の呼吸がふたたび落ち着いてくるのを待った。どうしても煙草が欲しかった。煙草は、この戦いに耐え抜くためには欠くことのできない前提条件だった。十分間は我慢したが、その後、四〇二号に向かって打った。

タバコハアルカ?

返事はなかなか来なかった。やがて、一文字ずつ間を開けた明確な返事が来た。

オマエノブンナドナイ。

ルバショウはゆっくりと窓辺に戻り、小さな口ひげを蓄えた若い士官の姿をはっきりと思い浮かべた。そいつは片眼鏡を眼窩に挟み、馬鹿みたいにニヤニヤしながら、かれらを隔てる壁を見つめていた。レンズの奥のその目はうつろで、赤みを帯びたまぶたの内側はまくれ上がっていた。こいつの頭の中はどうなっているのだろう? おそらく、一発お返ししてやったと思っているのだろう。おそらく、この悪党、おまえはおれたちの仲間を何人撃ち殺しやがったとも思っているのだろう。ルバショウは漆喰塗りの壁を見つめた。相手が顔を自分の方に向け、この壁の向こうに立っているのが感じられた。その興奮した鼻息が聞こえるようだった。そうだ、おまえたちの仲間をおれは何人処刑しただろうか? どうしても正確には思い出せなかった。あれは、ずっとずっと昔の内戦の頃だ、おそらく七十人から百人の間だ。だからなんだ? あれは問題ない。リヒャルトのケースとは別次元の話だ。今でももう一度同じことをするだろう。革命がけっきょくはナンバー・ワンひとりを権力の座に押し上げることになると、あらかじめわかっていてもか? わかっていてもだ。

おまえとは、とルバショウは、その向こうに相手が立っている漆喰塗りの壁を見つめながら、心の中で言った。おそらくやつは煙草に火を点け、壁に向かってその煙を吹きかけているだろう。おまえとは何の貸し借りもない。おまえには、運賃の借りはない。おまえたちとわれわれの間には、そもそも共通の通貨もなければ、共通の言語もない……。今さら何の用だ？

四〇二号はふたたび壁を打ち始めていた。ルバショウは壁に近づいた。オマエニタバコヲオクル、と聞こえた。その直後、四〇二号が看守を呼ぶために自分の房の扉を叩く音が、さらに弱くだが聞こえた。

ルバショウは、固唾を呑んで耳を傾けた。数分後、あの老看守が足を引きずりながら近づいてくるのが聞こえた。

看守は、四〇二号の扉を開けないまま、覗き穴から尋ねた。

「何の用だい？」

四〇二号の声をぜひ聞きたいと思ったが、返事の方はルバショウには何も聞こえなかった。その後、老看守は、ルバショウにも聞こえるように大声で言った。

「許可されていない。規則違反だ。」

それに対する返事は、またもやルバショウには聞こえなかった。その後、老看守は言った。「暴言を吐いたと報告するぞ。」石タイルの上を、足を引きずって歩く看守の足音が聞こえ、廊下の向こうに消えていった。

少しの間沈黙が続いた。それから、四〇二号が打ってきた。

オマエメヲツケラレテイルナ。

ルバショウは何も答えなかった。独房内を行ったり来たりした。煙草が吸いたくて、喉と副鼻腔の渇いた粘膜がムズムズした。四〇二号のことを思い、「おれは、それでももう一度同じことをするだろう」と自分に向かってつぶやいた。「あれは必要だったし、正当だった。だが、ひょっとしたらそれでもなお、おれはおまえにも運賃の借りがあるのだろうか？　必要で正当な行為に対しても、償いが必要なのだろうか？」
額を圧迫する頭痛はひどくなった。休むことなく行ったり来たりし、考えているうちに唇が動き始めた。正当な行為に対しても償わねばならないのか？　理性とはまた別の尺度があるのか？　ひょっとしたら正しき者も、この別の尺度で測った場合は、最も重い罪をしょい込むのか？　まさにおれが(24)、この正しき者が？　ほかの連中は、自分が何をしているか知らないおかげで免罪されるというのに？

ルバショウは窓から三つ目の黒い石タイルの上で立ち止まった。

何だこれは？　宗教がかった妄想の兆しか？　ルバショウは、自分が数分前から自分自身とつぶやき声で対話をしていたことに気づいた。しかも自分を観察している間もなお、自分の意志とは無関係にルバショウの唇は動き続けこう言っていた。

「おれは借りを返すつもりだ。」

逮捕されて以来はじめて、ルバショウは愕然とした。無意識に煙草を手探りしたが、それはもうなかった。

そのとき、ふたたび壁の寝台の上あたりでコツコツという音が聞こえた。四〇二号が知らせを送ってきた。

ミツクチガオマエニヨロシクトイッテイル。

ルバショウは、窓の方を見上げていたあの散歩者の黄色い顔を思い浮かべた。この知らせに居心地の悪さを感じながら打ち返した。

アイツノナマエハ？

四〇二号は答えた。

イオウトシナイ。ダガオマエニヨロシクトイッテイル。

12

午後の間に、さらに具合が悪くなった。ルバショウは、全身に軽い悪寒を感じた。歯もふたたび痛み始めた。悪いのは、眼窩神経、つまり視神経がそのそばを通っている右上の犬歯だった。逮捕されて以来食べるものは何も手に入らなかったが、空腹は感じなかった。落ち着いて考えようと試みたが、全身を走る寒気と喉元をひっかいてムズムズさせる喫煙欲のせいで、ルバショウの思考は、二つの極の周りをたえず巡り続けた。どうしても煙草が欲しいという渇望と「おれは借りを返すぞ」という言葉がそれぞれの極をなした。

まるでガラスの鐘がおおいかぶさるように記憶が頭上に降りてきた。ブーンとかザーとかいう小さな耳鳴りがした。いろいろな顔や声が浮かんではまた消え、留めておこうとするたびに、それにまつわる記憶がルバショウを苦しめた。過去は傷だらけで、触れるたびに膿が出た。過去とはすなわち、運動であり党であった。もちろん現在と未来もまた党に属し、党の運命と分かちがたく結びついてはいる。しかし、過去は党そのものであった。そしてこの過去が、今や突然疑問視されているのだ。ルバショウには、熱い息づかいのこの党の体が潰瘍で、それも化膿した潰瘍や、さびた古釘が突き出て出血する聖痕で覆い尽くされているように思えた。かつて歴史上、いつどこに、こんなでき損ないの聖人がいただろうか？　正義がこれよりひどい方法で主張されたことがあっただろうか？　もし党が歴史の意志を体現しているのだとしたら、歴史自体ができ損ないなのだ。

ルバショウは、自分の独房の湿気でできた壁の染みをじっと見つめた。寝台から毛布をはぎ取るとそれを肩の周りに巻いた。行ったり来たりする速度を速め、小さな歩幅で脚を速く動かし、扉や窓のところでサッと向きを変えた。しかし、肩の寒気は引き続き背中を駆け巡った。耳鳴りのブーンという音は続き、ときどき、そこに柔らかくて曖昧な人の声が混じった。ルバショウには、それらが外の廊下から来るのか、幻聴を起こしているのか、判断がつかなかった。眼窩神経のせいだ、へし折られた犬歯の歯根から来たのだ、と独り言を言った。明日医者に診せよう。だが、その前に、やるべきことがたくさんある。党における欠陥の原因を見つけねばならない。われわれの原理原則はみな正しかった。だがわれわれがもたらした結果はすべて誤っていた。この世紀は病んだ時代だ。われわれは、病気とその病理組織を顕微鏡を使って正確に認識した。だが、われわれが治療のためにメスを入れても、そこにはまた新しい潰瘍が出現するだけだった。われわれの意志は堅く純粋だったのだから、われわれはみなに愛されたっていいはずだった。だが、かれらはわれわれを嫌った。どんな理由があってわれわれは憎まれるのだろう？

われわれはきみたちに真理をもたらした。だが、それは、われわれの口から出ると嘘のように響いた。われわれはきみたちに自由をもたらした。だが、それは、われわれの手の中ではむちのように見えた。われわれはきみたちに生き生きとした生をもたらした。だが、われわれの言葉が響き渡ったところでは、木々は枯れ、木の葉はまるで枯れ葉のようにカサカサ鳴った。われわれはきみたちに素晴らしい未来を伝えた。だが、われわれの知らせは、しどろもどろのたわ言か、がさつなどなり声のように響いた。

ルバショウの目の前に一枚の写真が思い浮かんだ。それは木製の額縁に入ったある大きな写真で、第一回党大会の代議員たちだった。かれらは長い木製の机の周りに座り、肘をついている者もいれば、膝に手を載せている者もいて、みなひげを伸ばし、きまじめな顔をして、写真家のレンズの方を見ていた。それぞれの頭上には、丸で囲んだ数字が書いてあり、写真の下には、全員の名前が載っていた。みなきまじめな顔をしている中で、議長席に座っていた親父《おやじ》(25)だけは、タタール人のような切れ長の細い目で、いたずらっ子のように面白がって目配せしていた。ルバショウはその右横に座り、鼻眼鏡を掛けていた。ナンバー・ワンは、机のどこか端の方にしゃちほこばって座っていた。かれらは、どこかの田舎町の公証人協会の年次総会参加者のように見えたが、実際には人類史における最も偉大な革命を準備していた。かれらは、当時のヨーロッパでは一握りの少数者に過ぎなかったが、精神と行為におけるエリートで、行為する哲学者という歴史上まったく新しい存在であった。各国を飛び回るビジネスマンがヨーロッパ中のホテルを知っているのと同じく、ヨーロッパ中の監獄を知っていた。かれらは、権力を廃止することを目的とした権力を夢見て、支配されるという習慣から人々を解き放つために人々を支配することを目指した。かれらの考えはすべて現実になり、かれらの夢はすべて実現した。だが、かれらはどこにいるのか？　かれらの頭脳は世界の運命を変えたが、その後それぞれの頭脳が食らったのは鉛の銃弾だった。額を撃たれた者もいれば、後頭部を撃たれた者もいた。残っているのは、二、三人で、世界の果てに追いやられ、くたびれ果てていた。ほかには、ルバショウ自身とナンバー・ワンだけだった。

　ひどく寒気がした。煙草が欲しかった。ベルギーの古い港町にいる自分の姿が思い浮かんだ。ちびで陽気なレーヴィが一緒だった。レーヴィは少し肩が歪んでおり、マドロスパイプを吹かしていた。ルバショウは、腐った海藻と三月の春風と石油の匂いが混じった船だまりの匂いを嗅いだ気がした。射撃協会の古い建物の塔にあるからくり時計の時を打つ音が聞こえてきた。狭い通りの上には縦長で幅の狭い張り出し窓が見えた。その手すりには、港の娼婦たちが日がな一日洗濯物を干して乾かしていた。リヒャルトの件からは二年経っており、ルバショウは監獄から釈放されたばかりだった。やつらは、ルバショウの罪を何も証明することができなかった。ルバショウは殴られても何も言わなかった。歯をへし折られ、耳に障害を負わされ、鼻眼鏡を粉々にされても、何も言わなかった。口を割らず、罪を否認し、冷静かつ周到に嘘をつき通した。独房内を行き来して歩き続けたり、地下の拷問室の石タイルの床を這って、おびえながら弁明を考えたりした。そして、冷水をかけられて意識を取り戻すたびに、手探りで煙草を探し、嘘をつき続けた。当時ルバショウはまだ、自分を拷問する連中の憎悪について驚くことはなく、かれらにとって自分がどうしてそんなに憎いのか、深くは考えなかった。独裁国家の司法機構全体が歯ぎしりして悔しがったが、ルバショウの有罪は何一つ証明できなかった。(26)釈放後、飛行機が迎えにきて、ルバショウの故郷であり革命の祖国であるこちらへ戻ってきた。盛大な歓迎式典や歓呼の声に沸く大衆集会や軍事パレードが行われた。

ルバショウは、もう何年も祖国には帰っておらず、多くの変化に気づいた。ナンバー・ワンは、ルバショウを歓迎する大衆集会に何度も公的に姿を現した。しかし、昔の写真のひげづらの男たちの半数は、もはやこの世にいなかった。かれらの名前は口にすることを許されず、かれらの記憶は罵倒の言葉とともに呼び起こされるだけであった。例外は、タタール人のような切れ長の目をした親父だけだった。頃合いよく死んでくれていたこのかつての指導者は父なる神として、ナンバー・ワンはその息子として、ともに崇められていた。同時に、ナンバー・ワンは、後継者となるために親父の遺書を偽造したという噂も、至るところでささやかれていた。あの写真のひげづらの男たちの生き残りも、今は見る影がなかった。かれらは、ひげをきれいにそり、疲れ切って失意のうちにあり、苦々しい憂愁に閉ざされていた。ナンバー・

ワンは、ときおり、かれらの中から新しい犠牲者をひとりつまみ出した。すると他の者たちはバンバンと鳴り響くほどに胸を叩いて反省し、自分たちの罪を悔い、石化した教条が示す父と子と聖霊に対し声を合わせて信仰告白を行った。一週間後、松葉杖がなくてはまだ歩けないうちに、ルバショウは、外国での新たな任務を願い出た。「あなたは急いでいるようですね」とナンバー・ワンは言い、もうもうたる煙草の煙の向こうから目をのぞかせてルバショウの方を見た。かれらは二人とも二十年前から党の指導部にいたが、今なお、お互いに敬語を使っていた。ナンバー・ワンの頭上には、親父の肖像画が掛かっていた。以前は、その横に番号が振られた男たちの写真もあったが、今は取り払われていた。会話の雰囲気は冷ややかで、それもわずか数分だったが、別れ際にナンバー・ワンはルバショウの手をとりわけ強く握った。ルバショウは、この握手の意味とナンバー・ワンがもうもうたる煙の向こうから自分を見ていた奇妙なほど訳知り顔の皮肉な目つきについて、長いこと頭を悩ました。ついでに言えば、ナンバー・ワンは見栄えのする男らしい手をしていた。握手のあと、ルバショウは、松葉杖をついて足を引きずりながら部屋を出た。ナンバー・ワンは、ドアのところまで見送ることはなかった。翌日、ルバショウはベルギーへと旅立った。

船上でルバショウは少し快復し、自分の任務について思いを巡らした。到着すると、マドロスパイプのあのちびのレーヴィが迎えに来た。レーヴィは党の港湾労働者部門の地区指導者で、ルバショウは最初からレーヴィが気に入った。レーヴィは、ドックや入り組んだ港の通りを、まるで自分が全部作ったかのように、あちこち自慢げに案内した。どこの飲み屋に行っても、港湾労働者や船員や娼婦などの知り合いがいた。至るところで酒を一杯おごられ、手にもったパイプを耳横まで上げて会釈し、みなからの挨拶に答えた。そのうえ、中央広場の交通警官までがちびのレーヴィに対して親しげにウィンクし、言葉が通じない外国船の船員の同志たちも無遠慮だが同時に優しく、レーヴィの不格好な肩をポンポンと叩いた。ルバショウはそれらすべてを目にし、少し驚いた。いや違う、ちびのレーヴィは憎まれても仕方ないような人間ではない。この町の港湾労働者組織は、全世界の党の中で最もよく組織された部門の一つだ。

その晩、ルバショウとちびのレーヴィとさらに何人かが港の酒場の一つに座っていた。かれらの中には、パウルとかいう名の党の支部書記もいた。パウルは以前、レスラーだった。はげ頭にあばた面で、大きな耳が突き出していた。上着の下に黒い船員用のセーターを着て、頭の上に黒い山高帽を載せていたが、自分の耳をピクピク動かして、この黒い山高帽を上げ下げすることができた。ほかにビルとかいう名の者もいた。以前は見習船員をやっていて、その体験についての小説を書いて一年ほど有名になったが、すぐにまた忘れ去られた。今は、党機関誌に記事を書いており、酒に酔ってはときおり昔のように同性愛に走った。そうしたことは、以前船員をやっていた者にはよくあり、罪のない噂話の種になっていた。ほかに港湾労働者たちがいた。体格が良く、酒の強い男たちだった。次から次へと新しい連中がやってきては、同席したり、かれらのテーブルまできて一同に一杯おごり、またゆっくりと出て行ったりした。太っちょの亭主も、少しでも暇ができると同じようにやってきた。亭主はハーモニカが吹けた。誰もがしこたま飲んだ。

ちびのレーヴィは詳しい説明を省き、ルバショウのことをただ「あちらから来られた同志」とだけ紹介した。ルバショウの素性を知っているのは、ちびのレーヴィだけだった。ルバショウがあまり話さないか、話したがらないのに気づくと、みな、多くは尋ねなかった。また尋ねる場合も、それは、「あちら」での給料や農民問題や工業発展等の一般情勢に関する質問だけに限られた。どの質問からも、質問者が細部にわたり驚くほどの専門知識を持っていることが明らかだった。しかし同時に、「あちら」の全体状況と政治的な雰囲気に対して驚くばかり無知であることもわかった。かれらは、軽金属工業部門の生産の伸びについて、まるでカナンの地[27]の葡萄の大きさを尋ねる子供たちのように目を輝かせて聞いた。ちびのレーヴィが一杯おごるよと声をかけるまで何も注文せず、しばらくカウンターの辺りにいたある年配の港湾労働者は、ルバショウと握手してから言った。「あんたはあの老ルバショウに本当によく似てるなあ。」「はい、よくそう言われます」とルバショウは答えた。「ルバショウ、あいつはたいしたやつだ。」年配の労働者はそう言うと、グラスを一気に飲み干した。ルバショウが釈放されてからまだ十日と経っていなかった。また、生きて出られそうだとわかってからも二週間と経っていなかった。亭主はハーモニカを吹いた。ルバショウは、煙草に火を点け、周りの全員に一杯おごった。みなはルバショウにグラスを向け、「あちら」のために乾杯した。

その後、ルバショウとちびのレーヴィは港のカフェに行って、さらに少しの間、二人だけで話した。シャッターは下ろされ、椅子は逆さにして机の上にあげられていた。店主はカウンターにもたれて眠っており、ちびのレーヴィはルバショウに身の上話をした。ルバショウの方からするよう促したのではなかった。ルバショウには、明日の話がますます厄介になるとすぐに予想がついた。どの同志たちもみな、自分に身の上話をしたがることに対し、ルバショウにはなすすべがなかった。できれば席を立ちたかったが、突然、強い疲労感を感じ、そのまま座っていた。

ちびのレーヴィは土地の者と同じ言葉を話し、みなレーヴィを知ってはいたが、もともとは地元の人間ではないことが、聞いていて判明した。レーヴィは、実際は南ドイツのとある街の出身で、家具製作の技術を習い、革命青少年団の日曜遠足でギターを弾いたり、ダーウィニズムに関する講演をしたりしていた。独裁政権が誕生する直前の騒乱が続いた何か月かの間、党が武器を必要としても手に入らなかったころ、その街では大胆不敵な犯行が行われた。一番の繁華街にある警察署から、ある日曜の午後に、家具運搬トラックを使って五十丁の小銃と二十丁の回転式ピストルおよび二丁の軽機関銃が、銃弾とともに持ち去られた。家具トラックの連中は、何かの証明書を示し、輸送を護衛する二人の制服警官らしき者も一緒だった。武器はその後、別の街で、ある党員の家宅捜索の際にそのガレージで発見された。その後もこの事件は完全に解明されたわけではなかったが、次の日、その町からちびのレーヴィが姿を消した。党はレーヴィにパスポートと身分証明書を用意すると約束したが、手はず通りにはいかなかった。証明書類と旅行用の金を持ってくるはずだった〝上層部の〟同志は約束の場所に現れなかったのだ。

「われわれはいつもこんなことの繰り返しでした」とちびのレーヴィは物思わしげに付け加えた。ルバショウはこのコメントが聞こえなかったふりをした。

それでもレーヴィは、なんとか困難を切り抜け、ついには国境を越えた。指名手配され、不格好な肩をした手配写真がすべての警察署に貼られていたため、放浪による逃亡生活は数か月に及んだ。〝上層部の〟同志に会うため家を出たとき、レーヴィはきっかり三日分の金しか持っていなかった。「木の皮をかじるなんて本の中だけのことだとずっと思っていました。プラタナスの若木が一番うまかったなあ」とレーヴィは言った。餓えに苦しんだことを思い出したのか、レーヴィは立ち上がると、カウンターから粗挽きソーセージを二本取って来た。ルバショウも監獄のスープとハンガーストライキを思い出しながら、一緒に食べた。

それでも、ちびのレーヴィはフランスへの国境を越え、さらには臨時の仕事もいくつか見つけた。しかし、残念ながらパスポート不所持というので、数日後には逮捕され、出国するよう命令された。「月に行けっていう判決と一緒ですよ」とレーヴィはコメントした。レーヴィは、党に助けを求めた。だが、フランスの党はレーヴィを知らず、われわれはまずきみの故郷できみの身元を照会しなければならないと言った。レーヴィは放浪を続け、数日後にふたたび逮捕され、三か月の禁固刑を受けた。刑期を務めながら、同房となった放浪者に先の党大会での決定に関する連続講義を行った。その見返りとして、この放浪者は、猫を捕まえ、その皮を売って金を稼ぐ方法を教えてくれた。三か月が過ぎると、警官たちは、夜半に、レーヴィをベルギーとの国境の森に連れて行き、パンとチーズとフランス製の煙草一箱を渡して言った。「ずっとまっすぐ行け、三十分もすればベルギー領だ。もしもう一度こっちでとっ捕まったら、その面《つら》に一発食らわすからな。」

何週間か、ちびのレーヴィはベルギー内を放浪した。ベルギーの党に助けを求めたが、フランスのときと同じような回答しか得られなかった。プラタナスの樹皮はもううんざりだったので、猫の捕獲に挑戦した。猫を捕まえるのは比較的簡単だった。猫が若くて疥癬病みなどでなければ、皮一枚につき、パン半分と刻み煙草一箱がもらえた。しかし、捕獲と販売の間には、なんとも嫌な作業があった。片方の手で猫の両耳を持ち、もう一方の手で尻尾をつかみ、膝の上で背骨をへし折るのが、一番手っ取り早かった。最初にやったときは吐きそうになったが、そのうち慣れた。残念ながら、レーヴィは、身分証明書不所持ということで、数週間後にまた逮捕された。そのあとには、お定まりの手続きが続いた。国外退去命令、二度目の逮捕、拘禁。その後、ある晩、二人のベルギー警官がレーヴィをフランスとの国境の森に連れて行き、レーヴィにパンとチーズとベルギー製の煙草を一箱渡して言った。「ずっとまっすぐ行け、三十分もするとフランス領だ。もしもう一度こっちでとっ捕まったら、その面に一発食らわすからな。」

それから一年の間、ちびのレーヴィは、フランスないしはベルギー当局との共謀の下、合わせてさらに三回、非合法な密入国を繰り返した。そのうち、レーヴィは、自分と同じような事情を抱える数百人が、何年も前からこうしたゲームをさせられていることを知った。運動とのコンタクトを失うことがずっと一番の心配だったので、何度も党に助けを求めた。「きみは、きみの組織からわれわれに派遣されてきたのではない」と党は言った。「われわれは照会に対する回答を待たねばならない。もしきみが党員だというなら、党の規律を守りたまえ。」その間、ちびのレーヴィは引き続き猫の皮はぎを続け、国境を越えて行ったり来たりさせられた。やがて、レーヴィの故国では、独裁政権が誕生した。さらに一年が過ぎると、放浪生活が少しばかり身にこたえて、ちびのレーヴィは血を吐き、猫の夢を見るようになった。すべて猫の臭いがするという強迫観念に悩まされた。食事、パイプ、ときどき同情して横で寝かせてくれる娼婦たち、そして自分自身も臭った。「照会したがまだ何の回答も来ていない」と党は言った。さらに一年経って判明したのは、ちびのレーヴィの過去に関して情報を提供できるかもしれない同志たちは、みな、リンチを受けて撲殺されたか、投獄されたか、行方不明になっていたということであった。「手の打ちようがない。きみは、事前の派遣手続きなしに出発すべきではなかった。ひょっとしたら、きみは、そもそも党の許可なく出発したんじゃないか？　われわれにはわかりっこない。我が隊列に潜り込もうとするスパイや挑発者たちは、山ほどいる。党は警戒しなくちゃならないんだ」と党は言った。

「何のためにそんな話をわたしにするのかね？」とルバショウは尋ねた。さっさと帰っておけばよかったと思った。ちびのレーヴィはビヤ樽のところでビールを一杯注いで戻ると、パイプを持ち上げて会釈した。「教訓的だからですよ」とレーヴィは言った。「これはほんの一例に過ぎません。わたしはこういう話を何百とできます。こんなふうにしてここ数年、われわれの最良の仲間たちがつぶされていっています。われわれのすべてが硬直し、動脈硬化を起こしています。党は手も足も痛風と静脈瘤だらけです。これでは革命なんてできません。」

「その種の話なら、おれでももっと多くきみに語れる」とルバショウは思ったが、何も言わなかった。

なお、ちびのレーヴィの話は、思いもかけず、上首尾な結果になった。幾度となく拘禁刑を受けているうちに、レーヴィははげ頭のパウルと同房になった。パウルは当時すでに港湾労働者で、あるストライキ騒動のさなかにレスラー時代の過去を思い出し、ドッペル・ネルソンという名前の技《わざ》を警官にかけたために、監獄にぶち込まれていた。その技は、相手の後ろから脇の下を通して腕を持ち上げ、相手の首の後ろで両手を重ね合わせて、頸椎がミシミシいい始めるまで頭を下に押しつけるというものだった。リング上ではこれをやるといつも拍手喝采だったのに、階級闘争ではドッペル・ネルソンは禁じ手だった、とパウルは残念そうにコメントした。ちびのレーヴィとはげ頭のパウルは仲良くなった。パウルが党の港湾部門の組合指導者であることがわかり、出所すると、パウルはちびのレーヴィに身分証明書と職を手に入れてやり、党に対してその身元を保証した。こうしてちびのレーヴィは、まるで何事もなかったかのように、またダーウィニズムや最新の党大会について、港湾労働者のために講義を行うようになった。幸せになって、猫のことも党官僚に対する怒りも忘れ、半年後には港湾部門の政治指導者になった。終わり良ければ、すべて良し。

ルバショウの方は、老いと疲労を感じながらも、このとき心の底からハッピーエンドを望んだ。しかし、自分がなにゆえここへ送られてきたかわかっていた。また、革命家の美徳のうちルバショウがどうしても習得できなかったことが一つあった。自分に嘘がつけなかったのだ。ルバショウは、ちびのレーヴィを鼻眼鏡越しに静かに見つめた。そして、ちびのレーヴィが、その視線の意味をどう取っていいかわからず、微笑《ほほえ》みながらも少し当惑してパイプを持ち上げて会釈している間、あの猫のことを考えていた。自分の神経がまともに機能せず、おそらくは、飲みすぎてしまったことに気づき、ゾッとした。というのも、どうしてもちびのレーヴィの耳と足をつかんで、その不格好な肩を自分の膝の上に置いてみたいという気違いじみた強迫観念を追い払うことができなかったからだ。ルバショウは気分が悪くなって、立ち上がった。ちびのレーヴィは家まで送ってくれた。レーヴィはルバショウが突然気分を害したのに気づいたが、敬意を表して何も言わなかった。一週間後、ちびのレーヴィは首をくくった。

この晩からちびのレーヴィが自殺するまでの間に、事務的で退屈な党会議が続けて何度か行われた。事態は単純であった。

党は二年前に、世界中の労働者に対して、ヨーロッパの中心で新たに誕生した独裁政権(28)に対する戦いを、すなわち専制帝国に対する政治的経済的なボイコットを呼びかけた。この敵国から来る商品は何も買ってはならず、その巨大な軍需産業用の積み荷は何一つ通過させてはならなかった。党の港湾部門はこの指示を熱狂的に歓迎した。この小さな港湾都市の労働者たちは、敵国から来たか、行き先がそこと決められている積み荷の陸揚げを拒否した。他の組合もかれらと連帯した。このストライキ闘争は、深刻かつ重大で、警察との衝突が何度かあり、死傷者も出た。旧式の黒い奇妙な五隻の貨物船からなる小規模な商船団が港に入ってきたのは、この闘争の決着がどうなるかまだ不確かなころだった。それらの船には、「あちら」の見慣れぬ文字であの革命の偉大な指導者たちの名前が書かれていた。その舳先では革命の旗がなびいていた。これらの船は、ストライキ中の港湾労働者たちに熱狂的な歓迎を受けた。積み荷の陸揚げが始まった。裏の事情がわかるまでに数時間かかったが、その積み荷はヨーロッパでは希少なある特定の貴金属鉱石であり、専制帝国の軍需産業に向けられた通過貨物だった。

港湾部門では激しい論争が起こり、それはやがてこの国の党全体に広がった。反動的な新聞は、この問題を物笑いの種として取り上げた。いつもは、ストライキ破りと連携して動く警察は中立を決め込み、この奇妙な黒い船団の荷下ろしをどうするかは港湾労働者たちの判断に委ねられた。党指導部は、ストを中止し、積み荷を降ろすよう指令を出した。かれらは、革命の祖国とその指導者たちの行動方針について事実を並べて解説し、もっともらしい理由を挙げた。しかしそれで納得した者は少なかった。党の港湾部門は分裂し、昔からのメンバーの大半は離れていった。党指導部と残ったメンバーは何か月にもわたり息も絶え絶えの状態だった。それでも、やがてこの国の経済的な困窮がますます増大するにつれ、かれらは新しい入党者を獲得し、ふたたび力を盛り返した。

二年が過ぎた。もう一つの南方の独裁国家が、かれら労働者の最大の敵国と同盟し、アフリカで略奪のための侵略戦争を始めた[29]。党はふたたびボイコットを呼びかけた。今回は、世界のほとんどすべての国の政府自身も、平和を乱す侵略者には戦争遂行のための原料を供給しないと決めた。それだけに、党の呼びかけには、よりいっそうの反響があった。原料、とりわけ石油がなければ、侵略も破綻するはずだった。このような状況下で、あの黒い奇妙[30]な小商船団がふたたび出航した。一番大きな船には先の大戦で唯一戦争反対の声を上げ、撲殺されたあの男の名前が書かれており、そのマストには革命の旗がひるがえっていた。しかし、その貨物室には侵略者向けの石油が積まれていた。船団は、この港からわずか旅程一日の距離に来ていたが、ちびのレーヴィとその仲間たちは、船団が来ることを何も知らなかった。それに対する準備をさせるのが、ルバショウの使命だった。初日には、ルバショウは何も言わず、ただようすをうかがった。二日目の朝、党事務所の大きな部屋で議論は始まった。

その部屋は、広くて殺風景で雑然としており、世界のあらゆる都市のあらゆる党事務所を似たり寄ったりに見せているあの冷たい感じでしつらえられていた。その理由は、一部には資金不足もあったが、その多くは、清教徒的[31]で人生を楽しむことをよしとしない党の伝統にあった。壁には、昔の選挙ポスターや政治的なスローガン、またタイプで打ったビラが貼られていた。部屋の一方の隅には埃をかぶった謄写版印刷機があり、また別の隅にはストライキ参加者の家族に配布予定の古着が積み上げられていた。その横には、日に焼けて黄ばんだパンフレットやビラの山があった。会議用の長机は、二つの架台の上に平行に置かれた二枚の板からなっていた。窓は建築中の家のようにペンキで雑に塗られていた。机の上には、裸電球が紐で天井から吊るされており、その横には、鳥もちを塗った紙がハエ取り紙がわりに垂れ下がっていた。机の周りには、ちびのレーヴィ、はげ頭のパウル、党紙編集委員のビルとそのほかに三人が座っていた。

ルバショウはかなり長く説明した。この部屋の雰囲気はルバショウにはおなじみだった。この慣れ親しんだ殺風景さのおかげで、かえってくつろぐことができた。この部屋にいると、自分の使命の正当性と合目的性を完全に納得でき、昨晩、あのがやがやした港の酒場でなぜあのような後ろめたさを感じたのか理解できなかった。ルバショウは、現状について事実だけを、慎重ではあるがそれなりの熱意を込めて説明し、はじめのうちは、自分が来た真の目的については何も触れなかった。侵略者に対する国際的なボイコットは、ヨーロッパ諸国の政府の偽善と利潤欲によって事実上失敗に終わった。今では数か国のみが見かけ上ボイコット決議を守っているふりをしているに過ぎず、ほかの国々はそのふりさえしない。侵略者には石油が必要で、これまでは革命国家が、かれらの需要のかなりの部分を満たしてきた。もしその供給をストップしたとしても、ほかの国々が強欲にもそこに割り込んで来るだけだ。連中は、革命国家を世界市場から排除することのみを狙っているのだから。したがってこうした夢想家的なポーズを取り続けたとしても、「あちら」での国家建設を妨げ、それゆえ全世界の革命運動を害するだけであろう。このことからして結論は明確だろうね。

パウルと他の三人の港湾労働者たちは、首を振ってうなずいた。すぐには理解できなかったが、「あちらから来られた同志」が説明したことは、もっともだと思えた。しかし、それは、かれらとは直接は何の関係もない理論上の論考に過ぎず、ルバショウが実際に意図していたことをかれらは知らなかった。かれらの誰も、自分たちの港に近づきつつある黒い船団のことなど思いもよらなかった。ただ、ちびのレーヴィと口をへの字に曲げた党紙編集委員のビルだけが、ちらっと視線を交わした。

ルバショウはそれに気づくと、さらに素っ気ない冷静な口調で話を締めくくった。

「さて、わたしがきみたちに言わねばならないことは、原則としてこれですべてだ。あちらでは、きみたちが党本部の決議を実行し、もし政治的により未熟な同志たちの間に動揺が生じるようなことが仮にあったとしても、かれらに事情をよく説明することを期待している。さしあたり、わたしの話はこれで終わりだ。」

誰も何も言わなかった。ルバショウは鼻眼鏡をはずし、煙草に火を点けた。ちびのレーヴィは、何気ない口調で言った。「報告ありがとうございました。誰か発言はありますか？」

誰も手を挙げなかった。その後、三人の港湾労働者のうちのひとりがゆっくりと言った。

「その点に関しては、あまり言うことはありません。あちらの同志は自分たちのやるべきことを心得ておられるのでしょう。おれたちはこちらで、もちろん、引き続きボイコットを続けなきゃなりません。当てにしてくださってけっこうです。ここじゃあ、クソ野郎向けの貨物は一つも通しませんから。」

二人の仲間たちもうなずいた。はげ頭のパウルは、みなの決意を強めるように「おれたちのところは通さない」と言うと、相手を威嚇するようなしかめ面をしながら、おどけて耳を動かした。

ルバショウは、一瞬、自分が反対派の秘密会合に参加しているのではないかと錯覚した。しかし、自分の説明を、かれらが本当に理解していないことに、徐々に気づき始めた。ルバショウは、この誤解を解いてくれるのではないかと期待して、ちびのレーヴィをじっと見た。だが、レーヴィは、うつむいたまま、何も言わなかった。突然、党紙編集委員のビルが、いらだたしげなしかめ面をして言った。

「その取引はどうしてもまたうちの港でやらなくちゃいけないんですか?」

港湾労働者たちは、びっくりしてビルの顔を見た。かれらは、ビルが、「取引」という言葉で何を言おうとしているか理解できなかった。革命の旗を掲げた黒い船団が霧ともやに隠れ、港に近づいているなどということは、かれらの想像をはるかに超えていた。しかし、この質問が出ることを予想し、すでに準備していたルバショウは答えて言った。

「地理的にも政治的にも、ここが一番都合がいいのだ。積み荷は通過貨物としてここから陸路でさらに運ばれる。われわれには秘密にしなければならない理由は何もない。しかし、反動的なデマゴーグが、それを政治的に利用し得るような騒ぎになることは避ける方がより賢明だ。」

ビルはふたたびちびのレーヴィと目配せした。港湾労働者たちは、訳がわからずルバショウの顔を見つめた。かれらの頭がゆっくりとだが、回り出しているのが見て取れた。突然パウルが、いつもとは違うかすれた声で言った。

「みんな一体何の話をしてるんだ?」

全員がパウルの方を見た。パウルの首筋は真っ赤になった。パウルは目を丸くしてルバショウの方をポカンと見つめた。ちびのレーヴィは感情を抑えた声で言った。

「今頃やっと気づいたのか?」

ルバショウは、かれらの顔をひとりずつ見渡しながら落ち着いて言った。

「わたしは詳しいことを言うのを忘れていた。外国貿易人民委員部所属の五隻の貨物船が天候に問題がなければ明日到着するとの通知が入っている。」

このときも、みなが理解するまでに数秒かかった。誰も一言も言わなかった。かれらはみなルバショウの方をまじまじと見た。その後、はげ頭のパウルはゆっくりと立ち上がり、帽子を床に叩きつけると部屋を出て行った。仲間のうち二人が振り返って見送った。誰も何も言わなかった。その後ちびのレーヴィは咳払いして言った。

「報告者は、たった今、この件に関する理由を説明してくださった。もしあちらが提供しなくても、けっきょく誰かが提供してしまうということだ。誰か発言はありますか?」

すでに一度発言していた港湾労働者が手を挙げて言った。

「その先どうなるか知ってるぞ。ストライキ中には、『もしおれが仕事をやめても、他のやつがそれを取ってしまうだけだ』って言う連中がいつもいる。そんな話は聞き飽きた。スト破りの台詞だ。」

ふたたび沈黙が流れた。パウルが外で組合事務所の入り口のドアをバタンと閉める音が聞こえた。その後、ルバショウは言った。

「同志、あちらでの国家建設という利害はすべての利害に優先する。感傷的になっていてはわれわれは前進できない。よく考えてもらいたい。」

港湾労働者は、首を前に突き出して言った。

「おれたちはもうよく考えました。そんな話は、嫌というほど聞いた。あちらにいるあんたたちは、みんなの模範にならなくちゃいけない。世界中があんたたちを見ている。あんたたちは、連帯とか犠牲とか規律とか言う。なのに実際には、あんたたちの船団をスト破りに使ってる。」

そのとき、ちびのレーヴィは、突然頭を上げた。顔が真っ青だった。ルバショウの方へパイプを上げて会釈すると小声で早口に言った。

「先ほど同志の述べたことにわたしも賛成する。ほかに誰か発言はありますか？　これで会議を終わります。」

ルバショウは、松葉杖をつき、片足を引きずりながら部屋を出た。事態は、予定通りで避けようのない経過をたどった。旧式の小商船団が入港する間、ルバショウはあちらの関係機関と数通の電報を交わした。三日後に、港湾部門の指導部は、関係機関の決定により解任され、そのメンバーは党から除名された。ちびのレーヴィは、党の公的機関紙で挑発者の手先として弾劾された。その三日後に、ちびのレーヴィは首をくくった。

13

夜になると、体調はさらに悪くなった。ルバショウは明け方まで寝られなかった。周期的に全身に悪寒が走り、歯はズキズキと痛んだ。脳内のすべての連想経路が痛み、炎症を起こしているような感覚がした。にもかかわらず、絶え間なく、過去の情景を呼び起こし、そのときの会話を思い出さねばならないというひどい強迫観念に駆られていた。日曜礼拝用の黒い背広を着て、泣きはらした目をしていたあの若いリヒャルトのことを思った。「ぼくを、敵に売ったりなんてだめです、同志。」あのちびで不格好なレーヴィのことを思った。「誰かまだ何か発言はありますか？」ああ、発言を求めた者ならたくさんいた。運動は配慮なんて知らない。その目的に向かってひたすら流れて行き、その湾曲部の川底には溺死体が堆積する。なぜならその川筋は曲がりくねってばかりだからだ。運動の法則がそれを要求する。この曲がりくねった道について来られない者は、みな岸辺に打ち上げられるほかはない。運動の法則がそれを要求する。運動は個人の事情なんて関心がない。個人の良心なんて関心がない。個人の頭や心の中のことなどどうでもいい。運動が知っている唯一の犯罪は決められたコースからそれることであり、その唯一の罰は、死あるのみだ。運動における死に神秘的な要素は何もない。死を崇高なものと見なす余地はない。死とは、政治的見解の相違がもたらす論理的な帰結に過ぎない。ルバショウは明け方近くになってようやく疲労のあまり寝台の上で眠り込んだが、新しい一日の始まりを告げるラッパの音でふたたび起こされた。その直後、あの老看守が二人の軍服の刑務官とともにやってきて、ルバショウを医者に診せるために連れ出した。

　ルバショウは、通りすがりに兎唇と四〇二号房の扉の名札を読めるのを期待した。しかし、反対方向に連れて行かれた。右隣の四〇六号房は空いていた。それはこの通路のこちら側の一番端の房の一つだった。隔離棟自体は、どっしりとしたコンクリートの扉で遮断されており、老看守はそれを苦労して開けた。今やかれらは長い回廊を移動していた。先頭をルバショウと老看守が、そのあとを二人の軍服の刑務官たちが歩いた。囚人房の名札には、ここではみな何人もの名前が書かれており、すべての房から話し声や笑い声、そのうえ歌声などのざわめきが聞こえた。ルバショウには、自分たちが刑法犯を収容する区域にいることがすぐにわかった。理髪室の横を通り過ぎた。ドアは開いており、長期懲役囚によくある鳥のようにとがった顔をした囚人がちょうどひげをそってもらっており、二人の農民風の囚人が髪を切ってもらっていた。みな顔をこちらの方に向け、ルバショウが護衛付きで通り過ぎていくのを野次馬のように見た。赤十字のマークが書いてあるドアの前に来た。老看守は恭《うやうや》しげにドアをノックした。看守とルバショウは中に入り、二人の軍服の刑務官は外で待った。

医務室は小さく、換気が悪かった。消毒液と煙草の匂いがした。バケツが一つと深皿が二つあったが、どれも脱脂綿と汚れた包帯であふれ出しそうなほどいっぱいだった。医者はかれらに背を向けて机の前に座り、新聞を読みながらバター付きパンをもぐもぐ噛んでいた。新聞はピンセットや注射器などの医療器具の山の上に置かれていた。医者は、老看守がドアを閉めた時点ではじめてこちらを向いた。髪がなく、白いうぶ毛のはえた異様に小さな頭をしており、ルバショウはダチョウの頭を連想した。

「この者は歯が痛いと言っております」と老看守は言った。

「歯が痛い？　見せてみろ。口を開けろ」と医者は、ルバショウの方をろくに見もせず言った。

ルバショウは鼻眼鏡越しに医者を観察し、「あなたに注意を促したいが、わたしは未決囚であり、丁寧な扱いを受ける権利がある」と言った。

医者は看守の方を向いて聞いた
「このおかしなやつ、誰だ？」

老看守はルバショウの名前を言った。

ほんの一瞬、ルバショウは、丸いダチョウ男の視線が自分の方に注がれたのを感じた。それから医者は言った。

「頬が腫れているよ。口を開けて。」

ちょうどこのときは、歯は痛くなかった。ルバショウは口を開けた。

「上あごの左には、そもそももう歯が一本もないじゃないか」と医者は言い、指でルバショウの口の中をあちこち探った。突然ルバショウは蒼白になってのけぞり、肩をつけて壁にもたれかかった。

「ここだね。上の犬歯の根っこが折れて、残っているよ。」

ルバショウは何回か深呼吸した。上あごから目の横を通って後頭部までズキンズキンと痛みが走った。脈が等間隔でピクッピクッと打つのを感じた。医者はふたたび座ると新聞を広げた。

「お望みなら、根っこを抜いてあげられるよ」と医者は言い、自分のバター付きパンを一口かじった。「麻酔薬はここにはない。手術は、場合にもよるが、三十分から一時間程度かかるよ。」

ルバショウには医者の声がぼーっと遠くの方から聞こえた。壁にもたれたまま一定のリズムで深呼吸した。「ありがとう、今はやめておこう」とやっとの思いで言った。兎唇と「蒸し風呂」と昨日手の甲に煙草を押しつけたときの馬鹿げた仕草を思い出した。「ひどいことになりそうだ」と思った。

ルバショウはドアの方を向き、体のバランスを失わないように努力しながら慎重に片足ずつ体重をかけて歩いた。ふたたび外の廊下に戻ったとき、軍服を着た男のひとりの顔にリヒャルトの面影を見たような気がした。独房に戻るまでの間、自分の足もとで床の石タイルがめり込むような感覚を覚えた。ルバショウは、少しの間、老看守の肩にもたれかかった。看守はすぐに身をひき離すと、「大げさなまねはやめろ」と言った。

ルバショウは、自分の独房に着くまではなんとか平静を保つことができた。扉が背後で閉まるとトイレ用バケツに嘔吐し、寝台に倒れ込むとそのまま寝入った。


昼のスープの配給の際には、ルバショウはもう飛ばされなかった。それ以降、定期的に割り当てられた食事を受け取った。歯の痛みは引いていき、我慢できる範囲におさまった。ルバショウは、歯根の膿瘍が自然に開いて膿が出たのだと思い、房内の行進を再開した。白昼夢にふけることを自分に禁じ、裁判での自らの弁護方針を考え始めた。
三日後にはじめて取り調べを受けた。

14

連れ出されたのは午前十一時だった。不機嫌さと厳粛さの入り混じった老看守の顔つきから、どこへ行くかすぐにわかった。ルバショウは落ち着いていた。心の中には晴れ晴れとした凪のような静けさがあった。それは、ルバショウがまだ学生の頃に博士号学位審査における口述試験の直前に一度現れ、その後も乗り切らねばならない危険がさし迫った瞬間に、まるで天からの贈り物のように繰り返し現れた静けさだった。

かれらは、三日前に医者に行ったときと同じ道を行った。コンクリートの扉はふたたびギイギイ音を立てて開き、また閉じた。不思議だ、人は極端な環境にこんなに早く慣れる、とルバショウは思った。ルバショウには、この廊下の空気をもう何年も吸っており、これまでの人生で経験したすべての監獄の空気がここに淀んで溜まっているような気がした。理髪室と医務室のドアの前を通り過ぎた。ドアは閉まっており、外では三人の囚人が看守の監視の下で待っていた。

医務室から先は、ルバショウにとっては未知の領域だった。かれらは地下につながるらせん階段の傍らを過ぎた。倉庫か地下牢か、ほかに何があるかな、とルバショウは専門家的な興味を抱いて、階段の行き先を当てようとした。かれらは狭い中庭を横切った。中庭に面した窓は一つもなく、そこは、かなり暗くて外からは見えない吹き抜けの空間だった。しかし、上空には、青い広々とした空が見えた。中庭を越えると、廊下は少し明るくなり、扉はもはやコンクリート製ではなく、塗装した民生用の木製ドアになり、真鍮製のドアノブが付いていた。忙しそうな職員たちと何度かすれ違った。中からラジオ音楽が聞こえるドアもあれば、タイプライターを打つ音が聞こえるドアもあり、かれらは事務棟に来ていた。

廊下の突き当たりの一番端のドアの前で止まった。老看守はノックした。中では誰かが電話をしていて、落ち着いた声で「ちょっと待っててくれ」と叫んだ。その後も一定の間隔で「はい」や「承知しました」を辛抱強く受話器に向かって言い続けるのが聞こえた。ルバショウにはその声に聞き覚えがあった。しかし、どこで聞いたかは思い出せなかった。それは好感の持てる男の声で、少しかすれていた。どこかで聞いたことがあるのは確かだった。「どうぞ」とその声は言った。老看守はドアを開け、ルバショウが入るとまたすぐに閉めた。ルバショウには事務机が目に入った。その背後に座っていたのは、大学時代からの友人で、のちに大隊長となったイヴァノフだった。イヴァノフは、受話器を置きながら、ルバショウの方を見てにっこり笑い、「また会えたね」と言った。

ルバショウはドア口に立ったまま、「これは驚いた。心を落ち着かせる時間をいただけるかな」と答えた。

「座ってくれ」と言うと、イヴァノフは、手招きするような仕草をした。イヴァノフは立ち上がっていた。ルバショウより頭半分高く、にっこりしながらじっとルバショウを観察した。かれらは二人ともそれぞれの席に座った。イヴァノフは事務机の後ろに、ルバショウはその前に。かれらはお互いを、遠慮せず長いこと観察し合った。イヴァノフの方はほとんど優しく見守るような微笑みを浮かべながら、ルバショウの方は何が起こるかを注意深く待ちながら。ルバショウの視線は、机の下のイヴァノフの右脚に向けられた。

「ああ、こいつは問題ないよ」とイヴァノフは言った。「自動関節の付いた義足だ。さびないんだ、クロムメッキ。水泳、乗馬、車の運転、それにダンスだってできるよ。煙草、吸うかい？」

イヴァノフは、ルバショウに自分の木製のシガレットケースを差し出した。

ルバショウは煙草を見て、片脚を切断されたイヴァノフを野戦病院に最初に見舞ったときのことを思い出した。イヴァノフは、自分のために睡眠薬のヴェロナール錠[32]を手に入れてくれと強く頼み、午後をまるまる費やした議論の中で、革命家の自殺の権利を証明しようと躍起になった。ルバショウはけっきょく少し考えさせてくれと言ったが、その夜のうちに前線のほかの部隊に転属を命じられた。イヴァノフをチラリとでも見たのは、その後何年も経ってからだった。ルバショウは、改めて木製のケースに入った煙草を見た。イギリス製の黄金色の葉を緩く詰めた手巻きの煙草だった。

「これはまだ非公式の前置きかね、それとも対決はもう始まっているのかね」とルバショウは尋ねた。

「後者なら、もらわないよ。きみも作法は知っているはずだ。」

「くだらん」とイヴァノフは言った。

「そうか、くだらんか」とルバショウは答え、イヴァノフが差し出した煙草の一本に火を点けた。何かを飲むように深く一息吸い、その喜びを悟られまいと努力した。「肩のリウマチの具合はどうだ？」とルバショウは尋ねた。

「ありがとう。ところでそのやけどの火ぶくれはどうしたんだ？」とイヴァノフは聞き、にっこり笑って無邪気にルバショウの左手を指した。三日前に煙草の火を押しつけた手の甲の青みがかった静脈の間にはコイン大の火ぶくれができていた。一瞬、二人とも膝の上に置かれたルバショウの手を見つめた。「なぜわかったんだろう?」とルバショウは思った。「そうか、監視させていたのか。」怒りよりは恥ずかしさの方が強かった。最後に深く一息吸うと、煙草を投げ捨て、「こちらとしては、前置きはこれで終わりだ」と言った。

イヴァノフは煙草の煙で輪を作りながら、相変わらず優しげな笑みを浮かべてルバショウを観察し続け、「大げさなことをするなよ」と言った。

「ぼくの思い違いでなければ、大げさなことをしているのはきみたちだ。ぼくがきみを逮捕したのかね、それともきみたちがぼくを逮捕したのか?」とルバショウは尋ねた。

「われわれがきみを逮捕したんだ」とイヴァノフは答えた。イヴァノフは、煙草をもみ消すと、新しい煙草に火を点け、シガレットケースをルバショウに差し出した。こちらは身動き一つしなかった。「こんちくしょう」とイヴァノフは言った。「きみはヴェロナール錠の件を覚えているか?」イヴァノフは前屈みになって、煙草の煙をルバショウの顔に吹きかけた。

「ぼくはきみが銃殺されるのを望んではいない」とイヴァノフはゆっくりと言い、ふたたび、自分の椅子にもたれかかる姿勢に戻った。「こんちくしょう」と繰り返したが、微笑みは続いた。

「きみの好意には感動だね。だが、そもそも、本音のところ、なぜきみたちはぼくを銃殺したいんだ?」とルバショウは言った。

イヴァノフは数秒ほど何も言わなかった。煙草を吹かしては、吸い取り紙の上に、鉛筆で何かの図形を描いていた。何かぴったりくる表現を探しているように見えた。

「なあ、ルバショウ」とイヴァノフはついに口を開いた。「ぼくはきみにある点に注意を向けてもらいたい。きみは今まで、『ぼく』という表現と対比させて、繰り返し『きみたち』を使ったね。『きみたち』とはすなわち国家と党のことだ。他方、『ぼく』とはニコラス・サルマノヴィッチ・ルバショウのことだ。一般大衆向けには、もちろん裁判や法律的な説明が必要だろう。だが、ぼくには、そしてきみにとっても、たった今言ったことだけで充分だろう。」

ルバショウは少しあっけにとられ、考え込んでしまった。少しの間、イヴァノフの口から自分自身の声を聞いているような気がした。イヴァノフが何かの音叉を叩き、それによって、ルバショウの思考は否応なしに共振してしまったような気がした。政治意識を持った存在として生きてきたこの半世紀の間、ルバショウが信じ、公言し、自らの行動の唯一の指針としてきたものすべてが波のように自分を押し流した。党を意味する「われわれ」の外に「わたし」など存在しない。個人は無であり、党がすべてだ。木から折れた枝は枯れるしかない。ルバショウは鼻眼鏡を袖口で拭いた。イヴァノフは椅子の背にもたれたまま煙草を吹かしていた。もはや微笑んではいなかった。突然、ルバショウの視線は、部屋の壁の壁紙から白く浮き上がった四角い跡に突き当たった。そこは、ひげづらの顔と番号付きの名前のあの写真が掛かっていた場所だとすぐにわかった。イヴァノフはルバショウの視線の先を追ったが、その表情は変わらなかった。

「きみの論点は、少しばかり時代遅れだね。きみが正しく触れたように、我が同志たちは、以前は、『われわれ』という形を好み、一人称単数を使うことはできる限り避けた。ぼくはこうした言い方の習慣を変えただけだ。きみはまだそれにしがみついているんだね。しかし、きみが今日その名において語る『われわれ』とは誰だ。おそらくそれは再定義されなければならないだろう。これが決定的な問題だ」とルバショウは言った。

「まったく同意見だ。ぼくたちがさっそく問題の核心に来たことがうれしいよ。別の言い方をすれば、『われわれ』、すなわち党と国家と、その背後にいる大衆はもはや革命の利害を代表してはいないと、きみは思い込んでいるんだね」とイヴァノフは言った。

「できれば大衆は抜いてもらいたいね」とルバショウは言った。

「きみはいつから、そんな支配者然とした平民蔑視の考えを持つようになったんだ？　それは、文法上の一人称単数への移行とも関係あるのかな？」とイヴァノフは尋ねた。

イヴァノフは机の上に身を乗り出し、好意を持っているとも馬鹿にしているとも取れる表情でルバショウをじっと見た。今や、イヴァノフの頭で壁紙の白い跡は見えなくなった。そのとき突然、ルバショウにはまた、自分と両手を重ねたピエタの間にリヒャルトの頭が割り込んできたあの絵画展示室の情景が思い浮かんだ。そしてその瞬間、途方もなく激しい痛みが上あごから額と耳の方へズキンと駆け上がった。ルバショウは数秒ほど目を閉じた。「清算のときが来た」と思ったが、自分がそれを声に出して言ってしまったのかどうか、すぐにはわからなかった。

「どういう意味だね？」と尋ねるイヴァノフの声が聞こえた。それは、ルバショウの耳元で、からかっているようにも少しいぶかしげにも響いた。

痛みは引いていき、静かで穏やかな明晰さがルバショウの心を満たした。「大衆は抜いてくれ」とゆっくりと繰り返した。「きみは大衆のことを何もわかっていない。ぼくもおそらくもうわからない。以前、あの偉大な『われわれ』がまだ存在していたころ、あの頃、われわれは、それ以前の何者にもまして大衆のことがわかっていた。われわれは、大衆の心の底まで潜り、歴史そのものであるあの名もなき原成岩の中で活動した。」

ルバショウはそれと気づかないまま、イヴァノフのシガレットケースから煙草を一本取り出した。それは今なお、机の上に開いたまま置かれていた。イヴァノフは、前に身を乗り出し、ルバショウの煙草に火を点けた。

「当時」とルバショウは続けた。「われわれは賤民の党と呼ばれていた。というのも、われわれは、歴史の原成岩の中で活動したからだ。それに対し、ほかの連中は歴史の表層をひっかいたに過ぎない。歴史についてやつらが知っていたのは、表面上のうねりと小さな渦と打ち寄せる波だけだ。やつらはその形の変化に驚いたが、それをどう解釈していいかわからなかった。しかし、われわれは、深海まで、あらゆる時代に歴史の本質をなす形も名もない大衆のところまで降りていった。そしてわれわれは、はじめて歴史の運動法則を究明した。歴史の持つ慣性、その緩慢な分子レベルの変動、その突然の爆発の法則を。これこそがわれわれの学説に含まれる最も偉大な知見だった。ジャコバン派は道徳主義者だったが、われわれは経験主義者だ。われわれは歴史の根源の泥に穴を掘って潜り、歴史を形作る法則をそこで発見した。われわれは、これまで誰もなし得なかったほど人類について理解した。それゆえ、歴史上最も偉大な革命に成功した。それなのに、今きみたちは、すべてをふたたび無にしてしまった。」

イヴァノフは椅子の背にもたれかかって義足を前に伸ばし、耳を傾けながら吸い取り紙の上に何やら図形を描いていた。「続けてくれ」とイヴァノフは言った。「きみの話がどこへ行き着くかぼくは興味津々だよ。」

ルバショウは煙草の煙をうまそうに深く吸い込んだ。長い禁煙のあとで、ニコチンが、自分を軽い興奮状態にしているのを感じた。

「きみも気づいているだろうが、ぼくはこれを言ったら身の破滅だとわかって話している」とルバショウは言い、にっこりしながら、以前その場所にあの写真が掛かっていた壁紙の白い跡を見上げた。イヴァノフは、今回は、その視線の先を追わなかった。「いいさ、これで死人がひとりぐらい増えても、たいしたことじゃない」とルバショウは言った。「すべてが無に帰した、人々も、認識も、希望も。きみたちは、あの『われわれ』を殺し、根絶やしにした。きみは、大衆がまだきみたちを支持しているとでも言うつもりか？　ヨーロッパでも何人かの国家指導者が同じ主張をしている。あの独裁者どもも大衆を引き合いに出す、まるで戦争中の従軍牧師がイエス・キリストの聖痕を……。」

ルバショウは、新しい煙草を取り、自ら火を点けた。イヴァノフは、今回は動こうとしなかった。

「感傷的な言い方になって悪いね」とルバショウは続けた。「なんと言っても、昔の同志に向かって、首を賭けて話をするなんて機会は、そうめったにあるものじゃないからね。きみは、人民が今なおきみたちを背後で支持しているなんて信じているのか？　大衆はきみたちを背負っているんだ。おとなしく黙りこくって、ほかの国でも大衆がやつらを背負っているのと同じように。しかし、大衆が心の底から共感することはもうない。大衆は、ふたたび口を閉ざし耳を塞ぎ、歴史における最大の物言わぬ変数になってしまった、船を運ぶ大海のように無関心になってしまった。その表面では、どんなつかの間の輝きも反射してきらめく。だが、その下にあるのは沈黙と闇だ。ずっと昔、われわれはそれを底まで掘り返したことがあった。だがその時代は終わった。別の言い方をすれば、」ルバショウはそこで少し間をおき、鼻眼鏡をふたたび掛けた。「かつてわれわれは歴史を作った、だが今やきみたちは政治をやっている。これは大きな違いだ。」

イヴァノフは椅子の背にもたれて座ったまま、煙の輪を作っていた。「悪いが」とイヴァノフは言った。「その違いというのが、ぼくにはまだよくわからないよ。ひょっとして、ぼくにその違いを説明してもらえるかな。」

「喜んで」とルバショウは言った。「ある数学者がかつて言ったんだが、代数学というのは怠け者の学問らしい。変数Xを計算するのではなく、あたかも答えがわかっているかのようにそれを操作するんだ。今の話で言えばこの変数Xは無名の大衆、すなわち人民だ。政治をやるというのは、すなわちその性質について気遣うことなく、このXを操作することだ。歴史を作るとは、この等式の中でXが何を意味しているかを認識することだ。」

「うまい話だね」とイヴァノフは言った。「ただ、少しばかり抽象的なのが残念だよ。より具体的な話に戻ろう。つまりきみが言いたいのは、『われわれ』、すなわち党とこの国が、もはや革命や大衆の利害を、あるいはお望みなら歴史の利害と言ってもいいが、それらを代表していないというんだね。」

「今回はきみの理解で正しいよ」とルバショウは笑いながら言った。イヴァノフはその笑いには答えなかった。

「いつからそうした意見がきみの中で形成されてきたのかな?」とイヴァノフは尋ねた。

「かなりゆっくりとだね、この数年の間に」とルバショウは答えた。

「きみは、その時間をもう少し正確に言えないもんかなあ。一年かい? 二年? あるいは三年かい?」

「その質問のしかたは馬鹿げているよ」とルバショウは言った。「きみはいくつで大人になった、十七歳? 十八歳半? あるいは十九歳か?」

「馬鹿のふりをしているのは、きみの方だよ」とイヴァノフは言った。「精神的な発展のあらゆる段階は特定の経験と結びついている。もし本当に知りたいなら言うけど、ぼくは十七歳で大人になったよ。はじめて流刑地に送られた年だ。」

「あの頃のきみは申し分のないやつだったな。まあ、この話はやめよう」とルバショウは言い、ふたたび壁紙の白い跡に目をやり、煙草を投げ捨てた。

「ぼくは自分の質問を繰り返すよ」とイヴァノフは言い、少し身を乗り出した。「きみはいつから反対派の組織に属しているんだ?」

電話が鳴った。イヴァノフは、サッと受話器を取り、「今は取り込み中だ」と言うと、返事を待たずに、受話器を置いた。イヴァノフは、ふたたび、椅子の背にもたれ、脚を伸ばし、ルバショウの説明を無言のまま待った。

「ぼくが反対派の組織に加わったことが一度もないことは、きみだってよく知っているはずだろ。」

「わかったよ、勝手にしろ。きみがそう来るなら、ぼくは役人根性を出して、細かいことをあげつらわなきゃいけない。そういう気まずい状況にぼくらを追い込むんだね」と言うと、イヴァノフは、引き出しの中に手を入れ、書類の束を取り出した。

「一九三三年から始めよう」と続けながら、書類を目の前に広げた。「革命の勝利が最も近いと思われた国ドイツにおける独裁政権の誕生と我が党の壊滅。きみは党指導部の指令により党幹部の粛清と再建のために非合法に潜入した。」

ルバショウは椅子の背にもたれて耳を傾けた。リヒャルトや、タクシーを止めた美術館前の夕暮れの並木通りのことを思った。

「……三か月後、逮捕。二年間拘禁。振る舞いは模範的、完黙し、何一つ立証されず。釈放と勝利の帰国……」

イヴァノフはここで休止し、ルバショウをちらっと見て、その後また続けた。

「帰国したきみは大歓迎を受けた。あの頃ぼくらは会わなかった。きみはおそらく忙しすぎたからだろう。ついでに言っておくが、ぼくはそれを悪く取っちゃいないよ。けっきょくきみだって、昔の友人全員に会うわけにはいかないからね。ついでに言うと、ぼくは、あの頃きみが演壇に立っているのを大衆集会で二回見たよ。きみはまだ松葉杖をついていて、とてもやつれて見えた。四年間も海外の部署で過ごしてきたあとなのだから、数か月間どこかの療養所で養生し、その後、政府の要職に就くのが当然だったはずだ。だが、そうはしないで、きみは一週間後にはもう新しい任務を志願した。」

　イヴァノフは突然前に身を乗り出すと、ルバショウに顔を近づけた。

「なぜだい？」とイヴァノフは尋ねた。その声にははじめて厳しい響きがあった。「この国にいるのがいたたまれなかったのだろう？　きみの不在中にこの国ではある種の変化が起こっていた。その変化にきみは、明らかに、同意できなかったんだろう？」

　イヴァノフはルバショウが何か言うかと待った。だが、ルバショウは静かに椅子に座り、袖口で鼻眼鏡を拭くだけで、何も答えなかった。

「あれは、反対派の主要なメンバーが有罪となって処刑された[33]直後のことだった。あの中にはきみの親友も何人かいたね。反対派の腐敗がどこまで進んでいたかが明らかになったとき、国中で、憤激の声が上がった。しかし、きみは沈黙を守り、あの頃、松葉杖なしにはまだ歩けなかったにもかかわらず、八日後には国外へ出た。」

　ルバショウは、あの小さな港町の海藻と石油の混じった船だまりの匂いにふたたび触れたような気がした。はげ頭のパウルは耳をピクピク動かしていた。ちびのレーヴィはパイプをちょっと上げて会釈した。レーヴィは、住んでいた屋根裏部屋の梁で首をつった。老朽化したその家はトラックが横を通り過ぎるたびにがたがた揺れた。ルバショウが聞いた話では、ちびのレーヴィは紐を軸にゆっくり回転していたため、朝に発見されたとき、最初は、まだ生きて動いていると思われた。

「この任務も成功裏に終わった。きみは、B国における我が通商代表部長に任命された。このときも職務上はすべて問題なしだった。B国との新たな通商条約は明らかな成果だった。外から見る限り、きみの仕事ぶりは引き続き模範的で非の打ちどころがなかった。しかし、そのポストに就いてから六か月の間にきみに最も近かった二人の同僚が、共謀して反対派活動を行った疑いで本国に召喚された。その中には、きみの秘書のアローヴァもいたね。取り調べによりその嫌疑は立証された。きみにはかれらから一線を画すと公的に表明することが期待された。だが、きみは沈黙を守った。

さらにその六か月後、きみ自身が召喚された。反対派に対する第二次裁判の準備が進行中だった[34]。取り調べの際に、きみの名前は何度も出てきた。あのアローヴァは、嫌疑を晴らそうとしてきみの名前を挙げた。もしきみが、さらに沈黙を続けるとしたら、それは、罪を自白したも同然だった。きみにはそれがわかっていた。それなのに、きみは指導部が最後通牒を突きつけるまで公的な立場表明を拒んだ。自分自身の首がかかったそのときになってやっと、きみはしぶしぶ党に対する忠誠表明を行った。それは同時にアローヴァの死を意味した。その後のアローヴァの運命はきみも知ってるよね。」

ルバショウは何も言い返さなかった。歯がふたたび痛み出したことに気づいた。アローヴァの運命がどうなったかは知っていた。リヒャルトの運命も、ちびのレーヴィの運命も、そして自分自身の運命も知っていた。壁紙の白い跡を見やった。それは頭に数字の付いた男たちの写真が残した唯一の痕跡だった。かれらの運命がどうなったかも同様に知っていた。より意味のある方向への展開をようやく期待できる歴史がスタートを切ったと思った。だが、それももう終わりだ。ならば、いまさら何のためにこんなおしゃべりや、仰々しい儀式が必要だ？　もし、人間の中の何かが死後も残るとしたら、あのふくよかなアローヴァは無辺の虚空のどこかに横たわり、今なおあの善良な雌牛のような目で驚嘆し、自分を死に追いやった憧れの人、この同志ルバショウを見つめているだろう。歯の痛みはますますひどくなった。

「きみの当時の声明文を読んであげようか」とイヴァノフは聞いた。

「けっこうだよ」とルバショウは言ったが、自分の声がかすれているのに気づいた。

「きみも覚えていると思うけど、、公的な懺悔とも言えるきみの声明文は、反対派に対する激しい非難と、党の政策とナンバー・ワン個人に対する無条件の支持で締めくくられていたね。」

「もうやめてくれ」とルバショウはしわがれ声で言った。「その種の声明文がどんなふうに作られるかきみも知っているだろう。もし知らないと言うなら、その方が幸せだ。こんな茶番はやめにしてくれ。」

「もうすぐ終わるよ」とイヴァノフは言った。「もうほんの二年前まで来ているから。きみはこの二年間、国営アルミニウムトラストの長官として働いてきた。一年前、反対派に対する第三次裁判[35]に際して、主犯格の連中が、少しばかり曖昧な言い回しで繰り返しきみの名前を挙げた。具体的なことは何も立証されなかったが、党の隊列の中ではきみに対する不信が増大した。きみは新しい声明を出し、その中で、よりいっそう献身的に指導部の政策を支持することを公言した。そしてあらゆる反対派活動をさらに激しい言葉で犯罪的だと弾劾した。これは六か月前のことだよ。それなのに、今日きみは、もう何年も前から党の方針は間違っており、有害であると思っていたと白状した。」

イヴァノフは一息つくと、椅子の背に気持ちよさそうにもたれかかり、義足の位置を直した。

「きみのこれまでの党への忠誠表明は」とイヴァノフは続けた。「それからするとある特定の目的のための手段に過ぎなかったということだね。注意してもらいたいんだが、ぼくはきみを道徳的に責めているわけではないよ。ぼくらは、二人とも同じ伝統の中で育ち、この点では、同じ見解だ。きみは、われわれの方針は間違っており、自分の方針が正しいと確信していた。それを当時口にすることは党からの除名を意味しただろう。それによって、きみの構想を実現するために引き続き働くことが不可能になる。それゆえ、きみは余計な積み荷を捨てねばならなかった。そうすることで、きみの意見によれば客観的に見て唯一正しい理想を、ひとまず非合法活動の形ではあれ、引き続き進めることができたからだ。もしきみの立場だったら、ぼくも同じように行動しただろう。ここまではすべて問題なしだ。」

「では、なんだ？」とルバショウは聞いた。

イヴァノフはふたたび先ほどまでのように好意を示して微笑んだ。

「ぼくには理解できないよ」とイヴァノフは言った、「何年も前から、われわれが革命を腐敗させているという確信を抱いていたと、今日きみは明白に認めたね。それなのに同じ口で、反対派の組織に所属したり、われわれに対して陰謀を企てたりしたことはないと言う。われわれがこの国と党を破滅させていると確信しながら、きみはそれをただ何もせず眺めていた。そんなこと信じろって、本気で言っているのか？」

ルバショウは肩をすくめた。「おそらくぼくは、年を取ってくたびれすぎてたのだろう。好きなように考えればいい」とルバショウは言った。

イヴァノフはふたたび身を前に乗り出し、今度は、小声ではあるがとても強く言った。

「きみは、たんに自分の命が惜しくてあのアローヴァを犠牲にし、あの連中を――イヴァノフは壁紙の白い跡をあごで示した――否認した。そんなこと信じろって、本気で言っているのか？」

ルバショウは黙り続けた。かなり長い時間が経った。イヴァノフの頭は、机越しにますます近づいてきた。

「ぼくには理解できないよ」とイヴァノフは言った。「ほんの半時間前に、きみはわれわれに対して情熱的な弾劾演説を行った。きみがぼくに自由意志で言ったことのほんの一部だけでも、きみを葬るには充分だ。なのに、きみは、反対派グループへの参加という、誰でもわかるきみの主張の論理的帰結は否認する。もっとも、われわれは、証拠はもちろんすべて握っているけどね。」

「そうかね?」とルバショウは言った。「もしきみたちが証拠をすべて握っているなら、今さら何のためにぼくの自白が必要なのかね? ところでなんの証拠かな?」

「いろいろあるけど」とイヴァノフはゆっくりと言った。「ナンバー・ワンに対する暗殺計画の証拠があるよ。」

ふたたび数秒間過ぎた。ルバショウは鼻眼鏡を掛けた。

「少しばかり」とルバショウは落ち着いて言った。「わたしからも質問させてもらいたいんだが。きみは本当にそんな馬鹿げた話を信じているのか、それともただそんなふりをしているのか?」

イヴァノフの目の隅に、先ほどと同じほとんど優しげと言っていいくらいの微笑みがちらりと浮かんだ。

「ぼくはきみに言ったろ、証拠があるって。正確に言えば、自供。もっと正確に言うと、きみの依頼を受けて暗殺を実行するはずだった男の自供だよ。」

「すばらしいね」とルバショウは言った。「何という名前だ?」

イヴァノフは微笑んだ。

「無遠慮な質問だね。」

「その自供とやらを読ませてもらえるか? あるいは、その男と対面させてもらえるか?」

イヴァノフは動じることなく微笑み続け、ふたたび、優しくからかうように煙草の煙をルバショウの顔に吹きかけた。ルバショウにはそれは不快だったが、顔を背けはしなかった。

「きみはヴェロナール錠の件を覚えているかい?」とイヴァノフはゆっくり言った。「ぼくはもう最初にこのことをきみに聞いたよね。今回は立場が逆だ。真っ逆さまに無へ転がり落ちようとしているのは、今日はきみの方だ。ただしぼくの助けはなしにだけどね。ねえ、きみはあのとき、自殺は小ブルジョア的ロマンチシズムに過ぎないって、ぼくを説得したね。ぼくはきみの自殺をくい止めるつもりだよ。それでやっとぼくらは貸し借りなしだ。」

ルバショウは黙り続けた。頭は今や完全に明瞭で、イヴァノフが騙そうとしているのか、信頼できるのかをじっくり考えていた。しかし同時に、壁紙の白い跡を指で触れたいという肉体的な衝動とも言える願望を感じていた。「神経、強迫神経症だ。いつも黒い石タイルの方だけを踏んで歩き、意味のない文句をつぶやき、鼻眼鏡を袖口で拭く。ああおれは今もまたやっている」と思った。

「その救出活動とやらをきみがどう考えているか知りたいもんだね」とルバショウは声に出して言った。「きみのこれまでの尋問方法は、ぼくにはまさに正反対の目的を追求しているように見えるけどね。」

イヴァノフの微笑みは広がり、あふれんばかりとなった。「きみも馬鹿だなあ。」そう言うとイヴァノフは、机越しにルバショウの上着のボタンをつかみ、顔を近づけた。「ぼくは、まずきみを一度爆発させる必要があったんだよ。さもないときみは、間違った場所で暴発しかねなかったからね。取り調べの記録を取っていないのに気づかなかったのか?」イヴァノフは、シガレットケースから煙草を一本抜くと、上着のボタンをつかんだまま、その煙草をルバショウの口に無理やり押し込んだ。「きみの振る舞いはまるで子供だよ。夢想にひたる子供だ」とイヴァノフは付け加えた。「今から、素敵な供述書を作り上げよう。そうすれば今日の仕事は終わりだ。」

ルバショウはようやく、イヴァノフの手から身を離すことができた。鼻眼鏡越しにイヴァノフを観察しながら尋ねた。「それで、その供述書とやらには何が載ることになるのかね。」

イヴァノフはたじろぎもせず優しそうに微笑み続けた。「供述書に載せたいのはね、きみが、これこれの年からずっと反対派のこれこれのグループに所属していたことは自白した、しかし、暗殺行為の組織や計画はきっぱりと否認したということさ。それだけでなく、反対派のこの犯罪的でテロリスト的な計画を知って、きみはこのグループとの関係を絶ったということもね。」

この話し合いの中ではじめて、今度はルバショウの方も微笑んだ。

「もしこれまでのおしゃべりの目的がそれなら、ただちに終わりにしてもかまわないよ。」

「最後まで話させてくれよ」とイヴァノフはいらだちの気持ちはおくびにも出さずに言った。「きみが抵抗するのはぼくにはわかっていたよ。だが、まず、この件の道徳的かつ情緒的な側面を検討しようよ。きみが自供してもきみは誰も巻き添えにはしない。第一に、すべての関係者はきみの前にもうとっくの昔に逮捕されていて、その一部は肉体的にも抹殺済みだ。それはきみだって知っているだろう。残りの連中からだって、われわれは、この無害な自白書とは全然別の自白を、われわれが望むならどんなものでも手に入れることができる。きみがぼくの言ったことを理解してくれて、ぼくが正直に話していることにも納得してもらえたと思うんだけど。」

「言い換えると、きみ自身がこの暗殺の話を信じてはいないということだね」とルバショウは言った。

「それなら、ぼくを、自白したと称する謎のXと対決させてくれたらどうだい。」

「一度よく考えてごらんよ」とイヴァノフは言った。「ぼくの身になって考え、自ら答えを出してごらん。けっきょくのところ、まったく正反対の状況だってあり得るんだからね。」

ルバショウは少しの間考え込み、それから言った。「わたしのケースの取り扱いに関し、上からの指令で、きみには裁量の余地があまりないんだろう。」

イヴァノフはにっこりした。「けっこう手厳しいことを言うね。この件は、きみをカテゴリーAにすべきか、カテゴリーPにすべきか、まだ決まってないということなんだよ。略称の意味は知っているよね。」

ルバショウはうなずいた。その略称は知っていた。

「どうやらぼくのことを理解し始めてくれたようだね」とイヴァノフは言った。「A(administrativ)はすなわち行政処分の対象者、P(prozessual)は裁判の対象者を意味する。公的宣伝に使い道のない政治犯の大多数は行政的に処理される。[36] もしきみが、カテゴリーAとなったら、きみはぼくの手からは取り上げられる。行政評議会での審議は非公開の秘密裁判で、きみも知っているように、少しばかり略式だ。法廷での対決とかそれに類する弁論などの機会は与えられない。考えてもごらんよ……」イヴァノフは、ゆっくりと三、四人の名前を挙げ、壁紙の白い跡をちらりと見た。ふたたびこちらを向いたとき、ルバショウはイヴァノフの顔に浮かんだ苦悩の表情にはじめて気づいた。イヴァノフの視線は硬直し、ルバショウではなく、その背後の少し離れたどこか一点をじっと見ているようだった。

イヴァノフは、もう一度、前より少し声を落として、かれらの昔の友人たちの名前を繰り返した。「ぼくは、きみと同じようにかれらをよく知っていたよ」とイヴァノフは続けた。「ただし、ほうっておいたらきみたちが革命を無にしてしまうとぼくは確信していた。この点は認めてもらわないとね。きみがその逆を信じているのと同様にね。ここが決定的な違いだ。方法は、そのあとに論理的な帰結として出てくるに過ぎない。われわれには、法律上の細かな手続きや法の乱用とかの問題に関わっている余裕はないよ。きみだって以前はそうだっただろう。」

ルバショウは何も反論しなかった。

「つまり、きみがカテゴリーP、すなわち公開裁判に分類され、ぼくが取り調べを続けられるかどうかにすべてがかかっているんだ。公開裁判が行われるケースの選抜がどんな観点で行われるか、きみは知ってるよね。ぼくは、きみのケースを裁判で扱うことを正当化する理由をいくつか上に示さなければならないんだ。そのためには、部分的自白の調書が必要だ。もしきみが英雄を演じ、きみにはまったく手がつけられないという印象を与えるつもりなら、Xの証言によりきみの件は終わりだ。だが、もしきみが部分的にでも自白するなら、徹底的な審議のための基礎が与えられる。そうすれば、ぼくは、対決の機会をもぎ取り、われわれは、起訴内容の最もひどい箇所は反駁し、明確に限定された範囲内でのみ罪を認める。それでも、二十年以下にはできないだろう。だが実際は、二、三年で恩赦だ。そして五年後にはきみはふたたび政治の世界に戻れる。答えを出す前に、今からこの件を落ち着いて考えてもらえないものかな。」

「その件はすでに何度も考えたよ」とルバショウは言った。「ぼくはきみの提案を拒否する。論理的なことだけ言えば、きみは正しいかもしれない。だが、ぼくはこうした論理にはうんざりなんだ。疲れたよ。もうこんなゲームに加担するつもりはない。ぼくを独房に戻してくれないか。」

「好きにするといい」とイヴァノフは言った。「ぼくも、きみがすぐ同意してくれるとは、思っちゃいなかった。こうした話は、たいていあとになって効いてくるものだ。きみには、十四日間の猶予がある。もし、この件を考え直してくれたら、またぼくのところへ連れて行けと要求してくれ、あるいは声明文を書いて送ってくれてもいい。ぼくは、きみがそうしてくれると信じてるからね。」

ルバショウは腰を上げた。イヴァノフも同様に立ち上がった。イヴァノフはふたたびルバショウより頭半分高くなった。机の横にある電気ブザーのボタンを押し、ルバショウが連れ出されるのを無言のまま待っている間、イヴァノフは言った。

「きみは、何か月か前の最後に発表された論文の中で、今後の十年で、歴史上のわれわれの時代における世界の運命は決まるだろうと書いたね。どう決定するかきみは見届けたくないのか？」

イヴァノフは、ルバショウを皮肉の込もった目で見下ろしながら微笑んだ。廊下の足音は近づいてきた。ドアが開いた。軍服の刑務官が二人入ってきて、敬礼した。ルバショウは一言も言わず、かれらの間を抜け、自分の房への帰還の途に就いた。通路は今や人けがなく、いくつかの房からは、うめき声のように響く低いいびきが聞こえてきた。建物の至るところに黄色みがかった電灯の鈍い明かりが点いていた。

二回目の審問

「その存在が脅かされているときには、教会は道徳的な掟からさえも自由である。教会統一という目的のためには、策略、欺瞞、暴力、聖職売買、投獄、暗殺などのあらゆる手段が正当化される。というのも、すべての秩序は共同体のために存在し、個人は共同体の繁栄に席を譲らねばならないからである。」

ディートリッヒ・フォン・ニーハイム『一般公会議において教会を統一し改革するための方策について』、西暦一四一一年

1

N・S・ルバショウの日記の記述から

拘禁五日目

……最終的には正しかった者も、その直前の段階ではつねに間違っているとされ、また不正をせざるを得ない。しかし、誰が正しかったかは、あとになってようやく判明する。それまでは、歴史による借金の帳消しを信じ、いわば信用貸しで行動するしかない。

ナンバー・ワンはマキャベリの『君主論』をつねに枕元に置いているといううわさだ。それは正しい。あの時代以降、国家指導者の倫理規範に関して本当に重要なことは、ほかに何一つ言明されていない。われわれは、十九世紀の自由主義的なモラルである「フェアプレイ」の精神を、二十世紀の革命的なモラルに置き換えた最初の人間だ。これもまた正しい。テニスのルールに則って行われる革命など馬鹿げている。歴史の停滞局面においては、政治も公正であり得る。しかし、歴史の危機的な転換点においては、目的は手段を正当化するという昔からの教え以外の規範はあり得ない。われわれは、今世紀にネオ・マキャベリズムを導入した。ほかの連中は、あの反革命的独裁政権は、それを粗雑な形で模倣したに過ぎない。われわれは、民族や国家を超越した世界主義的な理性の名におけるネオ・マキャベリストだ。これがわれわれの強みだ。ほかの連中は、民族主義に捕らわれた幻想の名においてそうしているに過ぎない(37)。これはアナクロニズムだ。それゆえ、歴史が最後に赦しを与えるのは、われわれであってかれらではない。

しかし、当面はいわば信用貸しで考え、行動するのだ。われわれはテニスにおける道徳が持つすべての慣習と規範を投げ捨てたのだから、われわれの唯一の基準は論理的な帰結が持つ基準である。われわれは、最後まで考え抜き最後まで行動し抜くことを強制される恐ろしい状況下にいる。われわれは、バラスト[38]なしに航行している。それゆえ、操舵輪を回す一挙手一投足が生死を分かつのだ。

先日、指導的な立場にある農業専門指導員Bが、三十人のほかの指導員とともに銃殺された。なぜならBは、窒素を含んだ肥料はカリウムを含んだ肥料より優先されるべきであるという見解を主張したからだ。ナンバー・ワンはカリウムの方がよいと確信していた。それゆえ、Bとそのほか三十人は、有害分子として粛清されねばならなかった。国家によって中央集権化された農業においては、窒素かカリウムかという問題は途方もない意味を持つ。それは次の戦争の勝敗を決めるかもしれない。もしナンバー・ワンが正しければ、歴史はかれを赦すだろう。そしてその場合、三十一人の銃殺は些細なこととされよう。だが、もしナンバー・ワンが間違っていたら……。

誰が客観的に見て正しいのか、それだけが問題だ。テニス道徳家たちは、Bが窒素を推したとき、Bは主観的に見て正しいと信じて行動していたかどうかというまったく別の問題で騒ぎ立てる。もしそうでなければ、かれらの道徳によればBの銃殺は赦される。たとえあとになって、窒素が正しかったと判明したとしてもだ。もし正しいと信じていたならば、かれを無罪にし、窒素の宣伝を引き続き認めねばならない。たとえそれによって国が滅びたとしても……。

これはもちろんまったく馬鹿げている。（というのも、実験して確かめる時間がなく、即決せねばならない時期だからだ。平時ならまた話は別だろうが。）われわれにとっては、主観的な〝誠実さ〟の問題などつねにどうでもいい。誤った者は償わねばならない。正しかった者の借金は帳消しとなる。これが歴史における信用貸しの掟であり、われわれの掟だった。

たいていの場合、歴史には真実よりも虚偽をもって仕えねばならない。歴史はわれわれにそう教えた。というのも、歴史の実体である人間は怠惰であり、その発展の新しい段階に到達する前には、つねにまず四十年間の砂漠の放浪が必要だからである。(39)かれらが早々と引退を決め込み、黄金の牛の崇拝で満足してしまわないよう、嘘にまみれた慰めと脅しという飴《あめ》と鞭《むち》で、砂漠をあちこち追い立てねばならない。

われわれはほかの連中よりも歴史をより徹底的に学んだ。われわれをほかのすべての者から区別しているのは、われわれの徹底性だ。われわれは、歴史は道徳など気にかけず、犯罪を処罰しないまま放置しておくが、どんな過ちにも結果が伴い、七世代にわたってその報いを受けることを知っている。それゆえわれわれは、われわれの全精力を、過ちを芽のうちに摘むことに傾注する。われわれの革命においてそうであったほど、人類の将来に対するこれほどの権力がこれほど少数の人間の頭脳に集中されたことは、歴史上かつてなかった。われわれがそれに基づいて行動した理念上のどんな誤りも、来たるべき世代に対する犯罪となった。それゆえ、ほかの連中が犯罪を処罰したのに対し、われわれはそれと同じやり方で間違った理念を処罰せねばならなかった。それも、死をもって。われわれは狂気に取り憑かれていると見なされた。なぜならわれわれが徹底的で、最後まで考え抜き、行動し抜いたからだ。われわれは、中世の異端審問と比較された。なぜならわれわれは、異端審問と同様に、個人を超越した至福の世界に対する責任の重さのすべてをつねに意識していたからだ。われわれは、悪の芽を、行為においてだけでなく人間の思考の中にまで追ったあの大審問官(40)に似ている。われわれは、頭蓋内部の空間においてすら個人的領域など認めなかった。われわれは、最後まで考え抜かねばならないという強迫観念の下で生きていた。われわれの感情の中では、論理の連鎖のショートによる発火がたえず起こっていた。それゆえわれわれは、お互いを火あぶりにし合う羽目になった。

わたしは、自分の義務に従って考え行動する「われわれ」の中のひとりだった。わたしはわたしと親しかった者たちを破滅させ、わたしが好きではなかったほかの者たちに権力を与えた。歴史がわたしにこの役回りを与えたのだ。わたしは、歴史がわたしに認めた信用貸しの限度額を使い果たした。もしわたしが正しければ、後悔すべきことは何もない。もし間違っているなら、償いをするだけだ。

しかし、未来において誰が正しいかを、この現在においてどうやって決めるのか？　われわれは、預言という熟練仕事をその天分なしに行っている。われわれは、千里眼を演繹的な論理による推論で補っている。しかし、出発点は共通であるにもかかわらず、この推論は異なった結論に行き着く。お互いの証拠が対立し合い、最終的にどちらが正しいかは信念の問題となる。自らの推論の正しさを自明の公理と見なす信念。ここが核心だ。われわれはあらゆるバラストを投げ捨ててしまった。ただ、自分自身の正しさに対する信念というたった一つの錨《いかり》だけがわれわれを引き留めている。幾何学は、人間の理性を純粋な形で現実化したものだ。しかし、ユークリッドの公理は証明不能だ。公理を信じない者には、すべての体系が崩れ落ちる。

ナンバー・ワンは自らを信じている。しぶとく、ゆっくり、陰鬱に、そして揺るぎなく。ナンバー・ワンはわれわれすべてのうちで最も太い碇綱《いかりづな》を持っている。わたしの碇綱はこの何年かですり切れてしまった。けっきょくは、個人的な体質の問題なのか……。

認めるべき現実：わたしはもはや自分の不謬性を信じられない。それゆえ、わたしは終わりなのだ。

2

最初の取り調べの翌日、予審判事のイヴァノフは、夕食のあと、同僚のグレトキンと一緒に刑務官食堂に残っていた。疲れていたので、義足の脚を隣の椅子に載せ、軍服の襟は開けていた。イヴァノフは、食堂で出される安物のワインをいくらか注ぎながら、ひそかにグレトキンのことをいぶかしく思った。自分と同じくらい疲れているはずなのに、グレトキンは、動くたびにカサカサいう糊のきいた軍服を着て、椅子に背筋を伸ばして座り、ガンベルトさえはずしていなかった。グレトキンは酒をあおり、そり上げた頭にある目立つ傷痕は少し赤くなっていた。かれら以外で食堂に残っていたのは、離れたテーブルにいる三人の士官だけだった。うち二人はチェスをし、三人目はそれを見ていた。

「ルバショウの件はどうなっていますか?」とグレトキンは聞いた。

「やつはかなりまいっているよ」とイヴァノフは答えた。「しかし、今も昔と同じ理屈屋だ。だから降参するよ。」

「わたしはそうは思いません。」

「いや、もしやつがすべてを最後まで論理的に考え抜けば、降参するよ。だから、今大事なのは、やつをほうっておいて、いっさい邪魔をしないことだ。ぼくはやつに紙と鉛筆と煙草を認めてやったよ。それで、考えがより早くまとまるようにね。」

「それは間違いだと思います。」

「きみはやつが嫌いだね。数日前、一悶着《ひともんちゃく》あったんだろう?」

グレトキンは、ルバショウが寝台に座り、目の前で穴の開いた靴下の上に靴を履こうとしていたあの場面を思い出した。「そんなこと関係ありません。相手が誰かは関係ありません。その方法が間違いだと思うんです。それではあいつは降参しません。」

「もしルバショウが降参するとしたら、それは怖じ気づいたからじゃなく、論理的に正しいと思ったからだよ。やつの場合、ハードなやり方では何も得られない。叩けば叩くほどますます堅くて扱いにくくなる素材でできてるんだ。」

「そんなの作り話です。どんな肉体的な拷問にも耐えられるなんていう人間は存在しません。まだ見たことがない。わたしが経験から学んだのは、人間の神経系の抵抗力には生まれつき限界があるということです。」

「きみの手にだけは、かかりたくないなあ。」イヴァノフは笑いながら言ったが、そこにはほんの少し不快感も混じっていた。「ついでに言うが、きみ自身はきみの理論の生きた反証だよ。」

イヴァノフは微笑みながらグレトキンの頭の傷痕をちらりと見た。この傷の話は誰もが知っていた。グレトキンが内戦中に敵の手に落ちたとき、かれらは、ある特定の情報を聞き出すため、赤く燃えたろうそくの芯をグレトキンのそり上げた頭に縛りつけた。数時間後にその陣地を奪い返した仲間は、グレトキンが失神しているのを発見した。芯は最後まで燃えていたが、グレトキンは口を割らなかった。

グレトキンは、無表情な目でイヴァノフをじっと見ながら言った。「それも作り話です。屈服しなかったのは、意識を失ったからです。もしもう一分でも意識があったら、しゃべってました。これは個人的な体質の問題です。」

グレトキンは、落ち着き払った身のこなしでグラスを飲み干した。グラスをふたたびテーブルの上に置いたとき、シャツの袖口がカサカサと音を立てた。「当時、目が覚めたとき、最初はしゃべってしまったと思いました。一緒に解放された二人の下士官が証言してくれて、やっとその反対だとわかり、勲章をもらいました。これは体質の問題であって、ほかはすべて作り話です。」

イヴァノフも同様に飲んだ。すでにこの安物のワインをかなり多く飲んでいた。イヴァノフは肩をすくめながら言った。

「きみは、いつからその有名な体質理論を持つようになったんだい？　なんと言っても、最初の数年間は、こうした方法はまだなかったろう？　あの頃、われわれはまだ幻想にあふれていた。処罰の論理や報復の論理の廃止、反社会的分子には花園付きの療養所。すべて幻想だった。」

「そうは思いません」とグレトキンは言った。「あなたは皮肉屋ですね。百年後には、そうしたことを全部実現できるでしょう。今はまず、耐え抜かなきゃなりません。実現が早ければ早いほど、それだけけっこうなことです。幻想だというのは、実現できる時期がもう来たと思い込んでいること、それだけです。ここに配属されたとき、わたしもそうした誤謬に捕らわれていました。われわれのうちの大部分、組織全体が上から下までそうでした。われわれは、すぐさま花園を始めようとしましたが、それは誤りでした。百年後には、われわれは、囚人の理性や社会性に訴えることができるようになるでしょう。しかし今は、まだ囚人の体質に頼り、必要なら、かれらを精神的にも肉体的にもつぶしてしまわなければならない。」

イヴァノフは、グレトキンが酔った勢いで言っているのかと思った。しかし、グレトキンの落ち着いた無表情な目つきから、酔っていないことに気づいた。イヴァノフは少し曖昧に笑いかけながら言った。

「一言で言えば、ぼくは皮肉屋で、きみは道徳家だね。」

グレトキンは何も答えず、糊のきいた軍服を着て、椅子の上で背筋を伸ばして座っていた。ガンベルトからは新鮮な革の匂いがした。

しばらくしてグレトキンは言った。「何年か前にある小柄な農夫が尋問のためにわたしの前に引き出されたことがあります。これは地方での話で、まだあなたが言う花園理論の時代のことでした。尋問は紳士的に行われました。農夫は自分の穀物を隠匿していました。あれは、農業の集団化[41]が始まったころのことです。わたしは、決められたルールに厳密に従い、そいつを丁寧に扱い、こんこんと説得しました。増大する都市部の住民を養なったり、輸出に回して工業を構築したりするためには穀物が必要だ、だから、どこに穀物を隠したか教えて欲しいとね。農夫は、わたしの部屋に連れて来られたとき、殴られると思ったのか、頭を引っ込め肩をすぼめていました。こうした連中のことはよく知っていました。わたし自身も田舎の出ですからね。殴りつけるのではなく、「あなた」とか、「兄弟」とか呼んで説得し始めたとき、そいつはわたしのことをうすのろと思ったのでしょう。目つきからわかりました。半時間ほど説得しましたが、そいつは黙りこくって、鼻をほじったり、耳をほじったりしていました。わたしはさらに話し続けましたが、そいつがこのすべてを大がかりな猿芝居と見なし、そもそも聞いてさえいないことは明らかでした。そいつの耳には、説得の議論など聞こえなかった。何世紀も続いた家父長的で封建的な支配による痴呆化という耳垢が詰まっていたからです。それでもわたしは、決められたルールを厳密に守りました。ほかに方法があるなんて、思いもしなかった。」

「あの頃は、こうしたケースを一日に二十件から三十件ぐらい抱えていました。同僚も同じです。革命は、こうしたけちくさい富農たちのせいで失敗する危険性がありました。労働者たちは栄養失調で、貧農が住む地区ではどこも飢餓のせいでチフスが猛威を振るっていました。われわれには軍需産業構築のための外貨がなく、月を追うごとに奇襲攻撃の危険性が高まっていました。二億もの金がやつらの靴下に隠され、収穫の半分が地中に埋められていた。それなのに、あいつらがこざかしい目を細めてわれわれを見ながら、すべてを大がかりな猿芝居と見なして鼻をほじっていたとき、われわれは尋問の際、やつらに対し「兄弟」とか「あなた」とか呼びかけていたのです。

そいつに対する三回目の尋問は夜中の二時に行われました。その前までわたしは十八時間働きづめでした。そいつは夜中に起こされ、寝ぼけて不安に駆られ、すぐに吐きました。それ以降、わたしは取り調べを主として夜に行うようになりました。あるとき、ある女がわたしの部屋の前で一晩中立ったまま待たされたと苦情を言ったことがありました。女は膝がガクガクで、取り調べの最中に眠り込むなど、肉体的に限界でした。わたしが起こすと、女は自分が何を言っているかはっきりわからないまま、寝ぼけてろれつの回らない声で話し続け、また眠り込みました。わたしはまた起こしました。それで女はすべてを白状し、読みもしないで供述調書にサインしました。ただ寝かせてもらいたかったからです。女の夫は、納屋の天井に機関銃を二丁隠し、夢にアンチキリスト(42)が現れたからというので、収穫を燃やすよう自分の村の農民たちを煽動したのです。その女が一晩中立っていなければならなかったことは、部下の軍曹のミスです。それ以降、わたしはこうしたミスを褒めてやることにしています。強情な連中は、時として四十八時間も立たせておかなければなりません。そのあとなら、例の耳垢もなくなり、連中と話ができる。」

食堂の反対側の隅でチェスをしていた二人は、コマを盤に戻して並べ直すと、新しい勝負を始めた。そのテーブルにいた三人目は、寝に帰っていた。イヴァノフはグレトキンをじっと観察したが、その話しぶりはいつもと同じく、冷淡で無表情のままだった。

「同僚たちも似たような経験をしています。これが、結果をもたらす唯一の方法でした。ルールは守り、囚人には指一本触れませんでした。しかし、囚人仲間が銃殺されるところをかれらが偶然目撃してしまうなんてことが起こったりしました。これは肉体的にも精神的にも効果がありました。勾留規則は、衛生上の理由からシャワーや入浴を義務づけています。暖房設備や熱湯用蛇口が冬にうまく機能しないのは、工業発展上の問題によるものです。しかし、入浴時間の長さは刑務官が決めました。ときにはまた暖房設備と熱湯用蛇口が極めてよく機能することがあり、これも同様に、刑務官次第でした。刑務官は昔からの同志で、くどくど指示する必要はありません。かれらは何がかかっているかわかっていました。まさに革命の成否がかかっていたんです。」

「もう充分だよ」とイヴァノフは言った。

「わたしがどうやって体質理論に至ったかを聞いたのは、あなたの方ですよ。だから説明したんです」とグレトキンは言った。「この方法の開発に至った論理的な必然性をつねに自覚していることが重要です。さもないと、あなたのような皮肉屋になってしまう。遅くなったので、もう失礼します。」

イヴァノフは、グラスを飲み干し、隣の椅子に載せていた義足の位置を直した。切断した脚にふたたびリウマチのような痛みを感じた。自分が、こんな話を始めてしまったことに腹が立った。支払いはグレトキンがした。食堂のボーイが行ってしまうと、グレトキンは、立ち上がろうとしながら尋ねた。

「それで、ルバショウはどうするおつもりですか？」

「ぼくの意見は言っただろ。やつはほうっておいた方がいい」とイヴァノフは言った。

グレトキンは立ち上がった。ブーツがキュッキュッと鳴った。グレトキンは、イヴァノフの脚が載っている椅子の前に立ったまま言った。「わたしもルバショウの過去の功績は否定しません。しかし今日では、あの富農と同じくらい有害です。いやずっと危険なぐらいです。」

イヴァノフは、グレトキンの無表情な目を下から見上げた。

「ぼくはやつに二週間の猶予を与えた。この期間が過ぎるまでは、やつはほうっておく。」

イヴァノフはすでに職務命令のような口調で話していた。グレトキンはイヴァノフの部下だった。グレトキンは敬礼し、ブーツをきしませながら食堂を出て行った。

イヴァノフはまだ座っていた。もう一杯飲み、煙草に火を点け、ぼんやりしながらそれを燻らせた。少し経つと立ち上がり、残っていた二人の士官の方へ足を引きずりながら向かい、かれらのチェスを見物しようとした。

3

最初の尋問以降、ルバショウの生活環境はまるで奇跡のように改善した。すでに次の日には、老看守が紙と鉛筆と石鹸とタオルを持ってきた。同時に、逮捕の時点で所持していた現金相当額の監獄用クーポンが手渡され、今後は、売店から煙草類や追加の食料の購入を頼む権利があるとの説明を受けた。ルバショウは、煙草と日用品をいくつか調達させた。老看守は、以前と同様、不機嫌で口数は少なかったが、注文したものをすぐさま足を引きずりながら持ってきた。ルバショウは、一瞬、外部の医者を頼もうかとも考えた。未決囚として、規則上はその権利があった。しかし、すぐにそれを忘れた。歯の痛みはもう消えていた。顔を洗い、少し何か食べると、肉体的にもふたたび元気になった感じがした。

中庭はすべて雪かきされ、囚人たちの集団散歩が再開されていた。散歩が雪のために中断されていたのは明らかだった。ただ、兎唇とその相棒だけが、おそらく医者による特別な指示で毎日十分間散歩に連れ出されていた。兎唇は、中庭に足を踏み入れるときと去るときにはいつも、ルバショウの窓を見上げた。その動きはとても正確だったので、誤解の余地はなかった。

ルバショウは、手記を書いたり独房を行ったり来たりしているとき以外は、よく窓辺に立ち、額を窓につけ、散歩する囚人たちを眺めた。散歩は十二人ずつのグループで行われ、散歩者は二人一組になり、他の組から十歩の距離を取って中庭の周りをぐるぐる回った。中庭の中央には四人の軍服を着た刑務官が立ち、散歩者たちがお互いに口をきかないよう、見張っていた。かれらは、同じ速度でゆっくりときっかり二十分回転するこのメリーゴーランドの、言わば軸をなしていた。その後、囚人たちは、二人一組で右側のドアから建物の中に連れ戻された。それとほとんど同時に、左側のドアから新しいグループが中庭に登場し、メリーゴーランドは、次のグループに交代するまで、ふたたびその単調な回転運動を続けた。

最初の数日、ルバショウは知っている顔を探したが、誰ひとり見つからなかった。それで少し安心した。今は外の世界とは何の結びつきも持ちたくなかったし、自分の課題から気をそらす可能性のあるものは何も望まなかった。その課題とは、すべてを最後まで考え抜いて結論を出し、過去や未来と、また生者や死者たちと方をつけることだった。イヴァノフがくれた期限のうち、残っているのはあと十日だった。

ルバショウは、書き留めながらでなければ、集中して考えられなかった。しかし、書くことで疲労困憊してしまい、気力を振り絞っても一日せいぜい一、二時間がやっとだった。残りの時間、ルバショウの頭は勝手に回転した。

ルバショウは、自分自身についてはかなり正確に把握していると、これまでずっと信じてきた。道徳的な価値判断には関心がなかったので、一人称単数と呼ばれる現象には何の幻想も持っていなかった。また、人が言葉にしたがらない心の動きについても、羞恥心や心の動揺なしに認めてきた。しかし、額を窓にもたせかけたまま立っていたり、窓から三つ目の黒い石タイルの上で突然立ち止まったりするたびに、今やルバショウは驚くべき体験をしていた。人が誤って「独白」と呼んでいるあの現象が、実際は、特別な種類の対話であることを発見した。すなわちそこでは、対話の一方のパートナーが沈黙を続けるのに対し、もう一方は、相手に取り入って信頼を得つつその意図を探るために、文法規則に反して、その相手を「おまえ」ではなく「わたし」と呼びかける。だが、呼びかけられた相手は何をしても沈黙を続け、考察の対象になることはおろか、時間と空間の中に位置づけられることさえも嫌がるのだ。

しかし、今やルバショウは、このいつもは沈黙している相手が、こちらから話しかけたわけでもなく、明らかなきっかけもないのに、語り始めることがあるような気がした。その声の響きにはまったく聞き覚えがなかった。ルバショウは心から驚いて耳を傾けたが、その際自分の唇が動いていたことを確認した。この体験には神秘的なことや秘密めいたことは何もなかった。それはまったくもって具体的な性質のものだった。このようにしてルバショウは、自らの観察を通して徐々に、何年もの間ずっと沈黙しながら今になって口を開き始めたこの一人称単数には明らかに具体的な構成要素が含まれているという確信をもつに至った。

この発見は、イヴァノフと会見した際の細々としたやりとりよりもずっと強くルバショウの関心を引いた。イヴァノフの提案には乗らず、この茶番にはもう加わらないと決めていたので、ルバショウの人生に残された時間はほんのわずかだった。そして、この確信こそがルバショウの内省の文字通りの基礎をなしていた。

ナンバー・ワンに対する暗殺計画などという馬鹿げた話についてはまったく考えなかった。それよりもイヴァノフという人間自身により多くの関心を抱いた。イヴァノフは、かれらの立場は正反対になっていてもおかしくなかったと言った。その点は紛れもなく正しかった。ルバショウ自身とイヴァノフは、その成長の過程からしてまったくの双子だった。かれらは母細胞こそ違ったものの、同じ信念のへその緒を通じて養育され、党の影響がとりわけ強い環境によって人生における決定的な時期にその性格が刻印され形造られた。かれらは同じ道徳と同じ哲学を持ち、同じ概念を使って思考した。かれらの立場は正反対になっていてもおかしくなかった。その場合は、ルバショウがあの事務机の後ろに座り、イヴァノフがその前に座っただろう。そしてルバショウはその場所から、おそらくイヴァノフが使ったのと同じ論法で説得しただろう。ゲームの規則は決まっており、ただその細目の違いが許されていただけだった。

他人の立場で考えねばならないという昔からの強迫観念にふたたび駆られた。ルバショウはイヴァノフの席に座りイヴァノフの目を通し、目の前に被告の立場で座っている自分自身を思い浮かべた。以前、リヒャルトやちびのレーヴィも同じようにそうやって座っていた。かつて同じ連隊で戦った同志ルバショウの降格された哀れな姿が見えた。おかげで、イヴァノフが自分に対して見せた、優しさと軽蔑の混じった感情を理解できた。ルバショウは、取り調べの間、イヴァノフが見せる思いやりは本物なのかそれとも見せかけなのか、自分を罠にかけようとしているのかそれとも逃げ道を示そうとしているのかと何度も自問した。イヴァノフの立場と自分を重ね合わせることで、イヴァノフは本心だったことが今はわかった。いずれにせよ、リヒャルトやちびのレーヴィに対してルバショウ自身がそうだったのと同じ程度には誠実だったのだ。

こうした考察も独白の形を取った。だがこれは、「おまえ」と「おまえ」の間を繋ぐ、いつもの昔から慣れ親しんだ道筋を通る独白の一つに過ぎなかった。あの自己対話の新たに発見された本来の呼びかけ相手は、これには加わらなかった。そしてその存在は、一人称単数という一つの文法的な抽象概念に限定されていた。直接的な質問や、論理的な瞑想でそれに語らせることはまったくできなかった。その発言は、これといったきっかけもなく突然始まり、奇妙なことに、つねに膿んだ歯根の激しい痛みの発作を伴っていた。その想像力が生み出す世界は、お互いに関連のないさまざまな構成要素からなっているように見えた。たとえば、ピエタの重ね合わせた手、ちびのレーヴィの猫、「来たれ、甘き死よ」のメロディー、アローヴァがある特定の状況で語ったある特定の一文などがそうだった。その実体的な現れ方にも同様に脈略がなかった。たとえば、眼鏡を袖口で拭かずにはおられない強迫観念、イヴァノフの部屋の壁のあの白い跡に触れたいという衝動、「おれは借りを返すぞ」などの言葉を勝手につぶやく唇の動き、自分の人生の過去のエピソードについての白昼夢がもたらす朦朧《もうろう》状態などがそうだった。

ルバショウは、独房内を行ったり来たりしながら、この新たに発見された実体を詳細に検討した。一人称単数の強調を避けるという革命運動においてよく見られた傾向に配慮し、ルバショウはこの実体を「文法的虚構」と命名していた。自分の人生には、おそらくあと二、三週間の猶予しかなく、それまでに、この問題に決着をつけ、最後まで考え抜いて結論を得たいという強い欲求を感じた。しかし、この「文法的虚構」の存在領域は、まさに「最後まで考え抜いた」その先から始まるようだった。論理的な思考では捉えられないことが、その本質的な属性であるのは明らかだった。そしてそれは、そのあと不意に、いわば待ち伏せ場所から、白昼夢や歯の痛みとともに奇襲してきた。このようにしてルバショウは、逮捕後七日目、取り調べ後三日目の日を、ほとんどすべて、自分の人生の過去の一時期を再体験しながら過ごした。それは、銃殺されたアローヴァとの関係だった。

意志に反して白昼夢に入り込んでしまう瞬間は、眠りに落ちる瞬間と同じく、あとからは、ほとんどそれと特定できなかった。ルバショウはこの七日目の日、朝のうちは手記の執筆に専念していた。おそらくその後、少し歩いて足をほぐすために立ち上がったのだろう、独房の扉で食器のガチャガチャいう音を聞いて我に返り、はじめてもう昼になっていることに気づいた。その間、ルバショウは何時間も絶え間なく独房内を行ったり来たりし、おそらくは同じように、もう何時間も前から間歇的な悪寒が走り、歯の神経がこめかみまでズキズキするのを感じていたのであろう、気がつけば毛布を肩の周りにかけていた。ルバショウは、雑役受刑者が杓子で食器によそったスープを、ぼんやりしながらスプーンですくって食べると、行ったり来たりをまた続けた。覗き穴からときどき監視していた看守には、ルバショウが寒そうに肩をすくめ、唇を動かしているのが見えた。思い出はあまりに鮮明だったので、記憶というよりは当時を再体験するも同然だった。ルバショウは通商代表部のかつての自分自身の執務室の空気を吸った。そこには、大柄でけだるそうなアローヴァの均整の取れた体から発せられた妙に心を落ち着かせる香りが充満していた。アローヴァが口述筆記の際に白いブラウスの上体を速記用紙の上に屈め、口述の合間に執務室の中を行ったり来たりする自分を丸い目で追っていたときの、前に傾けた首が見せるうなじの曲線が、ルバショウの目に浮かんだ。アローヴァは、ルバショウの姉妹たちが家で着ていたような、高くて詰まった襟に小さな花の刺繍がある白いブラウスをいつも着ており、いつも同じ安物のイヤリングをつけていた。それは、アローヴァが速記用紙の上に身を屈めると頬から少し離れて垂れ下がった。アローヴァのけだるそうな受け身的な振る舞いは口述筆記には打ってつけで、ルバショウが過労のときにはいつも、その神経をとりわけ落ち着かせる効果があった。ルバショウは、ちびのレーヴィの件の直後に、B国における通商代表部長という新しいポストに就任し、猛烈な勢いで仕事にとりかかった。指導部がこのお役所仕事を与えてくれたことに感謝した。インターナショナル[43]の指導的な立場にあった人間が国の外交機関に移るのは非常に稀なことであった。ナンバー・ワンには、ルバショウの処遇に関しおそらくある一貫した意図があったのだろう。というのもこれらの二つの階層型組織は通常は厳密に区別されており、お互いに接触を持つことは許されず、しばしば正反対の政策を取ることとさえあったからだ。ナンバー・ワンが位置する一段と高い立場から見たときのみ、この見かけ上の矛盾は解消され、全体の関連が理解可能となった。

ルバショウは、新しい生活スタイルに慣れるまで少し時間がかかった。今や自分が外交官用のパスポートを持っており、しかもそれは本物で自分の本名が書かれていること、正装をして諸々のレセプションに参加せねばならず、自分の前では警官が直立不動の姿勢を取ること、ときおりあとをつけてくるのに気づく地味な服装の黒い山高帽の男たちが自分の安全を守ろうという気遣いからそうしていることなど、そのすべてが可笑《おか》しかった。

はじめのうちは、公使館に併設されていた通商代表部の各部屋の雰囲気に少々なじめなかった。ブルジョアの世界ではその地位にふさわしい振る舞いをし、芝居を演じ合わなければならないことは理解できた。しかし、ここではその芝居があまりにうますぎて、見せかけと現実をほとんど区別できないほどに思えた。革命前には党の委託を受けて偽札を作っていた公使館一等書記官が、ルバショウの服装と個人的な生活スタイルを変えるある種の必要性について注意を喚起したことがあった。だが、それは、同志間でのユーモアに富んだ言い方ではなく、あまりにも用心深く慎重になされたので、その場は気まずくなりルバショウの神経に障った。職員は、一等補佐官、二等補佐官、一等会計官、二等会計官、ならびに女性の秘書たちと秘書助手たちの十二人からなり、みな厳密にランク付けされていた。ルバショウには、このグループの全員が、自分を国民的英雄と盗賊団首領の中間的存在のように見ている気がした。かれらはルバショウに対し過剰なほどの敬意と教え諭すような寛大さで接した。一等書記官は、外交文書について報告する際、まるで子供や未開人に説明するかのように、できる限り簡単な表現で話そうと努力しているのが見て取れた。それでも、ルバショウをいらつかせることが最も少なかったのは、個人秘書のアローヴァだった。ただ、アローヴァが感じのいいシンプルなブラウスやスカートに合わせ、滑稽なほどかかとの尖ったハイヒールを履いている理由はわからなかった。

ルバショウがアローヴァに対して個人的な質問をするまで、ほぼ一か月かかった。ルバショウは口述しながら行ったり来たりするのに疲れ、突然部屋の中がひどく静かなのに気づいた。「ところで、あなたはなぜ何もしゃべらないの、アローヴァさん?」と尋ね、自分の机の後ろの座り心地の良い肘掛け椅子に腰を下ろした。「お望みならば、口述文の最後の単語を毎回復唱しましょうか?」とアローヴァはいつものけだるそうな声で返事をした。

来る日も来る日も、アローヴァはあの刺繍が施されたブラウスを着て机の前の椅子に座っていた。どっしりとした形の良い胸は速記用紙の上に被さり、頭を傾けているため、イヤリングは頰から少し離れて並行に垂れ下がっていた。唯一、気に障ったのは、かかとの尖ったエナメル製のハイヒールだった。しかし、アローヴァはルバショウが知っているたいていの女性たちと違って、けっして足を組まなかった。口述の際、つねに行ったり来たりしたので、いつもはアローヴァの上半身を後ろから、あるいは横から見ていた。その際、最も印象に残ったのは、前に傾けた首が見せるうなじの曲線だった。アローヴァのうなじは、そってはいないがうぶ毛もなく、白い肌は頸椎の上に軽やかに広がり、その下には白いブラウスの襟に刺繍された花が見えた。

ルバショウは若い頃それほど多くの女性たちと付き合ったわけではなかった。ほとんどいつも相手は女性の同志たちで、男女関係が始まるきっかけも、ほとんどいつも、どちらかの部屋でお互いに議論し合っているうちに、訪ねた側が家に帰るには遅くなりすぎてしまったことだった。

あの失敗に終わった会話へのアプローチからさらに二週間が過ぎた。はじめのうちアローヴァは、口述された文の最後の単語をけだるそうな声で実際に繰り返したが、そのうちやめてしまい、ルバショウが休むたびに執務室はふたたび静かになり、アローヴァの体の放つ妙に優しい香りで満たされた。ある日の午後、自分でも驚いたことに、ルバショウはアローヴァの椅子の後ろに立ち、手をアローヴァの両肩に軽く置いて、落ち着き払った声で、今晩一緒に出かけませんかと尋ねた。アローヴァはさっと身を引くこともなく、ルバショウが触れている肩を動かさないまま黙ってうなずき、頭を上げることさえしなかった。ルバショウは軽薄な冗談を言うのには慣れていなかったが、その後同じ日の夜、アローヴァに向かって「あなたは今もこれから口述筆記を始めるみたいに見えるね」と言わずにはいられなかった。かれらは最後までお互いに「あなた」と他人行儀に呼び合った。アローヴァのふくよかで温かい胸は寝室の暗がりの中で見慣れたような曲線を描き、以前からアローヴァがここに来ていたように思えた。ただ、イヤリングだけは、今や枕の上に載っていた。アローヴァの目は、ルバショウへの返事として、「あなたはいつだってわたしを思い通りにしていいのよ」という言葉を口にしたときと同じく、いつもの表情をしていた。そして、この言葉は、あのドックの海藻の匂いやピエタの重ね合わせた手と同様、記憶から消えようとはしなかった。

「どうしてそんなことを言うのかね?」とルバショウは、驚き、また少し不安になって尋ねた。

アローヴァは、それ以上答えなかった。おそらくもう眠っていたのだろう。眠っているときも、目覚めているときと同様で、息は聞こえなかった。ルバショウは、そもそもアローヴァの息づかいに気づいたことが一度もなかった。目を閉じているところを見たこともなかった。目を閉じたアローヴァの顔は、いつもと違って見えた。目を開けているときよりずっと表情豊かだった。同じく違って見えたのは、脇の下の黒い影と通常は胸の方へ傾けているあごを、眠っているときはまるで死者のように垂直に突き出していたことであった。しかし、アローヴァの体が発する優しいかすかな匂いは、眠っていてもルバショウにはなじみのものだった。

次の日もそれ以降も毎日、アローヴァはふたたびいつものブラウスを着て、自分の机に屈み込んだ姿勢で座っていた。次の晩もそれ以降も毎晩、アローヴァの胸の少し明るい影が暗い寝室のカーテンに浮かび上がった。ルバショウは、昼も夜もアローヴァの大柄でけだるそうな体の発する匂いの中で暮らした。仕事の際のアローヴァの振る舞いには、変化がなかった。声も目の表情も以前と同じで、二人の関係をほのめかすようなものはまったくなかった。ときどき口述するのに疲れると、ルバショウはアローヴァの椅子の背後に立ち、手をその両肩に置いてもたれかかった。ルバショウは何も言わず、アローヴァのブラウスの下の温かい肩も身動きしなかった。するとルバショウには、探していた言い回しが見つかり、ふたたび行ったり来たりを再開し、口述を続けた。

ときどきルバショウは、自分が口述したことに関連して辛辣なコメントを付け足したが、そうするとアローヴァは書くのをやめ、鉛筆を手にしたまま言い終わるまで待った。しかし、その当てこすりを聞いて笑ったことは一度もなく、どう思っていたかはルバショウにはわからずじまいだった。たった一度、ナンバー・ワンのある種の習慣を引き合いに出した、政治的にとりわけ大胆なルバショウのジョークに対して、アローヴァは突然そのけだるそうな声で言った。「こんなこと、ほかの人の前では、口になさってはいけません。そもそも、もう少し慎重になさった方がいいです。」しかし、ときどき、いわゆる〝上から〟の指示や通達が回ってきたときにはとりわけ、異端的な考察を声に出して言いたいという欲求を抑えられなかった。

あれは反対派に対する第二次大規模裁判の準備が進められていたころだった。公使館の雰囲気は奇妙なほど息苦しいものになった。一夜にして壁の写真や肖像画が何枚も消えた。それらは、何年も前からそこに掛かっており、誰もそれを気にして見たことはなかった。しかし、今や白い跡が目をひいた。職員たちが誰かに話しかけるのは、職務上の必要があるときだけで、その際は、念入りでずる賢いほど丁寧だった。公使館食堂で食事をするときなど、会話が避けられない場合、かれらは、打ち解けた雰囲気で使うとグロテスクで少しばかり不気味に響くような、公式に認可されたと覚しき難解な言い回しを使った。それは、塩壺やマスタードの容器を取ってくださいという際に巻頭論文のキーワードを伝え合うようなものだった。とりわけ多く見られたのは、自分がたった今言ったことを、誰かが勘違いして誤った解釈をしたのに抗議し、「そうは言っていない」あるいは「そういう意味で言ったのではない」とうろたえながら言うことで周りの者たちを証人にしようとする場面であった。ルバショウにはそれらすべてが奇妙なほど厳粛な人形芝居のように思えた。人形たちは操り糸によって動き、与えられた役割のもと、決められた台詞をしゃべった。ただ、けだるそうで口数の少ないアローヴァだけは、何の変化も見られなかった。

壁の肖像画だけではなく、図書室の本の並びにも隙間があいてきた。特定の本やパンフレットが、通常は〝上から〟の新しい通達が届いた翌日に、ひそかに本棚から消えた。ルバショウは、口述の際、その点に関し辛辣なコメントをし、それをアローヴァは黙って聞いていた。本棚からは、外国貿易や外貨問題に関するほとんどすべての文書が消えた。その執筆者であった財政担当人民委員はその直前に逮捕されたところだった。昔の党大会での、関連分野のほとんどすべての専門講演、革命とその直前の時代の歴史に関する大部分の書籍と事典類、まだ存命中の作者によるすべての法律や哲学に関する著作、人口政策や産児制限に関するパンフレット、人民軍の構成に関するガイドブック、人民国家における労働組合組織やストライキ権に関する諸論文、一般に、国家理論的な問題に関するほとんどすべての調査報告書で二年以上前に出されたもの、そして最後には、科学アカデミーによって編集された百科事典のこれまでに刊行された巻までが消えた。百科事典に関しては、新しい改訂版が出るとのことだった。

新しい本も送られてきた。新しい脚注と注釈がついた社会科学の古典が刊行され、古い歴史書は新しい歴史書に、亡くなった革命指導者たちの古い回想録は亡くなった当人の新しい回想録に置き換えられた。ルバショウは一度、アローヴァに対する冗談の中で、もう残っているのは、昔の新聞の改訂版を一年分ずつまとめて新たに発行し直すぐらいだろうねとコメントしたことがあった。

さて、数週間前のことだが、公使館の所蔵図書の内容に関する政治的な責任を負うべき図書委員を任命せよとのいわゆる〝上から〟の通達が来た。図書委員には、アローヴァが任命された。ルバショウは、そのときは、幼稚園みたいだと一言つぶやいただけで、はじめのうちは、これらすべてをくだらないと思っていた。しかし、ある晩、週一回開かれる公使館党細胞定例会議の場で、アローヴァは複数の参加者から同時に厳しく攻撃された。一等書記官を含む三、四人の発言者が次々に立ち上がって非難した。図書室にはナンバー・ワンによる最も重要な指針となる演説がどこにも見当たらない、それに対して反対派の文書が今なお大量にあり、特にこれまでに外国のスパイ、裏切り者、手先であると暴露され一掃された政治家たちの本がつい最近まで本棚の目立つ場所で幅をきかせていた、それゆえ、ある種の意思表明の意図があったのではという憶測に耳を傾けざるを得ない。発言者たちは冷静で、極めて客観的に、選び抜かれた言い回しを用いて話した。今回もまた、あらかじめ決められたテキストのキーワードをお互いにやりとりしているかのようだった。警戒を怠ることなく問題を容赦なく弾劾するのは党の最も重要な義務であり、この義務をなおざりにする者は自らが有害分子の共犯者になるのだという断定ですべての発言は、締めくくられた。釈明を求められたアローヴァはいつものように落ち着いたようすで、そうした悪しき意図は自分には毛頭なく、通達の中のあらゆる指示に従ってきたと述べた。しかし、いつもの低いハスキーな声で話しながら、アローヴァは長いことルバショウの方を見ていた。それは通常他人のいるときにはしないことだった。会議は、アローヴァに「重大な警告」を与えると決議して終わった。

革命運動の中で最近使われるようになった方法を熟知していたルバショウは、不安になった。何か良からぬことがアローヴァに迫っているのがわかり、その政治的な経歴の中ではじめて自分は無力だと感じた。というのも、すべてはつかみどころがなく、それに対し戦いを挑むことができなかったからだ。

公使館の雰囲気はますます息苦しいものになった。ルバショウは、口述の際に個人的なコメントを加えるのをやめ、それゆえ奇妙な罪悪感を感じるようになった。表面上はアローヴァに対する関係には何の変化もなかった。しかし、口述の際にからかうようなコメントをすることがもはやできないというただその一点に起因するこの奇妙な罪悪感のせいで、ルバショウはもはや以前そうしたように、アローヴァの椅子の後ろに立ち止まってその両肩に手を置くことをしなくなった。一週間後のある晩、アローヴァは部屋に現れず、次の晩以降も来なくなった。ルバショウにはその理由を尋ねようと決心するまで三日かかった。アローヴァは、いつものけだるそうな声で体調が悪かったからと答え、ルバショウもそれ以上は聞かなかった。それ以降、たった一度の例外を除き、アローヴァはまったく来なくなった。

それは、あの会議の晩から三週間後、アローヴァがルバショウのもとを訪れなくなってから二週間後のことだった。アローヴァの振る舞いは以前とほとんど変わらなかった。しかし、ルバショウにはその晩ずっと、自分が何か決定的なことを言うのをアローヴァは待っているような気がした。しかし、ルバショウは決定的なことは何も言わず、ただ、きみがまた来てくれてうれしい、わたしは仕事のしすぎで疲れているると言っただけだった。また実際それは事実だった。夜の間、アローヴァが眠ってはおらず、丸い目を開けて暗闇をじっと見ていたことに何度も気づいた。ルバショウは、責めさいなむような罪悪感を振り払うことができなかった。あの嫌な歯痛もふたたび始まった。アローヴァがルバショウのもとを訪れたのはそれが最後だった。

次の朝、アローヴァが口述筆記のため執務室に現れる前に、一等書記官は、極秘事項を打ち明けるといったふうを見せながらも、一つ一つの文に至るまで正確な言い回しを使っていることを感じさせる言い方で、アローヴァの兄と義姉が一週間前から「あちら」で捕まっていると語った。アローヴァの兄は外国人と結婚していたが、二人には、国内の反対派の委託を受け、妻の祖国と結託して反逆行為を行ったとの嫌疑がかけられていた。

数分後に、アローヴァは口述筆記のために現れた。いつものように、刺繍を施したブラウスを着て机の前の椅子に座り、上体を前に傾け黙っていた。ルバショウは、背後を行ったり来たりしながら、その間ずっと、首を前に傾けたアローヴァのうなじの、頸椎の上に軽やかに広がる肌を見ていた。肌のその箇所から目をそらすことができず、気分が悪くて吐きそうになるほどの後ろめたさを感じ続けた。「あちら」では有罪宣告を受けた者はうなじに銃弾を受けて殺される。そのことをひっきりなしに考えざるを得なかった。

夜に開かれた次の党細胞会議で、アローヴァは一等書記官の提案により、「政治的に信頼できない」との理由から、何の説明も議論もなしに図書委員の職を解かれた。ほとんど耐えがたいほどの歯痛に苦しんでいたルバショウは、欠席を届け出て、その会議には出席しなかった。数日後、アローヴァはもうひとりの職員とともに故国に召還された。アローヴァの名前が以前の同僚たちによって口にされることはけっしてなかった。しかし、ルバショウ自身が召還されるまで公使館で過ごした数か月の間、アローヴァの大柄でけだるそうな体から発した優しい匂いは、執務室の壁紙に染みついていて、消えそうになかった。

4

ドシウヨ、ヒナタへ、ジユウへ……(44)

ルバショウの逮捕から十日目の朝以来、左側の新たな隣人となった四〇六号は、毎回同じ歌詞の一節を、しかもドウシではなくドシウと、いつも同じ綴りの間違いをしながら、たびたび打ってきた。ルバショウは会話を始めようと何度も試みた。しかし、この新入りは、ルバショウが打っている間は静かに聞いていたが、そのあとに答えとして戻ってくるのは、脈略のない一連の文字だけで、その最後はいつも、「どしうよ、日向へ、自由へ」という綴りのおかしいおなじみの歌詞で締めくくられていた。

新入りは前の晩に送られてきていた。ルバショウは目を覚ましたが、鈍い物音と四〇六号房の扉の閉まる音だけしか聞こえなかった。翌朝、最初の起床ラッパのあと、四〇六号はすぐに、ドシウヨ、ヒナタへ、ジユウへと打ち始めた。その打ち方はすばやく手慣れており、ほとんど名人芸と言えるほどだった。それからすると綴りの間違いとそのほかのメッセージの混乱には、技術的ではなく精神的な原因があるにちがいなかった。おそらく新入りには精神的障害があった。

朝食後、四〇二号の若い士官がおしゃべりしようとふたたび連絡してきた。ルバショウと四〇二号の間にはある種の友情が芽生え始めていた。片眼鏡をはめ、口ひげの先端をひねらせた士官はおそらくひどく退屈していたにちがいなかった。というのもルバショウが送る会話の一言一句に感嘆したからだ。一日に五回から六回は壁を叩き、へりくだって懇願してきた。

スコシハワタシトオシャベリシテクレヨ……

ルバショウがその気になることはめったになかった。それにどんな話をしたらいいかも、よくわからなかった。四〇二号は、かつて士官クラブで語られていたような小話をよく打ってきた。話の落ちがうまく伝わらない場合、気まずい沈黙が流れた。それらは古くさい小話で、家父長制が色濃く残る時代の猥談だった。四〇二号は最後まで打つたびに、おそらく大笑いを期待し、漆喰塗りの無言の壁を絶望的な表情でじっと見つめているのであろう。同情と礼儀の気持ちから、ルバショウはときどき爆笑の代わりに、鼻眼鏡でできる限り大きく、「ハハ」と打った。すると四〇二号は感情を抑えられなくなった。拳やブーツで「ハハハハ」と壁を打ちつけることで笑いの発作を演じた。その間にときどき、ルバショウも一緒にやっているか確認するため、数秒ほど叩くのをやめた。ルバショウが黙っていると、「オマエハイッショニワラッテイナイゾ」と非難した。煩わされるのが嫌で、ルバショウの方も何回か「ハハ」と打つと、四〇二号は、その後、「オレタチハオオイニタノシンダナ」と伝えてきた。

四〇二号はときどきルバショウをののしった。返事がもらえないと、時には軍歌を、何小節も片っ端から打ってきた。その壁打ち信号に無意識のうちに耳を傾けていたのだろうか、ルバショウには、房内を行ったり来たりしながら白昼夢を見たり長く集中的な思考を続けている際に、古い行進曲のリフレインを突然口ずさみ始めることがあった。

しかし、それでも四〇二号は役に立った。すでに二年以上もここにいて、この監獄の状況を知っており、何人もの囚人と関係があった。どんな噂話も聞いていて、この建物で起こっていることはおよそすべて知っているようだった。

新入りが送られてきた翌朝、四〇二号房の士官が「おしゃべりのため」また連絡してきたとき、ルバショウは四〇六号房の新入りが誰か知っているかと尋ねた。それに対して四〇二号は次のように答えた。リップ　ヴァン　ウィンクル(45)。

四〇二号は、会話の緊張感を高めるため、言葉当てゲームの形で表現するのが好きだった。ルバショウは学校教育で習った断片的知識を総動員し、二十五年間眠り続けたため、すっかり変わってしまった世界の中で途方に暮れた農夫についての古い伝説を思い出した。

アイツハキオクヲウシナッタノカ?とルバショウは尋ねた。

予想通りの効果に満足したのは明らかで、四〇二号はこの件について知っていることをさっそく伝えてきた。四〇六号は、かつては、ヨーロッパ南東部にある小国の大学の社会学の講師で、先の大戦後に、すなわち二十年ほど前に、当時ヨーロッパのさまざまな場所で燃え広がった革命蜂起に参加した。コミューンの結成が呼びかけられたが、そのロマンチックな存在は数週間と持たず、その後はお定まりの流血の最後を迎えた(46)。革命の指導者たちは素人だったが、鎮圧は専門的な方法でなされた。コミューンから人民啓蒙次官という響きのよい称号をもらっていた四〇六号は、絞首刑を宣告され、一年間その執行を待った。その後、判決は終身懲役刑に変更され、二十年間刑に服した。

四〇六号は二十年間服役したが、その大半を外の世界と遮断され、新聞も読めない独房で過ごした。この南東ヨーロッパの小国の刑の執行方法には、今なお少し家父長的な性格があり、四〇六号は忘れられてしまった。それが、一か月前に突然恩赦になった。こうしてリップ・ヴァン・ウィンクルは、二十年間の眠りと闇のあとに、ふたたび地上で我に返った。四〇六号は釈放されるとすぐ、自らの理想の国だったこちらにやってきたが、到着の十四日後に逮捕された。おそらく、二十年間も黙っていたので、おしゃべりになりすぎたのだろう。おそらく、独房に監禁されていた間、昼夜となくこちらでの生活に関して夢見ていたことを、人々に語ってしまったからだろう。おそらく、西暦一九一七年の英雄であった昔の友人たちの住所を、かれらがみな裏切り者とスパイであったことを知らずに問い合わせたからであろう。おそらく、花輪を置くべき墓を間違えたからであろう。あるいは、尊敬すべき御隣人の同志ルバショウを訪問しようとしたのかもしれない。暗い独房のわら布団の上での二十年間の夢と白日の下での二週間の現実、そのどちらがましだったかと四〇六号は今、頭を悩ましている。ひょっとしたらもう少々おかしくなっているかもしれない。これがつまりリップ・ヴァン・ウィンクルの話だった。

四〇二号がその長い話を打ち終わって少し経つと、リップ・ヴァン・ウィンクルはふたたび壁を叩き始めた。ドシウヨ、ヒナタへ、ジユウへという綴りのおかしい歌詞の一節を五、六回繰り返し、それから黙った。

ルバショウは、寝台に身を横たえ、目を閉じた。あの「文法的虚構」がふたたび顔を出した。それは言葉ではなく、ただ曖昧でさいなむような感覚を通して自らを語った。言葉に置き換えるならおよそ次のような感覚だった。「これに対してもおまえは償わねばならぬ。これに対してもおまえには責任がある。なぜなら、やつが夢を見ていた間、おまえは行動していたからだ。」

その日の午後、ルバショウは散髪のため、理髪室に連れて行かれた。

今回の行列は老看守とひとりの監視兵だけだった。老看守は足を引きずりながらルバショウの二歩まえを、兵士は二歩あとを歩いた。四〇六号房の前を通ったが、外にはまだ名札は掛かっていなかった。今回、理髪室には、床屋の仕事を任されていたあの二人の囚人のうちのひとりしかいなかった。ルバショウがあまり多くの人間と接触しすぎないよう配慮されているのは明らかだった。

ルバショウは肘掛け椅子に座った。設備は比較的清潔で、そのうえ鏡まであった。ルバショウは鼻眼鏡をはずし、ちらっと鏡をのぞいた。頬の無精ひげを除けば、自分の顔に何の変化もないのがわかった。

床屋は黙ったまますばやく正確に作業した。部屋のドアは開いたままで、看守は足を引きずりながらどこかへ行ってしまい、兵士のみがドアの支柱にもたれて立ち、作業を監視していた。顔に塗られた生温かい石鹸の泡のおかげでルバショウはとても快適だった。生きていることの喜びを失いたくないというかすかな誘惑を感じた。できるなら少しばかり床屋とおしゃべりがしたかった。しかし、すでに独房から出る際に、それは禁止だと老看守が伝えていた。それで、この床屋に面倒をかけまいと思った。顔つきからするとむしろ機械工か電気技術者のように見える幅広の正直そうな床屋の顔が、ルバショウには気に入っていた。石鹸の泡の塗り込みが終わって最初にカミソリでひとそりしたあと、床屋は刃が引っかからなかったかと尋ねたが、その質問の最後に、「ルバショウさん」という呼びかけをつけた。

それは、ルバショウがこの理髪室に足を踏み入れて以来最初に話された言葉であった。素っ気ない言い方ではあったが、おそらく何か独特な意味があるようだった。その後、また沈黙が続いた。ドアの支柱にもたれていた兵士は、煙草に火を点けた。床屋はすばやく正確な動きでルバショウのとがったあごひげと頭の毛を刈り込んだ。床屋が上に屈み込んできたとき、ルバショウは、すばやく床屋と視線を交わした。まさにその瞬間、床屋は、はさみを襟足の毛によりうまく近づけるためとでもいうようにして、二本の指をルバショウの襟の下に差し入れた。床屋が指を引っ込めたとき、ルバショウは、首に小さく丸めた紙が引っかかるのを感じた。まもなく散髪は終わり、ルバショウは兵士と看守によって、独房に連れ戻された。ルバショウは寝台に腰かけ、覗き穴の方をじっと見ながら自分が監視されていないことを確かめると、丸めた紙を襟から取り出し、しわを伸ばして読んだ。そこには、明らかに大急ぎで殴り書きされたと思われる文がたった一つ書いてあった。

「誰もが罪を認め、自分を貶《おとし》めた――だがおまえは黙って死ね。」

ルバショウはその紙をトイレ用バケツに投げ入れると、房内を行ったり来たりし始めた。これは、外から届いた最初の知らせだった。あちら側、敵国にいたときは、ひそかに持ち込まれたメッセージを牢獄で何度も受け取ったことがあった。それらは、声を上げよ、法廷から憤激の叫びを世界中に鳴り響かせよと鼓舞していた。革命家に沈黙を命じるような瞬間も歴史にはあったのだろうか？　革命家にただ一つ沈黙を守って死ぬことだけを要求し、それだけが唯一正しいような歴史の転換点はあったのだろうか？

ルバショウの思索は、独房に戻るとすぐ壁を打ち始めた四〇二号によって中断された。四〇二号は好奇心を抑えられず、ルバショウがどこへ連れて行かれたかを聞きたがった。

サンパツダ、とルバショウは説明した。

モウサイアクノジタイガキタカトシンパイシテイタ、と四〇二号は感傷的になって打ってきた。

オサキニドウゾ、とルバショウは打ち返した。

四〇二号はいつものように、好意的な反応を示した。

ハハ、オマエタチハステキナレンチュウダ。

奇妙なことに、こうした安っぽい褒め言葉が、ルバショウにある種の満足感を与えた。ルバショウは、その社会的な階級が生と死についての確固とした名誉規範を持っている四〇二号をうらやましく思った。そういうものがあれば、それにしがみつけばいい。他方、ルバショウのような人間にはマニュアルは存在しない。最後まで、すべて自分で考え、結論を出さねばならない。

死ぬことについてさえ、規範はなかった。黙って死ぬのと、活動を続けられるように公衆の面前で罪を認め、自らを貶めるのと、どちらがより立派なのだろうか？　おれはアローヴァを犠牲にした。自分自身が生き残ることが客観的に見て、革命のためにより価値があったからだ。将来のために自分自身を最後まで守るという義務の方がブルジョア的なモラルの掟より重要だということ、それこそが友人たちが当時ルバショウを説得した決定的な論点だった。かつて歴史の原成岩の中まで降り、歴史のために新しい川筋を掘ったルバショウのような者たちには、ここにとどまり、戦う準備をしておく以外の義務は存在しない。「あなたはわたしを思い通りにしていいのよ」とアローヴァは言った。おれは、アローヴァをすべて思い通りに扱った。それなのに、自分自身はより大切に扱えというのか？「来る十年間は、われわれの時代の運命を決めるだろう」とイヴァノフは、おれの発言を引用して言った。それなのに、個人的な嫌悪感や倦怠感や虚栄心から、事前に逃げ出し、ロマンチックな大言壮語を吐きながら退場しようとでも言うのか？　それに、もしナンバー・ワンの方がやはり正しかったとしたらどうする？　ナンバー・ワンの恐ろしさは、ひょっとしたらかれの方が正しいのではないかということじゃなかったか？　糞と血と嘘まみれにもかかわらず、やはりここに荘厳な未来の基礎が築かれているのではないかということじゃなかったか？　モラルを持たない歴史という建築家は、ほとんどいつも自分の漆喰を、嘘と血と糞を混ぜて作ってきた。

黙って死ね。そう言うのは簡単だ。ルバショウは突然立ち止まった。窓から三つ目の黒いタイルの上にいた。「黙って死ね」という言葉を自分が何度も声に出して繰り返していたのに気づいた。それは、いわばこの言葉のまったくの愚かさを強調するかのように、見下しながら皮肉を言うときの口調だった。

このときになってやっとルバショウは、イヴァノフの申し出を拒絶するという自分の決意が、思っていたほど確固としたものではまったくなかったことに気づいた。今、あとになって振り返ってみると、あの申し出を拒絶し黙ったまま舞台を去ろうなどと、そもそも自分が一回でも真剣に考えたかどうかさえ疑わしく思えてきた。

5

ルバショウの生活環境の物質的な側面は改善し続けた。逮捕後十一日目の午前中には、中庭での散歩がはじめて許可された。

朝食の直後に、老看守は理髪室への遠征にも加わったあの兵士の護衛付きでルバショウを連れ出した。看守はルバショウに対して不機嫌そうな顔で、本日以降、毎日二十分間「健康上の配慮から」中庭での散歩の権利が認められた、おまえは最初のグループに入れられ、その散歩は朝食のあとすぐに始まる、と伝えた。その後、看守は規則を棒読みするように唱えたが、それによると、散歩中は隣を歩く者や他の囚人たちとの会話はいっさい禁止であり、合図を送ること、紙に書いたメッセージを交換すること、あるいは列から離れることも同様であった。規則の無視は何であれ散歩の権利の即刻剥奪でもって罰せられ、重大な違反は最長四週間の暗室での拘禁によって罰せられた。その後、老看守はルバショウの独房の扉を外から閉め、かれらは三人で廊下を移動し始めた。数歩進むと看守はふたたび立ち止まり、四〇六号房の扉を開けた。

扉から少し離れて兵士と並んで立っていたルバショウには、隣の房の内部と寝台に寝ていたリップ・ヴァン・ウィンクルの脚が見えた。リップ・ヴァン・ウィンクルは黒いボタン留めの靴を履き、格子縞の背広用ズボンを身につけていたが、それは裾がボロボロなのに、几帳面すぎるほどきれいにブラシ掛けされているように見えた。看守が規則を読み上げると、格子縞のズボンの脚は少しためらいながらも寝台から滑り降り、年老いた小柄な男がまばたきしながら扉口に現れた。男は格子縞のズボンの上に、金属製の懐中時計の鎖がついた黒いベストと黒い布製のジャケットを着ており、顔は灰色の無精ひげで覆われていた。男は扉口に立ち止まり、ルバショウを好奇心たっぷりの表情でじろじろ見たあと、親しみを込めて軽く会釈した。かれらは、四人でふたたび動き出した。ルバショウは、精神を病んだ者が現れると思っていたが、今や意見を変えた。おそらく長年薄暗い独房に閉じ込められていたせいであろう、リップ・ヴァン・ウィンクルの眉はひっきりなしに神経質そうに痙攣していたが、目は澄んでいて、ほとんど子供のように人なつっこく見えた。歩くのには少し苦労しているようだったが、小幅で歩くその足取りはしっかりしていて、ときどきルバショウの方をちらりと見た。かれらは階段を下った。その際、年老いたリップ・ヴァン・ウィンクルは突然つまずいた。もし兵士が腕をつかむのが間に合わなかったら、おそらくは転げ落ちていただろう。リップ・ヴァン・ウィンクルは二言三言つぶやいた。それはとても小さな声だったのでルバショウには聞き取れなかったが、兵士が間の抜けた笑いを浮かべたことからも、丁寧に礼を述べたのは明らかだった。その後、かれらは開いていた鉄格子の扉を抜けて中庭に足を踏み入れた。そこでは、他の散歩者たちがすでに二人ずつ整列していた。監視役の刑務官が立っている中庭の中心から、ホイッスルの短い音が二度響くと、散歩者によるメリーゴーランドはゆっくりと動き始めた。

空は晴れていて、めったにないほど薄青く、外気には結晶化した雪のヒリヒリする冷気が染み込んでいた。ルバショウは毛布を持って来るのを忘れ、凍えてしまった。リップ・ヴァン・ウィンクルは、灰色のすり切れた毛布で肩をくるんでいた。それは、中庭に入るとき看守が渡してやったものだった。リップ・ヴァン・ウィンクルは、黙ったまま小幅のしっかりとした足取りでルバショウの横を歩き、ときどき頭上の明るい青空をまばたきしながら見上げた。灰色の毛布は、釣鐘のように膝までリップ・ヴァン・ウィンクルを包んでいた。ルバショウは、どの窓が自分の房に当たるか見当をつけた。それはほかのすべての窓と同様に真っ暗で薄汚れていて、その背後は何も見えなかった。少しの間、四〇二号の窓を観察した。しかし、同様に、真っ暗で鉄格子の入ったガラス窓しか見えなかった。四〇二号はおそらく散歩や散髪には連れて行ってもらえず、尋問もされないのだろう。四〇二号が独房から連れ出されるのを、ルバショウは一度も聞いたことがなかった。

かれらは、黙ったまま、ゆっくり円を描いて中庭を歩いた。リップ・ヴァン・ウィンクルの唇は灰色の無精ひげの間でほとんどわからないほど動いていた。何かひとりでブツブツ言っていたが、ルバショウには、最初はそれが何か理解できなかった。やがて、この老人が、聞こえないほどの小声で、「同志よ、日向へ、自由へ」の歌のメロディーをひとり口ずさんでいることに気づいた。リップ・ヴァン・ウィンクルは確かに気が狂っているわけではなかった。しかし、七千日の昼夜にわたる拘禁で、おそらく少しばかりおかしくなっていた。ルバショウはこの老人を横目で観察し、二十年の長きにわたり世界から切り離されることが何を意味するか、試しに想像してみた。二十年前には、車もほんのわずかのおかしな形のものがあっただけだった。ラジオはなかった。今日の国家元首たちもまだ無名だった。政治における地滑り的変動と言えるあの新しい大衆運動を予感した者は誰もいなかった。同様に革命国家が歩まざるを得なかった曲がりくねった行路、苦痛に満ちて混乱した行程を予感した者もほとんどいなかった。当時は、ユートピアへの門が開かれ、われわれは人類の輝く未来への入り口に立っているとみな信じていた。

「他者の頭で考える」技術をこれまで訓練してきたにもかかわらず、隣を歩く男の心の内を思い描くには、自分の想像力が及ばないことをルバショウは認めざるを得なかった。イヴァノフやナンバー・ワンの場合には、そしてあの片眼鏡の士官の場合でさえ、苦もなくできた。だが、リップ・ヴァン・ウィンクルの場合はだめだった。ルバショウはこの老人を横目で観察した。老人は、ちょうどこちらに顔を向けたところだった。ルバショウに微笑みかけ、灰色の毛布を両手を使って肩のところでしっかりつかみ、小幅だがしっかりした足取りで横を歩き、ほとんど聞こえないほどの声で「同志よ、日向へ、自由へ」のメロディーを口ずさんでいた。

建物内に連れ戻されたとき、老人は、自分の房の戸口でもう一度振り向いてルバショウの方にうなずきかけた。そのとき、老人の目は突然表情を変えた。不安と絶望にあふれて目をぱちくりさせた。ルバショウには、老人が何か大声で伝えようとしているように見えたが、看守はすでに扉を閉めてしまっていた。ルバショウは独房に戻るとすぐに、自分を四〇六号から隔てている壁のところへ行った。しかし、リップ・ヴァン・ウィンクルは沈黙し、ルバショウが信号を送っても、何の返事もよこさなかった。

それに対して、かれらを窓から見ていた四〇二号は、散歩の詳細をすべてこと細かく語ってもらいたがった。四〇二号は好奇心ではち切れそうで、ルバショウは、外気の匂いがどうだったか、寒かったのかひんやりしていただけだったのか、廊下でほかの囚人たちと出会ったか、リップ・ヴァン・ウィンクルとそれでも少しは言葉を交わすことができたかを報告しなければならなかった。ルバショウは辛抱強くすべての質問に答えた。一度も散歩に連れ出されたことのない四〇二号に比べると、自分が優遇されているように思われ、四〇二号に対して同情とほとんど後ろめたささえ感じた。

次の日もその翌日も、ルバショウは朝食配給後の、いつも同じ時間に散歩に連れ出された。引き続き「メリーゴーランド」の連れは、リップ・ヴァン・ウィンクルだった。かれらは、それぞれが自分の毛布を肩の周りに巻き、二人とも沈黙したまま並んで、ゆっくりと円を描きながら歩いた。ルバショウの方は物思いにふけり、ときどきは鼻眼鏡越しにほかの囚人たちや建物の窓を注意深い眼差しで観察しながら歩き、老人の方は無精ひげを伸びるにまかせ、子供のような優しい微笑みを浮かべて、いつもの同じ歌を口ずさみながら歩いた。

三回目の散歩までは、かれらはまだお互いに一言も交わすことはなかった。もっとも、刑務官たちは会話禁止令をそれほど重視してはおらず、メリーゴーランドのほかの組はほとんど絶え間なくお互いにおしゃべりしていることは、ルバショウにもよくわかっていた。囚人たちはしゃべる際も顔はお互いの方に向けず、じっと正面を見たままほとんど唇を動かさずに声を出すという、ルバショウもよく知っている囚人特有のテクニックを使って話していた。

三日目にルバショウは自分のメモ帳と鉛筆を持って行った。メモ帳は上着の右側の外ポケットに入れた。十分ほど経ったころ、老人の視線は、ポケットから少しのぞいていたメモ帳にたまたま向けられた。老人の目は輝いた。メリーゴーランドの中心にいて、お互いのおしゃべりに夢中で、囚人たちには注意を払っていないように見える監視役の刑務官たちの方を盗み見ると、老人はすばやく手を伸ばしてメモ帳と鉛筆をルバショウのポケットから引っ張り出し、釣鐘形になっている毛布の下で何やら書き始めた。すぐに書き終えると、メモ用紙を一枚破ってそれをルバショウの手の中に押し込んだ。しかし、メモ帳と鉛筆はそのまま返さず、さらに書き続けた。ルバショウは、刑務官たちが本当に自分たちのことを気にかけていないのを確かめてからメモを見た。そこに書かれていたのは文字ではなく、図面だった。かれらが今いるこの国の、驚くほど正確に描かれた略地図だった。いくつかの最も重要な都市や山脈や河川が大まかに示され、革命の公的シンボルのついた旗がその真ん中に大きく明瞭に描いてあった。

半周回ると、四〇六号は新しいメモ用紙を一枚破ってルバショウの手の中に押し込んだ。それは、またしても同じ図だった。まったく同じように描き上げられた革命の祖国の地図だった。四〇六号はルバショウの方を見ると微笑みながらその反応を待った。ルバショウは、その視線に少し当惑し、賞賛を示すようなことを何かつぶやいた。老人は、うなずくとウィンクしながら言った。「わたしは目をつぶったままでも描けるんだよ。」ルバショウはうなずいた。「あんたは信じてないだろう。でも、わたしは二十年間もこれを練習したんだよ」と老人はにっこりしながら言った。

四〇六号はすばやく刑務官たちの方を見ると、目をつぶり、歩き方を変えることなく釣鐘形になっている毛布の下で新しいメモ用紙に描き始めた。四〇六号はぎゅっと目をつぶり、白っぽい無精ひげの生えたあごを盲人のように上に突き出したまま歩いた。ルバショウは心配して監視役の刑務官の方を振り返った。四〇六号がつまずいたり、列からはみ出てしまうのではないかと恐れた。しかし、半周回るころには地図は完成した。前の二つよりは少しばかり線が震えていたが、同じくらい正確だった。ただ、国土の真ん中の旗に描かれたシンボルは、少しばかり大きくなりすぎていた。

「これで信じてもらえるかな?」と四〇六号は、うれしそうに、ルバショウに微笑みかけた。ルバショウはうなずいた。その直後、老人の顔つきが暗くなった。ルバショウは、独房に戻される前に毎回この老人を襲うあの不安の表情がふたたび浮かんでいるのに気づいた。

「どうしようもない。わたしは間違った列車に乗せられてしまったんだ」と老人はルバショウにささやいた。

「どういうことですか?」とルバショウは尋ねた。

リップ・ヴァン・ウィンクルは、優しく悲しげに微笑みかけて言った。「やつらは出発の際、わたしを違う駅に連れて行ったんだ。そして、わたしが何も気づいていないと思い込んでいる。わたしが気づいてるって、誰にも言ってはいけないよ。」老人はそうささやくと、抜け目なさそうに刑務官たちの方を見て目配せした。

ルバショウはうなずいた。その直後、散歩の終わりを告げるホイッスルが鳴り響いた。

入り口のドアを通る際、かれらにはもう一度だけ監視されていない瞬間があった。四〇六号の目はふたたび明るく優しくなった。

「あんたもおそらく同じ目に遭ったんだろう?」と老人は同情するようにしてルバショウに尋ねた。

ルバショウはうなずいた。

「希望を失ってはいけないよ。それでも、いつかきっとあちらへ行ける。」リップ・ヴァン・ウィンクルはそう言うと、ルバショウの手の中のくしゃくしゃに丸めた地図の方を指した。

そして、鉛筆とメモ帳をルバショウのポケットに戻した。階段を上がるときには、老人は、もうふたたびいつもの同じ歌をひとり口ずさんでいた。

6

イヴァノフが決めた期限の過ぎる三日前、ルバショウは夕食のスープの配給の際に何かいつもとは雰囲気が違うのを感じた。どうしてこんな感じを持ったのかは、自分でもわからなかった。食事の配給はいつものように行われ、就寝時間を告げるラッパの悲しげなメロディーも、決められた時間きっかりに鳴り響いた。にもかかわらず、ルバショウには何か緊張感が漂っているように思えた。おそらくスープ担当の雑役受刑者の誰かの顔つきがいつもと違ってほんの少し意味あり気だったのだろう。あるいは老看守の声に特別な言外の響きがあったのかもしれない。はっきりとはわからなかったが、仕事は手につかなかった。リウマチ患者が雷雨の接近を感じるように、神経が緊張するのを感じた。

二度目の就寝ラッパのあと、ルバショウは覗き穴から外の廊下をうかがった。電流が弱すぎて半分ほどの明るさでしか光らないうえ、ハエのふんで黒ずんだ電灯は、いつものように石タイルの床の上にほの暗い光を注いでいた。廊下の静寂は、今日はいつも以上に絶対的で、救いがないように思えた。ルバショウは寝台に横たわったが、また起き上がり、無理して数行でも書こうとし、煙草を消してはまた新しく一本点けた。中庭を見下ろすと、寒さは緩み、雪は汚れて柔らかくなっていた。空は雲が垂れ込め、向かいの外壁横のスロープ上では、銃剣を抱えた衛兵がいつものように百歩ごとの巡回をしていた。ルバショウはもう一度覗き穴から外の廊下をうかがった。静寂と孤独の世界を電灯が照らしていた。

いつもの習慣を破り、遅い時間ではあったが、ルバショウは四〇二号との会話を始め、ネテイタカ？と打った。

少しの間沈黙が続いた。ルバショウは待っているうちにがっかりしてきたが、そう感じる自分が恥ずかしかった。そのとき四〇二号から、いつもの打ち方と比べると、小さくてゆっくりとした返事が来た。

イヤ　オマエモカンジルカ?

カンジル　ナニヲ?とルバショウは尋ねた。急に息苦しくなった。それで寝台に横たわり、鼻眼鏡を使って打った。

四〇二号はふたたび少しの間ためらい、それから打ってきた。それはとても抑えた音で、その響きから、四〇二号がとりわけ穏やかな声で話そうとしているのがわかった。

オマエハネタホウガイイ。

ルバショウはまだ寝台の上に横たわっていたが、四〇二号が突然これほど偉そうな調子で自分と話すようになれたことを恥じた。暗闇で仰向けに寝たまま、半ば持ち上げた手で壁に当てた鼻眼鏡をじっと見ていた。外の廊下の静寂はとても濃密で、耳の中でブーンと耳鳴りがしているような気がした。突然壁がふたたびコツコツ言い出した。

オカシイナ　オマエガアレヲスグニカンジタナンテ……

ナニヲカンジタ?オシエテクレ!とルバショウは打つと、寝台の上に起き上がった。

四〇二号は考えているようだった。少しためらったあと、打ってきた。

コンヤセイジテキケンカイノソウイニケッチャクガツク……

ルバショウは了解した。壁にもたれて座り、暗闇の中でさらに続きが来るかどうか待った。しかし、四〇二号はそれ以上何も言わなかった。少し経ってからルバショウは打った。

ショケイカ?

ソウダ、と四〇二号は簡潔に答えた。

ドウシテワカッタ?とルバショウは尋ねた。

ミツクチカラ。

ナンジニ?とルバショウは尋ねた。

ワカラン。そして一呼吸おいて続いた。マモナク。

ナマエヲシッテルカ?とルバショウは尋ねた。

イヤ、と四〇二号は答えた。しかし、新たに一呼吸おいて付け加えた。

オマエタチノナカマダ。セイジテキケンカイノソウイ。

ルバショウはふたたび横になって待った。しばらくして、また鼻眼鏡を掛け、その後また腕を首の下に組んだままじっとしていた。外からは何の音も聞こえなかった。建物内のどんな動きも押し殺され、暗闇の中で凍りついているようだった。

ルバショウは、処刑に立ち会ったことはこれまで一度もなかった。自分自身が危うく殺されかかったことはあったが、それは当時まだ内戦のさなかのことで、この種の処刑が平時における通常の手順としてどのように行われるかは、きちんと想像することができなかった。概略として知っているのは、銃殺は夜中に地下室で行われることと、被告は頸部を後ろから撃たれて殺されることだけだった。細かい手順については知らなかった。革命運動における死は何ら神秘的なものではなく、ルバショウには死に対する幻想はなかった。死は一つの論理的な帰結であり、考慮しておくべきものではあってもかなり抽象的な性格を持った一つの因数に過ぎなかった。実際、死について語られることはまれで、「銃殺」や「処刑」などの言葉もほとんど使われなかった。使われた表現は、「肉体的清算」であったが、この表現自体は、政治的な活動の停止というたった一つの具体的なイメージしか呼び起こさなかった。死ぬという行為は、それ自体としては関心を寄せる価値のない技術的な細目に過ぎず、論理的な計算における一つの因数としての死からは、肉体を伴った個人をイメージさせる特徴はすべて失われていた。

ルバショウは、鼻眼鏡を通して暗闇をじっと見ていた。もう処刑の手続きは始まったのだろうか？　それともこれからだろうか？　ルバショウは靴と靴下を脱いだ。ルバショウの素足は暗闇の中で毛布のもう一方の端から白っぽく突き出ていた。周りの静寂はますます不自然なものになっていった。この静寂は、騒音の不在によって生じるような、心を静めてくれる性質のものではなく、すべての音を呑み込んで押し殺し、張り詰めた太鼓の皮のように膨らんで振動していた。ルバショウは自分の素足を見つめ、ゆっくりと足の指を動かしてみたが、白っぽい足はまるで自分とは独立した生きもののように、グロテスクで気味悪く見えた。ルバショウはめったにないほど強く自分の体を意識し、肉体的清算はどこで行われたのだろう？　地下のどこか、生温かい毛布が両脚に触れ、首の下で重ねた両手のひらに圧力がかかるのを感じた。理髪室から下に通じる階段の下のどこかだろうと漠然と思い描いた。グレトキンのガンベルトの革の匂いを嗅ぎ、糊のきいた軍服がカサカサ鳴るのを聞いたような気がした。あいつは殺される者に向かって、撃つ前に何と言ったのだろう？「顔を壁に向けて立ちなさい」だろうか？「顔を壁に向けて立て」だろうか？　それとも、「何も心配は要らない、痛みは感じないから」だろうか？　あいつは、おそらく警告なしに、歩いているところを後ろから撃ったのだろう。だが、殺される方はひっきりなしにあいつの方を振り返ったはずだ。あいつは、おそらく歯医者が抜歯鉗子を隠すようにピストルを袖に隠したのだろう。おそらくその場にはほかにも何人かいただろう。かれらはどんな目つきをしたのだろう？　撃たれた男は前に倒れたのか、それとも後ろか？　悲鳴を上げたのだろうか？　おそらく、もう一発、とどめの一撃を加えねばならなかっただろう。

ルバショウは煙草を吸いながら、自分の足の指を見つめていた。とても静かで、煙草の巻き紙が燃えるカサカサいう音も聞こえた。煙を深く吸い込んだ。くだらん、と独り言を言った。くだらん、文芸物、それも三文小説だ。もともと、ルバショウは「肉体的清算」の持つ技術的な現実性を重要視したことは一度もなかった。死は一つの抽象的な存在であり、とりわけ自分の死もそうだった。おそらく今はもうすべて終わってしまっただろう。終わったことには現実性はなかった。周りは暗く静かで、四〇二号ももう何も打ってこなかった。

ルバショウは、この不自然な静寂を切り裂くため、誰かが外で叫んでくれればと願った。クンクン鼻を鳴らすうちに、もうずっと前からアローヴァの匂いを鼻腔に感じていたことに気づいた。煙草もアローヴァの匂いがした。アローヴァは革製のシガレットケースをハンドバッグに入れて持ち歩いていたが、そのケースの煙草からはみなおしろいとアローヴァの体の匂いがした。相変わらず静かだった。ただ寝台のみが、ルバショウが動くたびに小さくきしんだ。

立ち上がり、新しい煙草に火を点けようとしたまさにそのとき、隣の壁を打つ音が始まった。イマカラヤツラガヤッテクル。

ルバショウは耳を澄ました。心臓がどくどくと脈打つ鼓動しか聞こえなかった。ルバショウは待った。周りの静寂はさらに膨らみ、さらに張り詰めた。ルバショウは鼻眼鏡をはずして打った。

ワタシニハナニモキコエナイガ……

かなりの時間、四〇二号からの返答はなかった。突然、大きく明瞭に打ってきた。

三八〇ゴウ。ツギニツタエロ。

ルバショウはぱっと起き上がった。この打音による知らせは、三八〇号の隣人から十一の房を通して送られてきたのがわかった。三八二号から四〇二号までの房の囚人たちが沈黙と闇を通してこの音響上のリレーを組んだのだ。かれらは無力で四方を囲む壁の中に閉じ込められていたが、これがかれらの連帯の形だった。ルバショウは寝台から飛び上がると、裸足のままもう一方の壁までおぼつかない足取りで進み、トイレ用バケツの横に立って、四〇六号に向けて打った。

ヨクキケ。三八〇ゴウガイマカラショケイサレル。ツギニツタエロ。

ルバショウは耳を澄ました。トイレ用バケツは臭った。その臭気がアローヴァの匂いに取って代わった。返事は来なかった。手探りしながら大急ぎで自分の寝台に戻った。ルバショウは、今度は鼻眼鏡ではなく指の関節で打った。

三八〇ハダレダ?

またもや返事はなかった。ルバショウにはたった今自分自身がそうしたように、四〇二号は自分の房の両方の壁の間を往復しているところだとわかった。四〇二号の左側の十一個の独房の中でも、囚人たちは同様に音も立てず裸足のまま、二つの壁の間を大急ぎで行ったり来たりしていた。四〇二号は今また壁に戻り、伝えてきた。

ヤツラハカレニハンケツヲヨミアゲテイル。ツギニツタエロ。

ルバショウは先ほどの自分の質問を繰り返した。

三八〇ハダレダ?

しかし、四〇二号はすでにまたいなくなっていた。リップ・ヴァン・ウィンクルに向かって打っても無意味だった。しかし、ルバショウは、それでもバケツ側の壁まで手探りで進み、使者の任務を果たした。

よくわからない義務感、この連鎖を切ってはならないという感覚がルバショウを突き動かしていた。トイレ用バケツの横にいると吐き気がした。手探りで寝台に戻り、待った。外からは今なお、ほんのかすかな音さえ聞こえなかった。ただ壁だけがまたコツコツ鳴った。

カレハタスケテクレトサケンデイル。

カレハタスケテクレトサケンデイル、とルバショウは四〇六号に打った。耳を澄ましたが、何も聞こえなかった。ルバショウは今度バケツに近づいたら吐いてしまうにちがいないと心配した。

ヤツラハカレヲツレテイク。ナキサケビアバレテイル。ツギニツタエロ……と四〇二号は打ってきた。

ナントイウナマエダ?とルバショウは、四〇二号が文を打ち終わらないうちに、すばやく打った。今回は答えが得られた。

ボグロウ。ハンタイハダ。ツギニツタエロ。

ルバショウの脚は突然重くなった。バケツ側の壁まで手探りで行く間、膝が少しガクガクするのを感じた。壁にもたれかかり、知的障害のある老人に向けて打った。

ミヒャエル　ボグロウ、モトセンカンポチョムキンスイヘイ、トウブカンタイシレイカン、イットウカクメイクンショウジュショウシャ、ケイジョウニヒカレテイク。

ルバショウは額の汗を拭い、すばやくバケツの上に吐くと文を終えた。

……ツギニツタエロ。

ルバショウには、ボグロウの顔立ちを具体的に思い出すことはできなかった。しかし、その巨人のような体の輪郭と、持て余すようにぶらぶらさせていた腕と、少し上向きの鼻をした広くてのっぺりとした顔のそばかすは目に浮かんだ。かれらは一九〇五年以降、流刑地で同部屋だった。ルバショウは当時ボグロウに読み書きと史的唯物論の基礎を教えた。それ以降、ボグロウはルバショウがどこにいようと、きっかり半年に一度手書きの手紙を送ってきた。その手紙はいつも同じ言葉で締めくくられていた。

「死に至るまできみに忠実な同志ボグロウ」

カレラガヤッテクルゾ、と四〇二号は打ってきた。それはとても速く大きかったので、まだバケツの横で壁に頭をもたせかけて立っていたルバショウにも房内を横断して聞こえてきた。ノゾキアナニイケ。タタケ。ツギニツタエロ。

ルバショウは体をこわばらせ、この知らせを四〇六号に叩いて伝えた。ノゾキアナニイケ。タタケ。ツギニツタエロ。暗闇の中を手探りしながら扉まで行き、そして待った。廊下ではいつものように電灯が薄暗く光っていた。静けさもいつもと同じだった。

数秒後に、壁がコッコツ音を立てた。イマカラダ。

廊下に沿って鈍く小さく押し殺したようなタンタンという音が聞こえてきた。壁をコッコツ、バンバン叩いているのではなかった。今や扉の後ろで人垣を作って立っている三八〇号から四〇二号までの独房内の男たちが、音の連鎖を作り、風が遠くから運んでくる抑え気味の厳粛な太鼓の連打と聞きまごうばかりの響きを生み出していた。ルバショウは、片目を覗き穴に押しつけたまま立ち、両手ですばやくリズミカルにコンクリート製の扉を打つことで、このコーラスに加わった。驚いたことに、この鈍い波は、四〇六号房を越えて右の方にも伝わっていった。リップ・ヴァン・ウィンクルもやはり理解していたにちがいない。一緒に打っていた。それと同時に、左側の、ルバショウの視界のかなり先の方から、レールの上を左右に押し開かれる鉄格子扉のきしむ音が聞こえてきた。左側の太鼓の音が一段と強くなった。ルバショウには隔離区域の張り出し部を通常の独房域から区別する鉄製の扉が開けられたのがわかった。鍵束がガチャガチャいい、格子扉は今やふたたび閉じられた。その直後に石タイルの床を何か引っぱったり引きずったりする音が近づいてくるのがはっきりと聞こえた。左側から来る鈍い太鼓の音はだんだん強くなった。四〇一号から四〇七号までしか見えないルバショウの視界は今なお人けがなかった。石タイルの床を引っぱったり引きずったりきしませたりする音が急に近づいてきた。今や、しくしく泣く子供のようなうめき声やすすり泣きも聞こえた。足音はさらに速くなった。左側の太鼓の音はいくらか静まり、右側は高まった。

ルバショウは叩いた。時間と場所の感覚をなくし、原始林に響く太鼓の鈍いタンタンという音だけを聞いていた。おそらく、この檻の扉の背後にいて、胸を叩いてタンタン音を立てているのは猿たちだった。ルバショウは、覗き穴に目を押しつけ、叩きながらつま先立ちになった体をリズミカルに上下させた。ルバショウには依然として廊下の電灯の弱々しい黄色っぽい光しか見えなかった。四〇一号から四〇七号までの房のコンクリート扉以外は何も見えなかった。しかし、太鼓の音は高まり、キシキシいう音とすすり泣く声は近づいてきた。突然、薄暗い何かの形が視界に入ってきた。かれらが来た。ルバショウは叩くのをやめ、じっと見つめた。その直後にかれらは通り過ぎていった。

その数秒間に見たものが何だったか、実際に見ていた間もその後も、はっきりとはわからなかった。二つのぼんやり照らされた人影が滑るように過ぎていった。大きくぼやけて見えた二人の軍服の男たちが、脇の下を抱えて挟んだもうひとりを引きずっていた。真ん中の人物は二人の腕に力なくぶら下がっていたが、その体は人形のように硬直して長く伸び、顔を床に向け、腹は下にたわんでいた。脚は後ろに引きずり、つま先で石タイルの床を滑っていく靴は、すでに先ほどから聞こえていたあのキシキシいう音を立てていた。口を大きく開いて石タイルの床に向けられた顔には白っぽい髪の毛の房が垂れ下がるように貼りついていた。その顔は汗まみれで、つばが細い流れとなって口からあごの方に走り、滴り落ちていた。かれらがルバショウの視界から去り、ボグロウを右の方にずっと廊下を引きずっていったあと、うめき声やすすり泣きは徐々に消えていき、嘆くように引き延ばされた三つの母音ウーアーオーが遠くの方からこだまのように聞こえてくるだけになった。しかし、かれらが廊下の端の理髪室の向かいで角を曲がる前、ボグロウは大きく二度うなるように叫んだ。そしてルバショウには今や母音だけでなく、その単語全体が聞き取れた。ルウーバアーショオー。はっきりと聞こえたのは、まさに自分の名前だった。

その後突然静かになった。外の電灯はいつものように光り、廊下はいつものように人けがなかった。ただ四〇六号房との間の壁だけがコツコツ音を立てていた。ドシウヨ、ヒナタへ、ジユウへ。

気がつくとルバショウはふたたび寝台に寝ていたが、どうやってそこへたどり着いたかは、記憶がなかった。太鼓の連打するタンタンという音がまだ耳に残っていた。しかし、周りの静寂は空虚で緊張感はなく、今度は本物だった。四〇二号はおそらくもう寝たのだろう。ボグロウ、あるいは、ボグロウの残骸ももう生きてはいまい。

「ルバショウ――ルバショウ！」ルバショウは、あの最後の叫びを、その抑揚が持っていたあらゆるニュアンスを含めて心に刻んでいた。あの叫びはルバショウの音声記憶の中に消しがたく刻み込まれていた。それに比べると、視覚的なイメージの方ははっきりしなかった。かれらがあの数秒の間に自分の視界を横切るように引きずっていった人影、顔を濡らし硬直した脚を滑らせていた蝋人形のような人物を、ボグロウと同一視することは、今なおむずかしかった。今になって、ボグロウの髪が白くなっていたことに気づいた。やつらはボグロウに何をしたんだ？　かつての水兵、のちに艦隊司令官になった大の男が、子供のような声でしくしく泣くようになるなんて、やつらは何をしたんだ？　アローヴァも廊下を引きずられて行ったとき、あんなふうにすすり泣いたのだろうか？

ルバショウは起き上がると、その向こうに四〇二号が寝ている壁に額をもたせかけた。また吐きそうな気がした。これまでは、アローヴァの死をそれほど細かく思い浮かべたことは一度もなかった。死はこれまでは抽象的な過程だった。それは、強い不快感を残しはしたが、自分の行動の論理的な正当性や革命家としてのモラルの観点から見た自分の正しさについて疑ったことはこれまでなかった。今、胃を持ち上げ、寝台を揺らし、額からじっとりと汗を湧き出させるこの吐き気を感じながら、ルバショウには、これまでの自分の思考方法が、精神病患者のそれと同じように思えた。ボグロウのすすり泣きや同じくアローヴァの泣き声が、今ではどのような論理的な計算もすべてひっくり返してしまった。これまでは、アローヴァはこうした計算上の一つの因数に過ぎず、守らねばならないものに比べれば相対的にはどうでもよかった。

しかし、この方程式はもはや計算が合わなかった。かかとの尖ったハイヒールを履いたアローヴァの脚が廊下を引きずられていくさまを想像すると数学的な平衡は吹き飛んだ。重要ではなかった因数の値が増大し、その絶対値は無限大になった。ボグロウの泣き声、ルバショウの名を呼んでいたあの人間とは思えない声の響き、太鼓の鈍いタンタンという音が耳の中で鳴り響いた。それらは、溺れかけた者の喉が鳴らすゴロゴロいう音を砕ける大波が覆うように、論理的な計算の弱々しい声を押し黙らせ、覆ってしまった。

ルバショウは鼻眼鏡を掛けたまま額を壁につけ、疲労のため座ったまま眠り込んだ。

7

ルバショウは眠りながらうめいた。はじめて逮捕されたときの夢がまた戻ってきた。寝台からだらんと垂れた手は、ガウンの袖口を求めてピクピク動いた。ピストルの握りによる一撃がついには来るだろうと待ったが、それはなかった。

かわりに、独房の電灯が突然点き、それで目を覚ました。寝台の横に人影があって自分を見つめていた。ルバショウは、せいぜい十五分ほどしか眠っていないなかったはずだった。しかし、逮捕される夢を見たあとは、朦朧とした状態を克服するのに、いつも数分必要だった。まばたきしながらまぶしい光の方を見た。ルバショウの頭は、まるで無意識の儀式を執り行うかのように、迅速ではあるが苦労しながらいつもの仮説を一つ一つ検討していった。おれは独房にいる。しかし、敵国の独房ではない。あれはただの夢だ。ではおれは自由だ。だが、ナンバー・ワンの肖像画がベッドの上にないぞ。それにあそこにはトイレ用バケツがある。そのうえ、イヴァノフが寝台の前にいて、煙草の煙を顔に吹きかけてくる。これも夢か？　いや、イヴァノフは本物だ。バケツも本物だ。おれは故国にいるが、それは敵国となってしまった。友人だったイヴァノフも今は敵になってしまった。それに、アローヴァの泣き声も夢じゃなかった。違う、蝋人形のように引きずられて行ったのは、アローヴァではなくボグロウだった。死に至るまで忠実な同志ボグロウ。そしてあいつはおれの名前を呼んでいた。あれも夢じゃなかった。それに対し、アローヴァが言ったのは、あなたはわたしを思い通りにしていいのよだった。

「気分が悪いのか？」とイヴァノフは尋ねた。

ルバショウはまばたきしながらイヴァノフの方を見た。光がまぶしかった。「ガウンを取ってくれ」と言った。

イヴァノフは、ルバショウを観察した。ルバショウの顔の右半分は大きく腫れていた。「コニャック飲むか？」とイヴァノフは聞いた。イヴァノフは答えを待たず、覗き穴の方に足を引きずって行き、外の廊下に向かって何やら叫んだ。ルバショウはまばたきしながらそれを目で追った。頭のぼんやりした状態は直りそうになかった。目は覚めたが、すべてがベールの向こう側にあるみたいに目も耳もぼんやりしていて、頭が働かなかった。「きみも逮捕されたのか？」と尋ねた。

「違うよ」とイヴァノフは落ち着いて言った。「ぼくはただきみに会いに来ただけだ。熱があるみたいだね。」

「煙草をくれ」とルバショウは言った。数回深く吸うと、視界がはっきりしてきた。ふたたび横になり、煙草を吸いながら天井を見つめた。独房の扉が開き、看守がコニャックを一瓶とグラスを一つ持ってきた。今回はあの老看守ではなく、軍服を着て金属縁の眼鏡を掛けた痩せた若者だった。イヴァノフに対して大げさなほど直立不動の姿勢で敬礼し、瓶とグラスを渡すと、外から扉を閉めた。廊下を遠ざかっていく足音が聞こえた。イヴァノフはルバショウの寝台の端に座り、グラスを満たして「飲めよ」と言った。ルバショウは一気に飲んだ。頭の中の霧は晴れていき、二度の逮捕、アローヴァ、ボグロウ、イヴァノフなどの出来事や人物が時間と空間の中で整理されていった。

「痛むのか？」とイヴァノフは尋ねた。

「いや」とルバショウは言った。イヴァノフが自分の独房へ何しに来たのかということだけが唯一まだ理解できなかった。

「頬がひどく腫れてるよ。おそらく熱もあるみたいだ。」

ルバショウは寝台から立ち上がり、覗き穴から人けのない廊下の方をうかがうと、房内を何回か行ったり来たりし、頭が完全にすっきりするまで待った。その後、寝台の足側の端に腰を下ろして我慢強く煙の輪を吹かしていたイヴァノフの前に立ち止まった。

「ここに何の用があるのかね?」とルバショウは尋ねた。

「きみと話すためだよ。横になって、もう一杯コニャックを飲めよ」とイヴァノフは答えた。

ルバショウはまばたきしながら鼻眼鏡越しにイヴァノフの方をじっと見つめ、そして言った「これまでは、きみが下心なしに行動していると考えたい気持ちでいた。だが、きみが下種野郎だと、今はわかった。とっとと失せろ。」

イヴァノフは動こうとせず、「すまないけど、そう主張する根拠を言ってもらえないかな」と言った。

ルバショウは、四〇六号房との間の壁に背中をつけてもたれ、座ったままのイヴァノフを見下ろした。

イヴァノフは視線をそらすことなく、落ち着き払って煙草を吸い続けた。

「第一に」とルバショウは言った。「きみはぼくとボグロウの友情を知っていた。それゆえ、きみはボグロウが——あるいはかれの残骸と言ってもいいが——見せしめとしてぼくの房の前を通って刑場に送られるよう手配した。この猿芝居をぼくがけっして見逃さないよう、ボグロウの処刑はあらかじめひそかに伝えられた。ぼくの隣人たちが壁を打ってそれをぼくに伝えるであろうことを当てにしてね。実際その通りになった。これを演出した者のさらなるトリックは、引きずり出される直前に、ぼくがここにいるとボグロウに伝えたことだ。この最後に受けた衝撃に誘発され、ボグロウが何らかの感情表明を声に出して行うだろうと期待してね。これも同じくその通りになった。これらすべては、もちろんぼくに精神的なとどめを刺すことを狙ったものだ。ぼくを意気消沈の状態に陥らせることが目的だ。この最も絶望的な瞬間に、救世主として同志イヴァノフが、コニャックの瓶を小脇に抱えて登場する。偉大なる友愛の瞬間だ。お互いに抱き合って、連隊時代の感動的な思い出を語り合い、ついでに自白書にサインする。その後、囚人は穏やかなまどろみに落ち、同志イヴァノフは忍び足で出て行く。鞄には自白書を入れて。そしてかれは出世街道まっしぐら。さあ、お願いだから帰ってくれ。」

イヴァノフは動こうとはしなかった。煙草の煙を宙に吐き出し、金歯を見せてにっこり笑いながら尋ねた。「きみは本当にぼくをそれほど単純だと思っているのか? もっと正確に言えば、きみは、ぼくがそれほど低脳な心理学者だと考えているのか?」

ルバショウは肩をすくめて言った。「きみの小細工には反吐《へど》が出る。ぼくにはきみを放り出す手立てがない。だが、もし昔の友情のかけらでもきみの中にまだ残っているなら、どうかぼくをひとりにしてくれ。きみたちがぼくにとってどれほど厭《いと》わしいか、きみには想像できないだろう。」

イヴァノフはグラスを床から持ち上げると、それを満たして一気に飲み干し、そして言った。「ぼくはきみに次のような取り決めを提案したい。五分間ぼくに続けて話させてくれ、そして、冷静な頭でぼくの言うことを聞いて欲しい。もしその後もなお、出て行けと言うなら、そのときはぼくは出て行く。」

「よし、聞こう」とルバショウは言い、壁にもたれてイヴァノフの正面に立ち、自分の腕時計を見た。

「まず第一に」とイヴァノフは言った。「場合によってはあり得るかもしれないきみの疑いを排除するために言っておくが、ボグロウは確かに銃殺された。第二に、かれは数か月間監禁されていて、最後の数日間は拷問を受けた。もしきみが公開裁判の場で、ぼくがそれをきみに漏らしたということを暴露したり、あるいはそれを四〇二号に壁を叩いて伝えただけでも、ぼくは終わりだ。われわれがなぜボグロウにそうしたかという理由については、あとで話そう。第三に、きみの独房の前を通ってかれを連行したことは意図的だった。また、かれにきみがいることを伝えたのもそうだ。第四にきみが言うところの下劣な行為、あるいは、ぼくに言わせればこの下手な演出は、ぼくではなく同僚のグレトキンがやったことだ。ぼくがはっきりと出しておいた、やめろという指示に反してね。」

イヴァノフは、ここで一呼吸おいた。ルバショウは壁にもたれたままで、何も言わなかった。

「ぼくだったらこんなミスはけっして犯さない」とイヴァノフは続けた。「優しい配慮からというのではないよ。それが、ぼくの戦術ときみの心理に関するぼくの理解に反するからだ。きみは近頃トルストイ的[47]な感情に襲われているね。道徳とか人道主義的な感傷とかいうやつだ。そのうえ、きみは、まだアローヴァとのことを気に病んでいる。ボグロウの件はきみの落ち込みと道徳的な傾向をいっそう強めることにしかならない。そんなことあらかじめわかっていた。これほど見当違いをやらかすのは、グレトキンのような心理学的な能なしだけだ。ついでに言うと、グレトキンは、十日前から、きみに対して『手荒な手段』を取れとぼくをせっついている。第一に、あいつはきみが嫌いだからね。きみがあいつに靴下の穴を見せたせいだよ。第二に、あいつは農民たちを扱うやり方が習慣になっているからね。以上が、ボグロウの件の解説だ。コニャックはもちろんぼくが注文した。ぼくがここへ入ってきたとき、きみは半ば正気を失っていたからね。ぼくはきみを酔わせることに関心はないし、きみに精神的なショックを与える気もない。それらはみな、きみを道徳的な興奮状態の深みにさらに追いやるだけだ。反対に、きみが冷静で論理的であることがぼくには必要だ。ぼくの唯一の関心は、きみが冷静かつ論理的にきみの件を最後まで考え抜いて結論を出すことさ。というのも、もしきみがすべてを最後まで考え抜けば、そのときになってはじめて、しかもその場合にのみ、きみは降参するからだよ。」

ルバショウは、皮肉を込めて肩をすくめた。しかし、ルバショウが一言も言い返せないうちに、イヴァノフはまた話し出した。

「きみが自分は降参しないと思い込んでいることはぼくにもわかるよ。ただ一つ質問に答えてくれ。もし仮にきみが、降参することが論理的に正当であり客観的に見て有意義であると確信したとしたら、その場合はきみはそうするだろうか?」

ルバショウは、すぐには何も答えなかった。この会話が、それ以上深入りすべきでなかった転換点にさしかかったような感じがぼんやりとした。約束の五分は過ぎていたが、イヴァノフを放り出しはしなかった。そのことだけでも、ボグロウやアローヴァへの、そしてリヒャルトやちびのレーヴィへの裏切りだと思えた。

「出て行ってくれ」とルバショウはイヴァノフに言った。「無駄だ、出て行ってくれ。」そのときになってやっと、自分がもはや壁にはもたれておらず、座ったままのイヴァノフの前で、少し前から独房を行ったり来たりしていたのに気づいた。

イヴァノフは寝台の上で身を少し前に屈めて言った。「きみの声の調子で、きみがボグロウの件におけるぼくの役割に関する勘違いに気づいていてくれたとわかったよ。だったらどうしてぼくに出て行けと言い張るんだ? どうして先ほどの質問に答えてくれないんだ?」イヴァノフは寝台からさらに少し前に身を屈め、ルバショウの顔を皮肉そうな目つきでのぞき込み、そして、ゆっくりと一語ずつ強調しながら言った。

「きみがぼくに不安を感じているからなんだよ。ぼくの考え方や論証方法[48]がきみ自身のもので、それがきみの頭の中で反響するのが怖いからさ。そのうちきみは、アパゲ・サタナス——誘惑者よ、去れって、ぼくに向かって叫ぶよ。」

ルバショウは何も答えなかった。窓の前を行ったり来たりしたが、そうすることで自動的にイヴァノフに背中や横顔を向けることになった。自分が無力で、明晰に議論することができないでいるのを感じた。イヴァノフが「道徳的な興奮状態」と呼んだ心の中の罪悪感は論理的な議論では把握できなかった。それは「文法的虚構」の領域に属し、どのような議論からも逃れ出た。それと同時にイヴァノフが語った一文一文が頭の中で実際に反響を呼び起こした。ルバショウは、こんな会話はけっして始めるべきではなかったと感じた。今や、自分が鏡のようになめらかな斜面にいて、留めようもなく、どんどん下へ滑り落ちていくような気がした。

「アパゲ・サタナス！」イヴァノフは繰り返して言うと、新しくグラスに酒を注いだ。「以前は、誘惑と言えば肉欲と決まっていたが、今や誘惑は純粋理性[49]の形をしている。評価方法は変わるんだ。ぼくは、神と悪魔が聖ルバショウの魂をめぐって争う受難劇[50]を一つ書きたいよ。かれは、罪に満ちた人生遍歴ののちに、改心して神に従うのさ。その神は、産業リベラリズムの二重あごと救世軍が配給する慈善スープの人間愛を備え、イギリスの紡績工業業界紙の巻頭社説からその啓示を得ている。それに対して悪魔の方は、痩せて禁欲的で論理的必然の狂信者だ。かれはマキャベリ、イグナティウス・デ・ロヨラ[51]、そしてマルクス[52]とヘーゲル[53]を読んでいる。かれは冷淡で人類に対して無慈悲だが、ある種のいわゆる数学的な同情心からそうしているんだ。かれには、つねに自分が一番したくないことをするよう呪いがかけられている。たとえば、虐殺者たちを根こそぎにするため虐殺者になるとか、これ以上無実の者が犠牲にならないようにするため無実の者を犠牲にするとか、人々にこれ以上むち打たれることを許してはならないと教えるために、かれらを革むちで打つとか、より高次元の道徳の名において自らの内にある道徳的な感情を根絶やしにするとか、抽象的かつ幾何学的な意味においてだけれども、人類を愛するが故にかれらの憎悪を招くとかね。アパゲ・サタナス！　そう叫んで、同志ルバショウは、殉教者になる方を選ぶ。生前はかれを憎んでいた西側の新聞論説委員は、死後に、かれを聖人の列に加えるよ。かれは自らの良心をふたたび見いだしたと言ってね。だが、良心なんてものは革命にとっては太鼓腹や二重あごと同じくらい役立たずだ。良心は、癌のように頭の中を食い尽くして、ついには脳の灰白質をすべて破壊してしまう。サタンは負けて引っ込む。ただしきみは、かれが退却するさまをちゃんと思い浮かべる必要がある。かれが歯をむき出しにし、怒りで口から火を吐いてるなんて思っちゃだめだ。かれは肩をすくめるのさ。かれは痩せて諦《あきら》め顔だ。かれは、もう多くの者が弱くなり、もったいぶった言い訳をしながら自分の隊列からそっと逃げ出すのを見てきた。」

イヴァノフは急に黙り込むと、コニャックをグラスに新たに注いだ。ルバショウは窓辺での行ったり来たりを続けたが、少し経って尋ねた。

「きみたちはどうしてボグロウを殺したんだ？」

「どうしてかって？　潜水艦問題のせいさ」とイヴァノフは答えた。「船舶トン数の問題さ。昔からの議論で、その始まりはきみも知っているはずだよ。ボグロウはトン数が大きく航続距離が長い潜水艦の建造を主張した。党の方針は航続距離の短い小さな潜水艦だ。同じ金で小型潜水艦なら大きいのより三倍多く建造できるからね。技術的な面での根拠はどちらのグループにもあった。専門雑誌は、その見積もりや数式をページいっぱい書きなぐった。しかし、実際は、問題はまったく別のところにあったんだ。大型潜水艦は積極的な対外戦争と世界革命を意味した。小型潜水艦は沿岸防衛と国土防衛、すなわち、当面は革命の拡大を諦めることを意味した。これが、ナンバー・ワンと指導部の立場だった。ボグロウには、海軍本部と古参党員の士官たちの間に多くの支持者がいた。やつを取り除くだけでは十分ではなく、やつの信用も落とさねばならなかった。大きな船舶トン数の支持者たちが破壊行為者であり裏切り者であることを暴く裁判が計画された。数人の比較的小物の技術者たちに、自分たちはある敵国の手先でした等々と自分自身に不利な供述をさせるところまでは簡単だった。だがボグロウは協力を拒んだ。やつは最後まで大きな船舶トン数と世界革命について熱弁をふるった。やつは情勢の展開に二十年も遅れていた。時勢がわれわれに不利なこと、ヨーロッパは反動期を迎えていること、われわれは歴史の波のどん底におり、次の波の山が来るまで自重せざるを得ないことを認めようとはしなかった。公開裁判なんかしたら、やつは我が国を大混乱させただろう。そこで、お役所方式で粛清するしか手がなかった。きみだってぼくらの立場なら同じようにしただろう?」

ルバショウは何も答えなかった。窓辺での行ったり来たりを中止し、ふたたび四〇六号房との間の壁際に戻り、トイレ用バケツの横に立って、そのまま壁にもたれた。悪臭が湯気のようにバケツから上がってきた。鼻眼鏡をはずし、血管が赤く浮き出た追い詰められたような目をしてイヴァノフをじっと見つめた。

「きみはあいつの泣き声を聞いていない」とルバショウは気の抜けたような声で言った。

イヴァノフは、吸いさしの煙草で火を点け、新たに一本吸い始めた。イヴァノフにも、トイレ用バケツの臭いは、はじめから鼻についていた。

「いや」とイヴァノフは言った。「ぼくはそれを聞いていない。だがぼくは似たようなものは見聞きしたよ。それで何が言いたいんだ?」

ルバショウは黙った。説明しようとしても無駄だ。あのすすり泣きと鈍い太鼓の音が耳の中で、こだまのように新たによみがえってきた。これは伝えられない。アローヴァの胸の幾何学的な曲線もその上にすっと突き出た温かい乳首もそうだ。そもそも心の内は伝えられない。黙って死ねと床屋の紙には書いてあった。

「何が言いたいんだ？」とイヴァノフは質問を繰り返した。バケツの方に脚を伸ばして待ったが、返事がないので、また話し始めた。

「もしぼくにきみに対する同情心が、ひとっかけらでもあったら」とイヴァノフは説明した。「ぼくはきみをひとりにしてやるだろうね。だがぼくはきみにこれっぽっちも同情しない。ぼくは酒飲みで、モルヒネを打っていた時期もあるが、同情という悪習だけはこれまで遠ざけることができた。だが、たった一回量の同情やヒューマニズムでも、きみは破滅だ。泣いたり自らの死を悲しんだり。この点での我が民族の病理的な傾向をきみは知っているだろう。我が国の最も偉大な作家たちでさえこの中毒で破滅した。四十歳か五十歳ぐらいまではかれらは革命家だったが、その後は同情中毒になった。すると、世界中がかれらを聖人の列に加えた。きみもどうやら同じ野望を抱いているみたいだ。そして、これは自分だけの個人的な心の過程で、まったく前例のないものだって思い込んでいる。」イヴァノフは少し声を上げ、煙草の煙をフーッと吹き出した。「この種の恍惚感には気をつけろよ。前例がないと思わせるこの中毒性の体験にはお互い気をつけよう。安酒の瓶にはどれも一定量の恍惚感が含まれている。忍耐と苦悩のもたらす恍惚感もそうした化学的に得られた恍惚感と同じく安っぽいものだ。だが、残念なことに、それに気づく者が、特に我が国の人間の中にはほとんどいない。当時、麻酔から醒め、自分の体が左膝のところで突然なくなっているのを知ったとき、ぼくも不幸がもたらすある種の絶対的な恍惚感を味わったよ。当時きみがぼくにした長ったらしい話を覚えてるかい？」イヴァノフは、新たに酒を注ぎ、グラスを空けると、さらに続けた。

「ぼくが言いたいことはだね、世界を形而上学的な感情を求めて通う売春宿と見なしちゃだめだということさ。それが、ぼくらのような人間にとっての倫理学上の第一の掟だ。同情、良心、嫌悪、絶望、贖罪、これらは、ぼくらとっては、厭うべき放蕩であり、人間には先験的に備わっているとかいう概念を売りものにする売春宿の魅惑に過ぎない。そこに入り浸って、自分自身のへそに催眠術をかけられ、目をくるくる回してグレトキンの拳銃におとなしく首を差し出す。そんなの安易な解決法だ。ぼくらのような人間にとっての最大の誘惑は、非暴力を誓うこと、贖罪すること、自分自身と折り合いをつけて心の平安を得ようとすることだよ。スパルタクス[54]からダントン[55]そしてドストエフスキー[56]に至るまで、たいていの偉大な革命家たちは、こうした誘惑に負けた。これは理想に対する裏切りの古典的な形態だ。神の誘惑は人類にとってつねに悪魔の誘惑よりも危険だった。カオスが世界を支配している限り、神など時代錯誤で、自らの良心との妥協はどんなものでもすべて背信行為だ。もし忌々しい心の声とやらがきみの内で話し始めたら、耳を塞ぐんだ。」

イヴァノフは後ろ手に瓶を探り、新たにグラスを満たした。ルバショウは、コニャックの瓶がすでに半分空になっているのに気づいた。「きみ自身も何らかの慰めが必要なんだな」[57]と思った。

「客観的に言って歴史上の最大の犯罪者は」とイヴァノフは続けた。「ネロやフーシェ[58]のようなタイプではなく、ガンディー[59]やトルストイのようなタイプだ。ガンディー[60]の心の声は、イギリス軍の大砲よりもインドの解放を妨げるのに貢献した。銀貨三十枚で自分を売るのはまっとうな取引だ。だが、自分の良心や心の声のために自分を売る者は、人類を見放す者だ。歴史はもともと非道徳的だ。歴史は良心を持たない。歴史を日曜日の教会での説教の原則に従って左右しようとすることは、すべてを現状のまま放置し、棍棒でもって進歩を押しとどめようとすることを意味する。きみはぼくと同様、そのことをわかっている。どれほどのことがここにかかっているか、きみはわかっている。それなのに、ボグロウのすすり泣きなどを持ち出す……」

イヴァノフはグラスを飲み干し、その後また付け加えた。

「……あるいはあの太っちょアローヴァへの罪悪感を持ち出す。」

ルバショウは昔からイヴァノフが酒に強いのは知っていた。今も酔っているとは見えなかった。せいぜい、しゃべり方がいつもよりほんの少し快活というだけだった。「きみには、本当に何らかの慰めが必要なんだな」とルバショウはまた思った。「ひょっとしたら、おれよりずっとかもしれない。」ルバショウは、幅の狭い木椅子にイヴァノフと向き合って座り、相手の言うことに耳を傾けた。すべて、新しい話は何もなかった。ルバショウは何年にもわたり同じ見解を、同じか、似たような言葉で代弁してきた。今日との違いは、イヴァノフがあれほど小馬鹿にするように語ったあの心の過程を、当時は単なる抽象概念としてしか知らなかったことだ。だが、その後ルバショウは、「文法的虚構」を肉体的な現実として身をもって体験した。しかしながら、この非合理的な心の過程は、自分がそれを個人的に知ったというただそれだけの理由で、以前より認めてもよいものになったのだろうか？　この「神秘的な中毒状態」は、自分自身が中毒になったというただそれだけの理由で、客観的に見ても戦う必要性が下がったのだろうか？　一年前に自らの立場の公式表明によってアローヴァを死に追いやったとき、ルバショウ自身にはその過程を具体的かつ詳細に思い描くのに充分な想像力がなかった。その成り行きを今や詳細に知ったというただそれだけの理由で、今日自分は別の行動を取らなければならなくなるのだろうか？　リヒャルトや、アローヴァやちびのレーヴィを犠牲にしたことは正しかったのか、あるいは誤りだったのか？　だが、それにしてもリヒャルトの吃音やアローヴァの胸の形や、ボグロウの泣き声が、あの処置の客観的な正しさや誤り自体と何の関係があるというのだ？

ルバショウは、今回はイヴァノフに背を向けることなく、ふたたび独房内を行ったり来たりし始めた。自分が逮捕されて以降に体験したり考えたりしたことのすべてがただの序幕に過ぎず、これまでの考察が行き詰まって、イヴァノフが言うところの「形而上学的な売春宿」の敷居をまたぐ瀬戸際にいるため、ふたたび最初から考え始めなければならないと感じた。しかし、自分に残された時間はあとどれくらいあるのだろうか？ ルバショウは立ち止まり、イヴァノフの手からコニャックグラスを取り上げ、それを飲み干した。イヴァノフはルバショウをじっと観察した。

「今ではもう、きみは前よりましになり始めてきたね」とイヴァノフは、ちらりと微笑を見せて言った。「対話形式の独白というのは役に立つ仕掛けだ。ぼくは、誘惑者の声を有効に働かせたと思うよ。もう一方の誘惑者が登場しなかったのは残念だ。しかし、きちんとした議論にはけっして応じず、いつも人がひとりでいる無防備な瞬間に、それもできる限り効果的な演出のもとで襲うというのがかれらのトリックの(61)一つだからね。燃える茂みの中からとか、雲に覆われた山頂とか、特に好きなのは、眠っているときだよ。偉大なるモラリストの手口は、けっこうずるくて、芝居がかっている。」

ルバショウはもはやイヴァノフの言うことを聞いてはいなかった。行ったり来たりしながら、もしアローヴァがまだ生きていたら、今日自分は当時とまったく同様に行動し、アローヴァをまたもや犠牲にするだろうかと思いを巡らした。この問題はルバショウを虜にした。これが、ほかのすべての問題の答えを含んでいるように思えた。ルバショウはイヴァノフの前で立ち止まり、突然質問した。

「ところできみは、これまでに『ラスコーリニコフ』を読んだことがあるか？」

イヴァノフは皮肉な目で微笑みかけた。「遅かれ早かれその問題へ来るとわかっていたよ。『罪と罰』だね。きみは本当に子供みたいになってきたね、あるいは老いぼれてきたのかな。」

「ちょっと待ってくれ、待てよ」とルバショウは言い、興奮して行ったり来たりを続けた。「これまではすべて遠回しの議論だった。だが今からは核心に近づこう。ぼくが覚えている限り、あの小説では、学生ラスコーリニコフに老婆を殺す権利があったかなかったかということが問題だった。かれは若く才能があり、いわば換金前の人生の小切手をポケットに入れている。老婆の方は年寄りで、社会にはまったく役立たずだ。しかし、この方程式は解けない。第一に、その場の成り行きで、かれはもうひとりの人間を殺すはめになってしまった。これは予測できない非論理的な結果だが、一見すると単純で論理的には目的にかなった行為であってもつねにそこへ行き着いてしまう。第二に、この方程式は、そうでなくても、計算上の単位が生命の場合は二×二は四とは限らないとラスコーリニコフが気づいたことによって解けなくなる。」

「そうかい」とイヴァノフは言った。「もしきみがそれに対するぼくの意見が聞きたいというなら言うけど、そんな本は一冊残らず燃やしてしまうべきだね。もしわれわれがこうした人道主義的隠蔽哲学を文字通りに取ったら、どういう結果になるか、ちょっと考えてごらん。もしわれわれが本当に、個人は神聖な存在として尊重されるべきであり、人の命で数学をやってはならないというテーゼにしがみつくとしたらだよ。それはつまり、大隊長は、もはや連隊全体を救うために一斥候隊を犠牲にする権利はないということを意味する。われわれはボグロウのような阿呆を犠牲にしてはならず、その代わり、二年後には、われわれの沿岸都市がさんざんに砲撃される事態を受け入れるということを意味する。そしてわれわれはきみのちっぽけなリヒャルトやレーヴィを犠牲にすることはできず、かれらが革命運動を混乱させるのを容認せざるを得ないということを意味する。」

ルバショウは、もどかしそうに首を振った。「きみの例はすべて戦争やそのほかの戒厳令下の事態に関連している。」

「蒸気機関の発明以来」とイヴァノフは反論して言った。「世界は永続的な戒厳令下にある。戦争と革命はその目に見える表れに過ぎないよ。ただし、きみのラスコーリニコフは阿呆で犯罪者だ。だが、それはかれが老婆を殺すという論理的な行動をしたからではない。かれが個人的な利害で行動したからだ。目的が手段を正当化するというテーゼは、政治の世界におけるモラルの唯一有用な規範であり、これからもそうだ。それ以外はみな文芸評論、つかもうとしても指の間からすり抜けていく無内容なおしゃべりだ。しかし、このテーゼの正当性の前提条件は、それが集団的に有用な目的であって、ただの個人的な目的ではないということだ。もしラスコーリニコフが、たとえばストライキ資金を増やすとか、地下活動用印刷機の調達とかのため、党の指令の下に老婆をバラしていたとしたら、すべてうまくいっていただろう。そして、あの間違った問題設定の小説はけっして書かれなかったはずだ。人類にとってはその方がいい。」

ルバショウは何も答えなかった。依然として、自分は今日ここ数か月と数日の体験のあとにも、アローヴァを再度死に追いやるだろうかという問題の虜だった。答えは出なかった。論理的に見れば、イヴァノフが言ったことはあらゆる点で正しかった。目には見えない相手方はただ黙ったまま、漠然とした不快感を感じさせることでその存在を告げるのみだった。けっして議論には応じず、無防備な瞬間にのみ人を襲うその振る舞いからして、この相手方はまったくもって疑わしく思えた。この点でも、おそらくイヴァノフは正しかった。

「ぼくはね」とイヴァノフは続けた。「イデオロギーをごちゃまぜにするのは反対だ。人間の倫理には二つの両極端の考えしかない。一方は、キリスト教的人道主義的なもので、個人は神聖にして侵すべからずと宣言し、血で計算をしてはならないと主張する。もう一方は、集団の目的は手段を正当化するという根本テーゼに依拠し、個人を実験動物や生け贄の子羊などのあらゆる方法で集団に従属させることを許す。それどころか、そうするよう要求しさえする。われわれは前者の考え方を反生体解剖モラル、後者を生体解剖モラルと名づけることができる。口先の上手い連中や素人は、この二つの考え方を混ぜ合わせようと何度も試みてきた。しかし、実践においては、これらは相容れない。権力と責任を持った者は誰でも、決定を委ねられた最初のケースですでにどちらかを選ばねばならないと気づく。そしてその選択は、宿命的にかれを二番目の選択肢へと追いやる。きみは、キリスト教が国教として導入されて以来、国家が本当にキリスト教的な政策を行った例を歴史上でたった一つでも知っているか？ きみは一つも示せないだろう。有事には、そして政治はつねに有事なんだが、支配者たちは、正当防衛のための例外処置を要求する戒厳令布告権をつねに手元に置いてきた。国家や階級が存在するようになって以来、かれらは相互に正当防衛の状態にある。そのせいで、人道主義の最終的実現は、繰り返し先延ばしされて来ざるを得なかったんだ。」

ルバショウは窓から外を見た。解けた雪は、ふたたび堅く凍りつき、黄白色の結晶の不揃いな表面が光って見えた。衛兵は銃を肩に担ぎ、外壁横のスロープを行ったり来たりした。空は晴れていたが、月はなく、機関銃塔の上では、天の川が鈍く光っていた。

ルバショウは、肩をすくめた。「ヒューマニズムと政治、個人の尊重と社会進歩が悲しいことに相容れないのは認める。ガンジー主義がインドにとって災厄であることも認める。手段の選択における純潔性が政治的不能に至ることも認める。フェアプレイ精神でテニスはできても歴史は作れないことも認める。否定すべきものに関しては、われわれは一致している。しかし、もう一つの選択肢に一貫して従ったせいで、それがわれわれをどこへ連れて来たか、また連れて行くか、一度きちんと見てみろよ。」

「それで?」イヴァノフはゆっくりとした口調で尋ねた。「どこへだ?」

ルバショウは行ったり来たりを続けた。「革命の歴史はもちろん日曜日の敬虔な聖書講読とは違う。しかし、われわれがしでかしたような破廉恥行為は、人類がこれまで経験したことがないほどだ。」

イヴァノフは微笑み、満足げに言った。「そうかもしれん。すべての革命はこれまで中途半端な道徳家によってなされた。かれらはいつも善意に満ち、その善意の不徹底さ故に破滅した。われわれははじめてその善意を一貫して推し進めたのだ。」

「その一貫性が過ぎたせいで、われわれは農地の正当な分配のために、およそ五百万の富農や中農を一年の間に家族もろとも計画的に餓死させた[62]。その一貫性が過ぎたせいで、われわれは資本主義的賃労働のくびきから人間を解放するために、強制労働者として約一千万の人間を極北の地や東部の原始林に送った[63]。それも古代のガレー船の奴隷たちと同じような条件下で。その一貫性が過ぎたせいで、潜水艦の船舶トン数の問題であろうが、肥料問題であろうが、インドシナ半島で党が取るべき方針の問題であろうが、われわれは意見の違いに決着をつけるためには死というたった一つの議論しか知らなかった。我が国の技術者たちは計算ミスをしたら監獄か処刑台に送られることをつねに意識しながら働いている。我が国の行政官僚は部下を容赦なく死に追いやる。なぜならかれらは自分たちの行為の責任を取らねばならず、さもないと、自分が殺されるからだ。我が国の作家たちは、文体をめぐる議論に秘密警察への密告でもって決着をつける。というのも、表現主義者[64]たちは自然主義[65]的な文体を反革命的だと見なし、逆に自然主義者たちも表現主義に対し同じ主張をするからだ。われわれは、来たるべき世代のために、現在生きている世代に一貫して途方もない窮乏を強いた。その結果、かれらの平均寿命は四分の一短くなった。われわれは革命国家を守り存続させるため、一貫して例外措置を講じ、あらゆる点で革命が掲げた目的に真っ向から反する過渡的法律を公布せざるを得なかった。大衆の生活水準は革命前よりも低くなり、労働条件は厳しくなり、規律はより非人間的になり、ノルマによる苦役は生まれながらの苦力がいる植民地諸国よりもひどくなった。われわれは、死刑の年齢制限を十二歳に引き下げた。我が国の性道徳に関する立法はあのお堅いイギリスよりも古くさい。われわれの指導者崇拝は、あのちょびひげの操り人形崇拝[66]よりグロテスクだ。われわれの新聞と学校は、狂信的な国粋主義者、軍国主義者、教条主義者、大勢順応主義者そして頭が空っぽな連中を作り上げる。政府の権力とその横暴は果てしなく、歴史上にも例がないほどだ。出版の自由、言論の自由、行動の自由は根絶やしにされ、人権宣言など存在したこともなかったかのようだ。われわれは、歴史上最も大きな警察国家を、巨大な監視機構を、肉体的および精神的拷問のための最も精妙で科学的なシステムを作り上げた。われわれは、この国のうめき声を上げる大衆を革むちで打って、われわれだけにしか見えない理論上の未来の幸福へと追い立てている。というのも、この世代の力の蓄えは尽きているからだ。この世代は革命で力を出し尽くし、疲弊し切っている。この世代は、もはや感覚が麻痺し無気力になってうめき声を上げるだけの生け贄の肉のかたまりだ。これがわれわれの一貫性の結果だ。きみはそれを生体解剖モデルと呼んだね。ぼくには、ときどき、実験者が、被験者の生皮を剥がし、その組織と筋肉と腱がむき出しのまま歴史の前に立たせているように思える。」

「それで?」とイヴァノフは満足そうに叫んだ。「きみはそれをすばらしいと思わないのか? これ以上にすばらしいことが歴史上かつて存在したかい? われわれは人類の古い皮膚を剥がし、かれらに新しい皮膚を作ってやるんだ。これは、やわな神経の者たちにはできない方法だ。しかし、それがきみを感激させた時代があった。そもそも、なんできみはそんなに変わっちまって、行き遅れたオールドミスのように突然お上品になったんだ?」

ルバショウは、「あれ以来ボグロウがひとり泣いているのが聞こえるからだ」と答えたかった。しかし、その答えは何の意味もなさないとわかっていた。そこで、代わりにこう言った。

「先ほどのたとえに戻るなら、ぼくにはこの世代の生皮を剥がれた体は見えるが、新しい皮膚はどこにも見えない。われわれはみな、物理実験のように歴史は操作できると思っていた。違うのは、物理実験は何千回と繰り返せるが、歴史では実験はたった一回だけだという点だ。ダントンやサン＝ジュストはたった一回しか断頭台に送れない。大型潜水艦の方がおそらく正しかったと、万一あとになって判明しても、同志ボグロウはよみがえらない。」

「それで？　その結果どうなる？」とイヴァノフは尋ねた。「つまり、行動の結果はけっして予見できず、それゆえあらゆる行為は良くないものだから、われわれは手をこまねいているべきだとでも言うのかね？　われわれはあらゆる行為に命がけで責任を負う。それ以上の要求には応えられない。それに、敵の連中はこんなこと厳密には考えない。やつらの側ではどんな老いぼれの無能な将軍にも、何千もの生身の体で実験を行う権利がある。そして、もしそいつがミスを犯してもせいぜい退役させられるだけだ。反動や反革命は良心の呵責や倫理的な疑問などけっして持たない。スッラ[67]やガリフェ[68]やコルチャーク[69]のような連中がラスコーリニコフを読む姿を想像してみろよ。きみのような奇妙な鳥は革命の木にのみ巣を作るんだ。あいつらはもっとお気楽だ。」

イヴァノフは時計を見た。独房の窓には薄汚れた灰色の光が広がっていた。割れたガラスの上に貼られていた新聞紙は朝の風で膨らんでカサコソ鳴った。向かい側の外壁横のスロープ上では、今なお、衛兵がいつもの百歩ずつの巡回を行っていた。

「きみのような経歴の男が」とイヴァノフは続けた。「突然こうした実験が怖くなるなんて、本当に少しおめでたいね。毎年、伝染病と自然災害で数百万の人間がまったく無意味に死んでいっているんだぜ。それなのに歴史上最も意味ある実験のために数十万人を犠牲にするのを怖がれって言うのか？　炭鉱や水銀鉱山や水田や綿花のプランテーションで栄養失調や結核でくたばっている大勢の連中のことは言うに及ばずだけどね。かれらのことなんて誰も知っちゃいない。その理由は誰も聞かない。しかし、われわれがこの国で、数千人の客観的に見てもそう断定できる有害分子を銃殺しようとすると、世界中のヒューマニストが口角泡を飛ばして激怒する。その通り、われわれは農民層に寄生する連中を根絶し、飢え死にさせた。それは一度きりの外科的大手術だった。だが、革命前の古き良き時代には、飢饉の年にはいつも同じくらい多くがくたばった。何の意味も目的もなくね。中国の黄河の洪水の犠牲者は毎年数十万人から百万人に上る。人間に対するその無意味な実験において自然は太っ腹だよ。それなのに、人間には、自分自身に対して意味のある実験をする権利はないって言うのかい？」

イヴァノフはここで一呼吸おいたが、ルバショウが何も答えなかったので、さらに続けた。

「きみは生体解剖反対協会のパンフレットを読んだことはあるかい？　どの記事も衝撃的で心が痛むよ。だから、肝臓を摘出された憐れなダックスフントがクンクン鳴いて、痛みのあまり虐待者の手をなめるようすを読むと、昨晩からのきみとまったく同じで、気分が悪くなる。しかし、こういう連中の言う通りにしていたら、今日のわれわれには、コレラやチフスやジフテリアに対する血清はなかっただろうね。」

イヴァノフは瓶の残りを飲み干し、あくびして伸びをすると立ち上がった。足を引きずりながら窓辺のルバショウの方に来て、外を眺めた。

「もう明るくなった」とイヴァノフは言った。「馬鹿なまねはよせ、ルバショウ。ぼくが持ち出した論点はすべて、きみもぼくと同じくらいよく知っている初歩の教えだ。きみは神経がまいっていたんだ。だが今はもう治った。」イヴァノフは窓辺でルバショウの横に立ったまま、腕をその肩に置いた。イヴァノフの言葉は、ほとんど優しげに響いた。「さあ、戦友、横になって、ゆっくり寝ろ。明日が期限だ。調書を一緒に作り上げるには、われわれは二人とも頭をすっきりさせておく必要がある。肩をすくめるのはよせ。きみだってもう少なくとも半分くらいは自分が署名するだろうと思い始めているだろう。もしきみがそれを否定するなら、それはきみが精神的に臆病だからだ。精神的な臆病さから殉教者になった連中は少なくない。」

ルバショウは戸外の灰色がかった光の方を見た。外壁横のスロープ上の衛兵はちょうど回れ右をした。機関銃塔の上の空は明るい灰色で、少し赤みがかっていた。「ぼくはもう少し考えてみる」とルバショウはしばらくしてから言った。

イヴァノフが扉を後ろ手にガチャリと閉めて出て行ったとき、ルバショウには自分の最後の言葉がすでに半ば降伏を意味していたとわかった。ルバショウは寝台に身を投げた。疲れ切ってはいたが奇妙なことに気分は軽かった。心の中は空っぽで精根尽き果ててはいたが、同時に、肩から重荷が取り除かれたような気もした。記憶の中で響くボグロウのすすり泣きからは切実さが消えていた。死者の代わりに生者に忠実であり続けたとして、誰がそれを裏切りと呼べるだろうか？

歯痛もまた鎮まり、ルバショウは静かに夢も見ずに眠っていた。同じ頃、イヴァノフは自分の部屋に戻る途中、グレトキンのもとに立ち寄った。グレトキンは完璧な軍装のまま事務机に座り、書類を細かく検討していた。週に三、四日は徹夜で仕事をするのが数年前からの習慣だった。イヴァノフが部屋に入ると、グレトキンは立ち上がり、規則通りの直立不動の姿勢を取った。

「すべてうまくいったよ」とイヴァノフは言った。「あいつは明日署名する。だが、きみのへまの尻拭いで大汗かいたよ。」

グレトキンは何も言わなかった。事務机の前で身をこわばらせ、立ったままでいた。イヴァノフは、昨日ルバショウの独房を訪れる前にあったグレトキンとの険悪なやりとりを思い出した。グレトキンが、上司からの叱責をそう簡単に忘れないのはわかっていた。イヴァノフは肩をすくめると、グレトキンの顔に煙草の煙を吹きかけ、「馬鹿なまねはやめろ」と言った。「きみたちはみな今なお個人的な感情に捕らわれている。もしきみがかれの立場だったらもっと強情になっていたよ。」

「わたしはあいつのような根性なしではありません」とグレトキンは言った。

「だが、馬鹿だよ」とイヴァノフは言った。「その答えだけでもきみは、あいつより前に銃殺されるに値する。」

イヴァノフは戸口まで足を引きずって行き、外からドアをバタンと閉めた。

グレトキンは机に座り直した。イヴァノフが成功するとは思わなかったが、またそれを恐れもした。イヴァノフの最後の言葉は脅しのように聞こえた。そのうえイヴァノフの場合は、ふざけて言っているのか真剣なのかけっしてわからなかった。おそらく本人もわかっていないのかもしれない。インテリの皮肉屋はみなそうだ。

グレトキンは肩をすくめ、軍服の首元と糊がパリッときいたシャツの袖口を正《ただ》すと、山のような書類の検討を続けた。

三回目の審問

「事実を隠蔽するため、時には言葉を使った尻拭いが必要となる。ただしその場合は、誰にも気付かれないようにするか、万一気付かれてもすぐに持ち出せるような言い訳を用意しておかねばならない。」

マキャベリ『ラファエロ・ジローラミへの忠告』

「あなたがたは、『然り、然り』『否、否』と言いなさい。それ以上のことは、悪い者から出るのである。」

『マタイによる福音書』第五章　第三十七節(70)

1

N・S・ルバショウの日記の記述から
拘禁十六日目

……ウラジミール・ボグロウは歴史のブランコから転落した。百五十年前のバスティーユ襲撃の日、ヨーロッパの歴史のブランコは、長い静止ののちふたたび動き出した。それは、弾みをつけて専制から離れ、その勢いは止まることなく、自らを自由の大空へと運んでいくように見えた。この自由主義と民主主義の天球層への上昇は百年間続いた。しかし、見よ。その進みは徐々にゆっくりとなり、軌道の転換点である頂点へと近づいた。その後、短い静止ののち、徐々に速さを増して落ちていく後退運動が始まった。上りのときと同じ弾みをつけて歴史のブランコは乗っていた者を自由から専制に連れ戻す。綱をしっかり握らず、上ばかり見ていた者は、目を回して転落する。

目を回したくなければ、このブランコの運動法則を究明しようとせねばならない。というのも、ここには、まぎれもなく、絶対王制から民主主義へ行き、民主主義から絶対的独裁制へと戻る、歴史の振り子運動があるからだ。

人民が獲得し保持することのできる個人的自由の度合いは、その政治的な成熟度によって規定されている。上述のブランコ運動が示しているのは、大衆の政治的な成熟のプロセスは、個人の成熟のようにつねに右肩上がりのカーブを描くのではなく、より複雑な諸原理に従属するということである。

大衆の成熟度は、自分自身の利害を見きわめる能力の中に存在する。しかし、これは、財の生産と分配プロセスについてのある種の認識を前提とする。したがって、人民の民主主義的な自治の能力は、社会総体の構造と機能の仕方に対する、人民のそのつどの理解度によって規定される。

さて、しかし、あらゆる技術革新は経済機構の複雑化を、すなわち大衆が当面は見抜くことができない新しい諸要因の出現とそれらの密接な関連を規定する。つまり飛躍的な技術革新はつねにまずもって大衆の相対的な精神的後進性を、すなわちいわゆる政治的な成熟度計における度数低下を伴う。人民の意識水準が事態の変化レベルに徐々に適応することができ、文明のより低い段階で人民がすでに持っていた自治能力の基準にふたたび達するまで、時として数十年、あるいは数世代を必要とする。それゆえ、大衆の政治的な成熟度は絶対的な数値では測り得ず、つねに相対的に、すなわち、文明の各々の発展段階との関連においてのみ測られ得るのだ。

大衆の意識と客観的な現実の間の水準調整が達成されれば、平和的な手段であれ、暴力的な手段であれ、民主主義の勝利も必然的に実現される。それは、ほとんどいつも飛躍的な形で生じる次の技術革新——たとえば、火薬や自動織機の発明——が、大衆をふたたび相対的な未成熟状態に戻し、新しい権威主義的な指導体制の樹立を可能あるいは必要とするまで続く。

このプロセスは、水面に高低差のあるいくつかの区画を通って船舶が持ち上げられていく閘門《こうもん》式運河を通して説明するのが最もわかりやすい。どの段階の閘門でも船は、はじめは比較的低い位置にある。船は、そこから次の段階の閘門の水面と同じ高さになるまで、ゆっくりと持ち上げられる。しかし、この上昇の素晴らしさはほんの一瞬で終わり、また次の閘門での新たな高低差が出現する。そこでもまた船はゆっくり少しずつしか持ち上げられていかない。閘門の縁が自然を支配する力の客観的な水準、すなわち文明の技術水準を表していて、閘門内の水位が大衆の政治的な成熟度を表している。これを海面からの絶対的な高さで測ろうとしても意味はなかろう。むしろそれぞれの段階の閘門内における相対的な水位が測られるべきなのだ。

蒸気機関の発明は、客観的には迅速な進歩の時期をもたらし、その結果として、主観的には同様に迅速な政治的後退の時期をもたらした。産業主義の時代は歴史的に見てまだ始まったばかりであり、この時代の経済機構の並はずれて複雑な構造と大衆の精神的な理解力の隔たりはまだとても大きい。それゆえ、二十世紀前半の諸国民の相対的な政治的成熟度が、紀元前二百年あるいは封建時代末期より低いのも理解できる。

社会主義理論の歴史的な誤謬は、大衆の意識水準が同じ速度で絶え間なく上昇していくと思ったことだ。それゆえ、最近の歴史における振り子運動、諸国民のイデオロギー的な自己去勢を前にして途方に暮れる。われわれは大衆が持つ世界観の現実の変化への適応は、その長さを年の単位で計れる単純なプロセスだと思い込んでいた。しかし、歴史上のあらゆる体験から判断すれば、それは百年規模の単位とした方がより適切であっただろう。ヨーロッパの諸国民は、蒸気機関の発明がもたらした結果を精神的に理解し自分のものにしたというレベルにはまだほど遠い。資本主義システムは大衆がそれを理解する前に崩壊するであろう。

さて、革命の祖国に関しても、その大衆は、ほかの国々と同じ思考法則に支配されている。かれらは一つ上のレベルの閘門には達した。しかし、かれらは、まだその新しい区画の最低地点にいる。古いものに代わって登場した新しい経済システムはかれらにとっては、さらに理解しがたい。困難で苦痛に満ちた上昇が新たに始まるのだ。革命の中で自ら作り出したこの既成事実を、人民が思想的にも制御できるようになるまで、おそらく何世代もかかるであろう。

それまでは、だが、民主主義的な政府の形態は不可能で、認められ得る個人的な自由の度合いもほかの国々より少ない。それまでは、われわれも孤立の支配を続けるしかない。古典的自由主義の基準で測れば、これは喜ばしい状態ではない。しかしながら、この国で恐怖、虚偽、恥辱として目につくものすべては、ただたんに上述した事情の必然的で明白な表れに過ぎない。手段のみを問題にし、その理由を問わない愚か者や耽美主義者に災いあれ。大衆が相対的に未成熟な時期における反対派もまた、かれらと同様、災いあれ。

精神的成熟の時期においては、大衆に訴えることが反対派の使命であり役割である。しかし、かれらが未成熟な時期には、「人民のより高次な判断力」に呼びかけることができるのは扇動政治家のみである。そのような状況においては、反対派には、二つの道しか残されていない。大衆の支持は期待できないが暴力的なクーデターを通じて権力をもぎ取るか、あるいは、何も語らず絶望のうちに歴史のブランコから身を投げるか、つまり「黙って死ね」の道だ……

一貫性においてはほかに劣らず、われわれの内で方針化された第三の道もまたある。自分自身の信念を貫いて勝利を得る客観的な見通しがない場合には、それを否定するのだ。というのも社会的有用性こそがわれわれの認める唯一の道徳的基準であり、勝ち目のない戦いでドン・キホーテ的行為を続けるよりも、引き続き活動し続けることができるよう、自分の信念を公的に否認する方が明らかにより道徳的だからだ。

主観的な虚栄心の問題、自己批判という自己否定の特定の形態に対する諸外国で見られる諸々の偏見、疲労感や嫌悪感や羞恥心などの個人的感情、殉教願望や沈黙したまま眠りにつきたいという諸々の誘惑、これらは根こそぎ絶たれねばならない。

2

ボグロウが処刑され、イヴァノフが独房に来た翌朝、ルバショウは最初の起床ラッパの直後から「歴史のブランコ」に関する考察を書き始めていた。朝食が運ばれてきたときも、コーヒーを一口すすると、残りは冷めるにまかせ、さらに書き続けた。ここ数日少しばかり乱れて柔らかな性格を帯びていたルバショウの筆跡は、ふたたびまとまって規律の取れたものになった。文字は小さくなり、躍動的に伸びていた曲線は鋭角に席を譲った。ルバショウ自身も、全体を読み通したとき、その変化に気づいた。

午前十一時にはいつものように散歩に連れ出され、書くのを中断せざるを得なかった。中庭に出ると、横を並んで歩く相棒として割り当てられたのは、年老いたリップ・ヴァン・ウィンクルではなく、靭皮《じんぴ》(71)をほぐして編み上げた靴を履いた痩せた農夫だった。リップ・ヴァン・ウィンクルは中庭にはおらず、そのときになってやっとルバショウは、朝食の際、いつもの「どしうよ、日向へ、自由へ」が聞こえてこなかったことを思い出した。あの老人が連れ出されたことは明らかだった。だがどこへかは知るよしもなかった。哀れで時代遅れの去年の蛾だ。すばらしくもむなしく寿命を越えて生き長らえ、季節外れの時期に姿を現し、数回やみくもにバタバタ飛び回ったが、その後はどこかの片隅で朽ち果てるのだろう。

農夫は、はじめは黙ったままルバショウの横をのろのろ歩き、横からその顔をじろじろ見た。一周回ったあと、農夫は何度か咳払いをし、さらにもう一周回ったあとで口を開いた。

「おれはD県の生まれだ。だんなは、行ったことあるか?」

ルバショウは否定した。そこは東部の辺境地域で、ルバショウには漠然としたイメージしかなかった。

「おれたちのとこはなんと言っても遠いから」と農夫は言った。「ラクダに乗らなくちゃ行けない。だんな、おまえさんも政治犯か?」

ルバショウは肯定した。靭皮の編み上げ靴は足底が半ばすり切れていて、農夫は踏み固められた雪の上を、足の指をむき出しにしたまま歩いていた。農夫の首は細く、話すときは連祷《れんとう》(72)の際のアーメンを繰り返しているかのように、前を見たままひとりうなずき続けた。

「おれも政治犯だ」と農夫は言った。「おれはつまり反動なんだ。反動はみんな流刑十年だって、誰もが言ってる。だんな、おれも十年食らうと思うか?」

農夫は前を見たままもう一度うなずくと、中庭を回る散歩者の中心にいる刑務官たちを横目でちらりと見た。かれらは小さな円を作って足踏みしながら立っており、囚人たちのことは気にかけていなかった。

「きみは何をしでかしたのかね?」とルバショウは尋ねた。

「おれは、子供が針で刺されるとき、反動の正体を現したんだよ」と農夫は言った。「つまりだな、政府は毎年おれたちに何かの品を配れって送ってきた。二年前には読み物と自分たちの写真をいっぱい。去年は脱穀機と歯をこするためのブラシ。今年は、端っこに針がついた、子供を刺すための小さなガラス管だ。男のズボンを履いた女もひとりいて、順番に子供たちを刺そうとした。やつらが家に来るというから、おれと女房は中から閂《かんぬき》をかけて通せんぼし、それで政治的反動の正体を現したんだ。そのあと、おれたちはみんな一緒に、読み物と写真を燃やして脱穀機を壊してやった。そしたら、ひと月後にやつらはおれたちをしょっ引いたんだ。」

ルバショウは何かブツブツつぶやきながら、自治に関する自分の考察の続きを考えた。ニューギニア島の先住部族について読んだことが思い浮かんだ。かれらは、知的には自分の横にいる農夫と同じか、それ以下のレベルだった。にもかかわらず、驚くほど高度に発達した民主主義的な制度を備え、申し分のない社会的な調和の中で暮らしていた。かれらの社会に工業なんてものはない。農夫はルバショウの沈黙を、気を悪くしたからだと思い、ますます縮こまった。農夫の足の指は凍傷で青黒くなっていた。農夫はときどきため息をつき、これも運命だと思って、ルバショウの横をのろのろ歩いた。その後まもなく散歩の終わりを告げるホイッスルが鳴った。ルバショウは自分の房に戻るやいなや、さらに書き続けた。「相対的成熟の法則」という新しい発見をしたかのように思い込み、激しく興奮しながら書き続けた。昼食が運ばれてきたとき、ちょうど書き終えたところだった。ルバショウは、食器の鉢からスプーンですくって食べ、寝台に横になって満足げに身を伸ばした。

一時間以上夢も見ず穏やかに眠り、爽快な気分で目覚めた。四〇二号は、少し前からずっと壁を叩いていた。四〇二号が、自分はなおざりにされていると感じているのは明らかで、窓から見ていたルバショウの散歩時の新しい相棒について問い合わせてきた。しかし、ルバショウはその質問を遮り、ひとり笑いを浮かべながら、鼻眼鏡を使って、短くはっきりと打った。

オレハコウフクスル。

ルバショウは、その結果を興味津々で待った。

四〇二号は突然黙り込み、かなりの間、何の返事もなかった。一分はじゅうぶん過ぎたころ、ようやく壁はふたたびコツコツ鳴った。

クタバッタホウガマシダ。

ルバショウは、にやりとしながら打った。

ソレゾレジブンノリュウギデ。

ルバショウは四〇二号が怒りを爆発させるものと予想していたが、そうではなく、抑制された、諦めたような打音の信号が聞こえてきた。

オレハオマエヲレイガイダトミナシタカッタ。オマエノミニハメイヨシンノカケラモナイノカ？

ルバショウは鼻眼鏡を手に持ち仰向けに寝ていた。安らぎと明るい満足感を感じながら打った。

ワレワレノメイヨノガイネンハオタガイチガウ。

四〇二号はすばやく、正確に返信してきた。

メイヨニハイッシュルイシカナイ　オノレノリソウノタメニイキソシテクタバル。

ルバショウも同様にすばやく返信した。

メイヨトハキョエイヲステテヤクニタツコト。

四〇二号は言い返してきた。今回は前より大きく激しかった。

メイヨトハレイセツダ。ユウヨウセイデハナイ。

レイセツトハナンダ？という質問をルバショウはのんびりと引き延ばして打った。ゆっくり打てば打つほど、壁のコツコツいう音は、それだけいっそう猛り狂った。

オマエタチノヨウナヤカラニハケシテリカイデキナイモノダ、と四〇二号はルバショウの質問に対して答えた。ルバショウは肩をすくめた。

ワレワレハソノレイセツヲロンリテキイッカンセイニオキカエタノダ、と打ち返した。

四〇二号はもはや返事をしなかった。

夕食前にルバショウは、自分が書いたものをもう一度読み返した。何箇所かに修正を加え、全文を共和国検察官に宛てた手紙形式で書き写した。反対派に残された二つの道について論じた最後の数段落に下線を引き、その文書を次のような追伸で締めくくった。

「わたくしこと署名者N・S・ルバショウ、元党中央委員、元人民委員、元革命軍第二師団司令官、人民の敵に対する勇猛果敢革命勲章受賞者は、上述の理由から自らの敗北を認めた本文書に署名し、自らの誤りを公的に認め、自らの反対派的な立場を公的に否認することを決意します。」

3

ルバショウは、二日前から予審判事の前に連れ出されるのを待っていた。イヴァノフが決めた期限が切れ、老看守に自分の降伏文書を上司に回すよう委託したその日のうちに、呼び出されるものと思っていた。しかし、見たところ、今やこの件はもうそんなに急いではいないようだった。おそらくイヴァノフは、まだこの「相対的成熟理論」を検討中なのかもしれない。あるいは、すでにあの文書は、より上級の担当部局に送られたかもしれず、その可能性の方が高かった。

ルバショウは、あれが中央委員会の理論家たちの間に引き起こしたにちがいない驚愕について想像し、にやりとした。革命前もまた革命直後も、旧指導者がまだ生きていたころには「理論家」と「政治家」の区別はなかった。その時々に採用されるべき戦術は、公開の議論を通し、理論から直接的に導き出された。内戦時における戦略的な処置、農村における穀物の徴発と農地の分配、新しい通貨の導入、各工場の新たな組織化と労賃の金額設定、あらゆる行政命令がそれに適用された哲学の実現であった。かつてイヴァノフの部屋の壁を飾っていた古い写真の中の、頭に番号が振られていた男たちの誰もが、ヨーロッパの大学の諸講座の時代遅れの学者たちよりも、法哲学、国民経済学、政治経済学そして国家理論について熟知していた。内戦中の党大会での議論は、歴史上どんな政治団体によってもけっして到達されたことのないレベルで行われていた。それは、学術雑誌に掲載される学者の研究報告に似ていた。ただし、議論の結果が、数百万もの人々の生活と幸福と革命の未来を決定するという違いがあった。

今や古参党員は使い古された。安定的になればなるほどそれだけいっそう硬直化せざるを得ないこの体制は、革命を通じ外部の敵に対する闘争の中で解き放たれた途方もなく激しい力が、内側に向かって革命自体を吹き飛ばしてしまうのを避けようとした。歴史の論理がそれを望んだのだ。党大会で哲学談義をしていた時代は終わった。イヴァノフの部屋の壁では、白っぽく光る跡が昔の集合写真に取って代わった。革命哲学的発展を求める煽動行為は、有益ではあるが新たなものは何も生み出さない時代に席を譲った。革命理論は硬直化して、教条崇拝になった。それは単純化されて簡単に理解できる教理問答を備え、その哲学的なミサは大司祭としてのナンバー・ワンが頂点に立って執り行った。ナンバー・ワンの演説と論文は、すでに外見的にも誤謬の余地のない教理問答の形式を取った。それらは、質問と答えに区分され、現実の諸関係を単純化し粗雑に扱う点で驚くほど首尾一貫していた。ナンバー・ワンはおそらく本能的に誰にもまして大衆の「相対的成熟の法則」についてよく理解していた。中途半端な独裁者はかれらの臣下に命令に従って行動するよう強いたが、ナンバー・ワンはかれらに命令に従って考えるよう教えた。

ルバショウは、今日の党の「理論家たち」が自分の書簡に対して何と言うだろうかと想像してにやりとした。それは、今日の状況下における最も激しい異端であった。その言葉に異を唱えることがタブーであったこの教えの創始者たちが批判され、事態の実際の状況が歯に衣着せず指摘され、ナンバー・ワンという神聖にして侵すべからざる人物が歴史的・客観的な諸関係に従属するものとして位置づけられたのだ。ナンバー・ワンによる政治方針上の逸脱や突然の政策変更に哲学的な最新のお墨つきを与えて粉飾することが唯一の使命である今日の不運な理論家たちは、引きつけを起こしてのたうち回るにちがいない。ナンバー・ワンは、配下の「理論家たち」に対しときどき奇妙な悪ふざけをした。あるときナンバー・ワンは、党の機関誌の編集方針を決める専門家会議にアメリカ経済の危機の分析を求めた。それには数か月を要したが、ついに特別号が刊行された。その中では、ナンバー・ワンが党大会での最新の演説で立てたテーゼに合致するよう、三百ページにわたり、アメリカの好景気は見せかけの景気回復であり、実際にはアメリカは経済危機のどん底にあり、それは革命の勝利によってのみはじめて克服され得るとの証明がなされた。この特別号が公刊された同じ日に、ナンバー・ワンは、あるアメリカ人記者に接見し、パイプをふた吸いする間に放った次のような簡潔な言葉で、この記者と全世界を唖然とさせた。「きみたちの国の危機は過ぎた。ビジネスはふたたび回復基調だ。」

自分たちの解任やおそらくは逮捕さえ覚悟した編集委員会のメンバーは、その晩のうちに書簡をしたため、その中で、自分たちが「反革命的理論の構築と誤解を招くような分析を通じて犯した誤り」を公的に認め、改悛し改善を誓った。ただルバショウの昔からの同志であり、編集委員会の中でただひとり古参党員であったイザコヴィッチだけが銃による自殺の道を選んだ。ちなみに、事情に通じた者たちの話によれば、ナンバー・ワンは反対派に親近感を抱いていると疑ったイザコヴィッチを片付けるためだけに、このような手の込んだ悪ふざけを始めたとのことであった。

すべてがひどくグロテスクな茶番だ、とルバショウは思った。けっきょく、この「革命的哲学」を使ったいかさま芝居は、見かけはとても不愉快だが歴史的には必要なこの独裁制を保持するための口実だ。この茶番は、それを真に受け、下手な演出だけを見て、その背後にある簀の子天井[73]が持つ致命的な論理を理解しない者にとっては、それだけいっそうひどく見える。かつては、革命の政策は党大会の演壇で決定された。しかし、今は舞台裏で決められる。これもまた、大衆の「相対的成熟理論」から論理的に導かれるのだ。

ルバショウは、緑色のランプ[74]が灯る静かな図書館でまたかつてのように執筆でき、自分の新しい理論を構築し歴史的に基礎づけることを強く願った。革命的哲学構築のための最も生産的な時間は、つねに、政治的な活動期の間の強制された休憩である亡命時だった。ルバショウは、自分の独房内を行ったり来たりし、政治的に冷遇されるこれからの数年間をある種の内的亡命のうちに過ごそうという考えに身を委ねた。公的な意見撤回の表明は、ルバショウに必然的な活動休止をもたらすにちがいなかった。この降伏の表面的な形態はルバショウにはどうでもよかった。やつらは、調書に書ける限り多くの「我が過失」とナンバー・ワンの唯一正しい政策への支持表明をおれから引き出せばいい。それは、まったくもって形式的な儀礼、ビザンチン宮廷風のへつらいに過ぎず、あらゆる文句を際限のない繰り返しと単純化を通じて大衆に叩き込む必要性から徐々に発展してきたものだった。真理として示すものは、黄金のように輝かねばならず、誤謬として示すものは、タールのように真っ黒でなければならない。政治的な信条の表明や自白は、歳の市で売られるレープクーヘン[75]のように色分けされた。

これらはみな表面的なことだ、とルバショウは思った。そのことを四〇二号は何も理解していない。やつの素朴な名誉の観念は別の時代に由来する。礼節だと？　そんなもの中世の騎士の馬上試合の伝統と慣行によって生きながらえてきた因習の一形態に過ぎない。名誉という概念の新しい定義とは、虚栄心を捨て最後まで一貫して役に立ち続けることだ。

「自分の信念につばを吐くくらいならくたばった方がましだ」と四〇二号は宣言した。おそらくそう言いながら、細長い口ひげの端をひねくり回していただろう。あれは、個人的な虚栄心の古典的な定義だ。四〇二号はそのメッセージを片眼鏡で打ってきた。ルバショウ自身は鼻眼鏡で打った。ここが大きな違いだ。ルバショウにとって今唯一重要なことは、図書館で静かに執筆し、自分の新しい思想を仕上げることだった。それには、おそらく数年かかり、分厚い大著になるだろう。しかし、それは国家形態の史的変遷を理解するためのはじめての実用的な入門書となり、現在とりわけ極端な形でわれわれがみな体験し、それを前にしては古典的な階級闘争理論が役に立たない、あの大衆心理の振り子運動を即座に明らかにするだろう。

ルバショウは独房内をすばやく行ったり来たりしながらひとり微笑んだ。自分の理論を発展させる時間を与えてくれさえすれば、すべてはどうでもよかった。歯はもはや痛まず、自分がはつらつとして、意欲に満ち、待ちきれなくて体中いらいらするのを感じた。イヴァノフと交わした夜の対話と声明文の送付から二日が過ぎていた。しかし、今なお、何の音沙汰もなかった。逮捕されてからの最初の二週間、時間は飛ぶように過ぎていた。だが、それが突然止まった。一時間は伸びて、分や秒へと分解し始めた。ルバショウは断続的に執筆したが、毎回行き詰まった。というのも、歴史的な裏付けとなる資料が手許になかったからだ。どのように書き出しても途中でむなしく終わった。十五分ほど覗き穴のところで、自分をイヴァノフのところに連行するよう命じられた軍服の刑務官が見えないものかと期待して待った。しかし、廊下は人けがなく、電灯がいつものように点いているだけだった。

時おりルバショウは、イヴァノフ自身が来て、調書作成の形式的な手続きをすべて自分の独房で片付けてくれることを期待した。その方がずっと楽しいだろう。コニャック瓶の差し入れに対しても、今回は異存がなかった。後悔をひけらかすような言い回しを一緒にあれこれ考える作業やイヴァノフの皮肉なジョークなど、そのやりとりを、事細かく思い描いた。ルバショウは、にやにやしながら行ったり来たりし、十分ごとに待ち遠しげに時計を見た。イヴァノフは、あの夜の対話の際、すぐ次の日にはおれを呼び出すと約束したのではなかったか？

ルバショウのはやる心は、ますます熱を帯びていった。イヴァノフとの対話後、三日目の夜には、もはや眠れなくなった。暗闇の中で寝台に横たわり、建物の中の押し殺されたようなとても静かな物音に耳を傾けた。体の向きをごろごろと何度も変え、逮捕されて以来はじめて女性の体が近くにあって欲しいと強く願った。眠ろうとして規則正しい深呼吸を試みたが、ますます興奮してきた。「礼節とは何か」をめぐる質問以降、もはや何も連絡してこない四〇二号との会話をまた始めたいという願望と戦った。

すでに三時間以上も眠れないまま暗闇の中に横たわり、割れた窓ガラスに貼られた新聞紙の方をじっと見ていたが、真夜中ごろになって、ルバショウはもはやそれ以上は我慢できなくなり、指の関節で壁を叩いた。期待して待ったが、壁は沈黙したままだった。ルバショウはもう一度叩き、そして待った。その間、恥ずかしさで頭に血が上るのを感じた。四〇二号はやはり返事をしなかった。しかし、四〇二号が壁の反対側で目覚めたまま横になり、昔の冒険を反芻しながら時間をつぶしているのは確かだった。四〇二号は以前ルバショウに、午前一時か二時より前にはけっして眠れず、少年時代にやっていた悪癖がまた出てきてしまったと隠しだてもせずに語ったことがあった。その際、四〇二号は「背に腹はかえられぬ」と付け加えた。十人中九人の囚人が同じことをしていた。その点は政治犯も他の囚人と同じだった。かつて運動がまだロマンチックだった時代、帝政下の頃、最も有名な政治犯用監獄の囚人たちの間で、革命家は監獄でも性的に純潔であるべきかどうかということの問題をめぐって、打音による論争があった。論争は数か月にもわたった。というのも、採決を取る前に、いくつかの長い理論的な学術論文が、それに対する諸々の反論や再反論とともに、全囚人に打音で伝えられねばならなかったからである。採決の結果、大多数は禁欲に反対だと判明した。なぜなら禁欲は、「健康に良くないうえ、環境によって余儀なくされた一時しのぎの解決策よりも多くの精神的エネルギーを奪う」からであった。

ルバショウは仰向けになって暗闇を見つめた。体の下のわら布団はぺちゃんこで、寝台の床部分の金網が感じられた。ウールの毛布は暖かすぎ、そのせいで肌からは不愉快な汗がにじみ出た。しかし、毛布をはねのけると、寒くてぞくぞくし始めた。ルバショウはすでに七本目か八本目の煙草を続けざまに吸っていて、吸い殻は、寝台の周りの石タイルの床に散乱していた。ほんのかすかな音さえもせず、時は静止し、形を失って暗闇の中に溶けてしまったようだった。ルバショウは目を閉じ、アローヴァが傍らにいて、その胸のシルエットが闇を背に丸くなじみの曲線を描いて盛り上がっているさまを想像した。アローヴァがボグロウと同じく、廊下を引きずって行かれたことは忘れていた。あまりに静かすぎたせいで、かえって耳鳴りがするようだった。四〇二号は壁の向こうの暗闇の中で何をしているのだろう？　このコンクリート製のミツバチの巣の中に閉じ込められた二千人の男たちは何をしているのだろう？　かれらの無音の呼吸と目には見えない夢と不安や情欲の押し殺されたような喘ぎによって、暗闇は膨れ上がった。もし歴史を数式で表せるなら、この二千人分の悪夢の合計は、この無力な情欲の二千倍の圧力は、どれほどの重さになるのだろうか？　ルバショウは今や本当にアローヴァの体の優しい匂いを感じていた。暖かい毛布の中で体は、汗びっしょりになった。半ば眠りながら突然体の緊張が緩むのを感じた。しかし、それは安らぎをもたらしはしなかった。ほとんど同時と思えるぐらいに、ガチャガチャいう音とともに扉がぱっと開き、廊下の光がまばたきするルバショウの目に飛び込んできた。

軍服を着てガンベルトを着けた見覚えのない二人の刑務官が扉から入ってくるのが目えた。二人のうちのひとりが寝台に近づいた。そいつは、とても背が高く、残忍そうな顔立ちで、ルバショウには過剰に大きく聞こえるしわがれた声をしていた。行き先は言わないまま、ついて来るよう命じた。

ルバショウは、毛布の下の鼻眼鏡を手探りで探し、それを掛けると、寝台から起き上がった。ずっしりとした疲労を感じながら、自分より頭一つ大きい、この大男と並んで廊下を歩いて行った。もうひとりの軍服の刑務官は、その後ろを歩いた。

ルバショウは、無意識に腕時計を見た。午前二時だった。それでは、やはり少しは眠っていたちがいなかった。かれらは理髪室へ向かう道を歩いていた。それはボグロウが連れて行かれた道だった。二人目の刑務官は、今なおルバショウの背後を、三歩離れて歩いていた。ルバショウは、首の後ろがかゆいときのように、その刑務官の方を振り向きたいという欲求を感じたが、なんとか自制した。「おきまりの手続きも踏まずあっさり撃ち殺すなんてことはさすがにないだろう」と思ったが、確信があったわけではなかった。これも、目下のところ、ルバショウには、どちらかと言えばどうでもいいことだった。ただささと終わってくれることだけを切に願った。自分が不安を感じているかどうか見極めようとしたが、感じたのは、ただ自分の背後にいる男の方へ頭を向けまいとする懸命の努力によって引き起こされた肉体的な不快感だけだった。

理髪室を過ぎた先の角を曲がると、地下へ降りる狭い階段が見えた。ルバショウは、自分の横の大男が歩みを緩めるかどうか観察した。それと同時に自分の反応も観察した。今なお不安は感じず、ただ、好奇心と不快感があるのみだった。しかし、階段を通り過ぎたとき、自分でも驚いたことに、突然、にかわが溶けたように膝の力が抜けるのを感じた。それを悟られないようにするためには、注意を集中しなければならないほどだった。同時にルバショウは、自分が鼻眼鏡を無意識のうちに袖口で拭いているのにも気づいて驚いた。明らかにすでに理髪室の手前で、無意識に鼻眼鏡をはずしていたにちがいなかった。「けっきょく、すべてはいんちきだ」とルバショウは思った。「頭ではなんとか自分を騙そうとする。しかし、身体は無理だ、腹から下はわかっている。けっきょくグレトキンが正しかったのだ。やつらが今からおれを拷問するなら、望むものには何でも署名しよう。だが明日にはそれを撤回してやる。」

さらに数歩歩いたところで、ルバショウには「相対的成熟理論」が浮かび、いずれにせよ、降伏して何にでも署名すると決めていたことを思い出し、途方もない安堵感に包まれた。同時に、ここ数日間に決意したことのすべてを、たった今まで、どうしてまったく忘れていられたのかと驚いて自問した。ルバショウの横の大男は立ち止まり、あるドアを開けて、脇へ寄った。ルバショウの前には、イヴァノフの部屋に似た部屋があった。しかし、そこには、ルバショウの目にはまぶしすぎるほど不快でギラギラする照明装置があって、ドアの真向かいの事務机の後ろには、グレトキンが座っていた。

ドアはルバショウの背後で閉まった。グレトキンは書類の山から顔を上げ、「座りなさい」と、感情を見せない素っ気ない口調で言った。ルバショウは、この口調を独房で最初に会ったときから覚えていた。この部屋の唯一の照明である丈の高い金属製のフロアスタンドはグレトキンの肘掛け椅子の後ろにあった。そのためグレトキンの顔は影になっていたが、その頭部の幅広い傷痕もまた見分けがついた。並はずれて強力な電球から放射されるまぶしい白い光が目をくらませたので、ルバショウは数秒経ってようやく、三人目の人物が部屋にいることに気づいた。それは女性秘書で、こちらに背を向け、衝立の後ろの小さな机に座っていた。

ルバショウはグレトキンと向かい合い、机の前の唯一空いている椅子に座った。椅子は座り心地が悪く、肘掛けもなかった。

「イヴァノフ人民委員が不在のため、わたしがおまえを取り調べるよう委託を受けた」とグレトキンは言った。フロアスタンドの光はルバショウの目にはまぶしすぎた。グレトキンに向かって半身になってみたが、目の隅に当たる光線はほとんど同じくらい不快だった。そのうえ、顔を背けたまま話をするのは、やりきれなかった。「わたしはイヴァノフによる尋問を希望したい」とルバショウは言った。

「予審判事が誰になるかは当局が決めることだ」とグレトキンは答えた。「おまえにあるのは、陳述するかそれを拒むかの権利だ。おまえのケースでは、陳述拒否をすれば、それは、おまえが二日前、書面によって述べた自白の用意があるとの申し出の撤回に等しく、取り調べの終結という結果を自動的に伴うだろう。その場合、わたしは、おまえの書類を行政裁判担当官に回すよう指示されている。」

ルバショウはすばやく考えを巡らした。イヴァノフに何かまずいことが起こったのは明らかだった。急に停職となったか、ひょっとしたら解任か、あるいは逮捕されたか。おそらくルバショウ自身との昔の友人関係が問題とされたのか、あるいはきわどいジョークを言いすぎて頭が良すぎたせいか、あるいはイヴァノフのナンバー・ワンに対する忠誠心が事情を理解した上での論理的思考に基づくものであって、盲目的な信仰に基づくものではなかったからなのか。あいつは頭が良すぎた。古いタイプの人間だ。新しいタイプ、それはこのグレトキンとこいつのやり方だ。安らかに逝け、イヴァノフ。ルバショウには同情している暇はなかった。すばやく考えねばならなかったが、光が邪魔をした。ルバショウは鼻眼鏡をはずし、まばたきした。鼻眼鏡なしでは、自分がむき出しにされ頼りなげに見えることも、グレトキンの無表情な目が自分の顔のどんな動きにも気づくこともわかっていた。もしここで黙っていれば、すべてが終わりだ。

取り返しがつかない。ならば、ここをすべてできる限り早く切り抜けられれば、それだけいっそういい。グレトキンは嫌な野郎だが、こいつは、新世代を代表している。旧世代はこいつらと折り合いをつけるか、こいつらに粉砕されるかのどちらかだ。ほかの選択肢はない。ルバショウは、突然、自分が年老いたと感じた。こうした感覚とはこれまで無縁だった。自分の人生が六十代にさしかかっていることで自分に言い訳したことなどこれまで一度もなかった。ルバショウは鼻眼鏡を掛けると、視線をそらさずグレトキンの目を正面から見返そうとした。だが、ギラギラする光ですぐに涙が出始め、ふたたび鼻眼鏡をはずした。

「わたしには供述する用意がある」とルバショウは宣言し、自分の声に含まれるいらつきを抑えようとした。「しかし、あなたが、この姑息なやり方をやめるという条件のもとでだ。この目くらましの明かりを消してくれ。こんなやり方は、手形偽造者や反革命に対してだけにしたまえ。」

「おまえには出すべき条件などない」とグレトキンは、いつもの落ち着き払った声で言った。「わたしは自分の部屋の装置をおまえのために変えることはできない。おまえは自分が置かれている状況をまだはっきりとは認識していないようだな。特に、おまえ自身が反革命的な策動のかどで起訴されており、このことを過去数年間に二回にわたり公的な声明において白状してきたという事実をだ。今回も、同様にたやすく切り抜けられると思っているなら、大きな間違いだ。」

「この野郎」とルバショウは思った。「軍服を着飾ったこのくそ野郎。」ルバショウは真っ赤になった。自分でもそれを感じ、グレトキンがそれに気づいたこともわかった。このグレトキンはいくつぐらいだろう？　せいぜい、三十六か七ぐらいか。おそらく内戦は十代半ばで経験したのだろう。革命が勃発したころはまだ子供だ。革命というノアの大洪水(76)のあとにものを考え始めた世代だ。こいつらには、水に沈んだ古い世界と自分を結びつけるような伝統も思い出もない。へその緒なしに生まれてきた世代だ。だが、こいつらの方が正しい。へその緒は断ち切らねばならない。人間を、あの古い世界の偽りの礼節というむなしい名誉の概念に縛りつける最後の絆は、否定されねばならない。名誉とは、虚栄を捨て、自らをいたわることなく、最後まで一貫して役に立ち続けることだ。

ルバショウの心は徐々に落ち着いてきた。鼻眼鏡を手に持ち、顔をグレトキンの方に向けた。その際、目をつぶらなければならなかったので、ルバショウは自分がさらにむき出しにされたように感じた。だが、それはもはや気にならなかった。電灯の光は、閉じたまぶたの裏でも、赤みを帯びて鈍く輝いた。これほど強い孤独感を感じたことはこれまで一度もなかった。

「わたしは、党にとって役に立てることなら、何だってするつもりだ」とルバショウは言った。その声からは、しわがれた響きは消えていた。ルバショウは目をつぶったままでいた。「わたしは起訴理由を具体的に示していただけるようお願いする。これまではまだそれを聞いていない。」

ルバショウは、グレトキンの背筋を伸ばした体にサッと激しい動きが走るのを、まばたきする目で見た。いや、むしろ耳で聞き取ったのかもしれない。肘掛けの上のシャツの袖口がカサカサ鳴り、グレトキンの呼吸はこころもち深くなった。あたかも体全体の緊張が一瞬緩んだかのようだった。ルバショウは、グレトキンが人生における最大の勝利の一つを体験していることを見抜いた。ルバショウのような大物を打ち負かしたということは、大出世の始まりを意味した。ほんの少し前までは、まだグレトキンにとってすべてがどっちに転ぶかわからず、イヴァノフの二の舞になる恐れがあった。

ルバショウは突然、グレトキンが自分に対して持っているのとまったく同じ力を自分もこのグレトキンに対して持っていることを理解した。おれはおまえの喉元をつかんでいるんだぞ、小僧、と皮肉なしかめ面を浮かべながら思った。おれたちはお互い喉元をつかみ合っている。おれが後ろ向きにブランコから落ちるときには、おまえも道連れだ。少しの間、ルバショウはこうした考えを楽しんだ。グレトキンの方はその間にまた背筋を伸ばし、落ち着いて書類を探していた。その後、ルバショウはこの考えを放棄し、痛む目をゆっくりと閉じた。おのれの内にひそむ虚栄心の最後のかけらも焼き尽くさねばならない。自殺など虚栄心の倒錯した一形態に過ぎない。このグレトキンは、もちろん、ルバショウを降伏させたのは自分の策略であって、イヴァノフの論証ではないと思っているだろう。それを上層部に信じ込ませ、そうすることで、イヴァノフを失脚させることにもおそらく成功したのだろう。「この野郎」とルバショウは思ったが、今回は怒りは湧かなかった。「首尾一貫したこの軍服野郎はわれわれが生み出したのだ。おい、これから始まる新時代の森の原始人。おまえにはここで何が問題となっているかわかるまい。だがもしおまえにそれがわかったとしたら、おまえはわれわれの役には立つまい。」

ルバショウは、電灯の光のまぶしさがさらに一段階強まったことに気づいた。尋問中に遮眼灯(77)の強度を上げたり下げたりするための装置があることをルバショウは知っていた。顔を完全に背け、涙が流れ続ける目をこすって拭うことを余儀なくされた。「この野郎」とルバショウはもう一度、ほとんど優しさに近い感情を込めて思った。「まさにこうしたけだものたちの世代が今のわれわれには必要なのだ。」

グレトキンは、起訴状の朗読を始めていた。グレトキンの単調な声は、前よりももっと挑発的に響いた。ルバショウは、顔を背け、目をつぶったまま耳を傾けた。ルバショウは自分の「自白」を、形式的なもの、馬鹿げてはいるが必要な茶番であると見なそうと決め、その遠回しの意味は、背後にいる事情に通じた者だけが理解できればいいと思っていた。しかし、グレトキンがここで読み上げたものは、その馬鹿馬鹿しさにおいて、なお予想を越えるものであった。ルバショウが、こんな子供じみた陰謀を企てたとグレトキンは本当に信じているのだろうか？　ルバショウが古参党員とともにその基礎を築いた革命という建物、それを破壊することだけをここ数年来望んできただって？　そして、グレトキンの少年時代の英雄であった、頭に番号が振られたあの男たちのすべてが、みな伝染病にかかったように突然金で買われる人間になり、革命を転覆しようとしたなどと信じているのか？　しかもこの政治的戦術における最も偉大な理論家たちが、安っぽい探偵小説から借りてきたような手を使っただと？　そもそもこのネアンデルタール人は、目をつぶったままおまえの前に座っているこのルバショウの今の心理状態をどんなふうに考えているのか？

グレトキンは、大人になってやっと文字の読み方を習った人間のように一本調子で、強弱のない単調ながなり声で読み続けた。グレトキンの朗読は、ルバショウがB国に滞在中に、旧体制の暴力的な再興という目的をもってある外国勢力の代理人と続けてきたとされる諸々の交渉とやらにさしかかっていた。外交官の名前に次いで、会合の日や場所も挙げられた。ルバショウは今やより注意しながら耳を傾けた。記憶の中に、ある小さな取るに足らないシーンがひらめくように思い浮かんだ。当時はそれをすぐさま忘れてしまい、それ以降、思い出したことはなかった。ルバショウはすばやく日時を計算してみた。たぶん合っているはずだった。そうか、あれにかこつけて今日おれを陥れるつもりか。ルバショウは苦笑いし、涙の止まらない両目をハンカチで拭った。

グレトキンは動じることなく、背筋を伸ばし、極度の一本調子で読み続けた。こいつは自分が読んでいるものを本当に信じているのか？　この起訴状のグロテスクなほどの馬鹿らしさに気づいていないのか？今やグレトキンの朗読は、ルバショウがアルミニウムトラストの長官だったときの活動にさしかかった。大急ぎで構築された工業部門のひどい混乱ぶりを示す統計上の数字を読み上げ、業務中に事故にあった労働者や不良品のせいで墜落した一連の飛行機の数を数え上げた。これらすべては、まさにルバショウの悪魔的な破壊活動に帰せられるべきだとされた。実際に「悪魔的な」という単語が専門用語と数字の羅列のまったただ中で起訴状に繰り返し登場した。少しの間、ルバショウは、グレトキンは頭がおかしくなったのではないかという仮説を検討した。起訴状における論理と不合理の混合は、統合失調症における妄想パターンを思い起こさせた。しかし、この起訴状は、そもそもグレトキンが書いたものではない。グレトキンはそれを読み上げているだけだ。そして、それを本当に信じているか、あるいは、少なくとも信憑性があると思っているのだ。

ルバショウは顔を薄暗い片隅にいる速記係の女の方に向けた。女は小柄で痩せており、眼鏡を掛けていた。落ち着き払って自分の鉛筆を削り、ただの一度も顔をこちらに向けなかった。グレトキンが読み上げる途方もないことを、完全に信じているのは明らかだった。どちらかと言うとまだ若いと言ってもよく、おそらく二十五か六だった。この女も大洪水のあとに生まれてきたのだ。この現代のネアンデルタール人世代にとって、ルバショウの名はどんな意味を持つのだろう？　このギラギラしたスポットライトの前にルバショウは座っていた。両目は涙が止まらず開けていられなかった。かれらは、その無表情な声でルバショウに何かを読み上げ、その無表情な目で、あたかも解剖台に載せられた物体でも見るかのように冷淡にルバショウを見ていた。

グレトキンは起訴状の最終段落にさしかかった。それは起訴状全体のクライマックスであり、そこではナンバー・ワンに対する暗殺計画が述べられていた。イヴァノフが最初の審問で言及した謎の人物Xがふたたび登場した。明らかにされたのは以下のことだった。Xは政府の職員用食堂の管理者で、ナンバー・ワンは、仕事が忙しい日には、温めずにそのまま食べる簡易軽食を昼食としてそこから取り寄せることがよく知られていた。この簡易軽食というのは、ナンバー・ワンの質素なくらしぶりを示すためにプロパガンダを通じて念入りに作り上げられたエピソードの一つだった。そして、ルバショウに唆《そそのか》された管理者Xは、まさにこの簡易軽食の助けを借りてナンバー・ワンの命を縮めようとしたというのだ。ルバショウは目をつぶったままひとり苦笑いした。ふたたび目を開けたとき、グレトキンは、読み上げるのをやめ、ルバショウを見つめた。数秒の沈黙の後、グレトキンは質問というよりは、確認を表すいつもの落ち着いた口調で言った。

「おまえは起訴状を聞いて罪を認めたな。」

ルバショウはグレトキンの顔をのぞき込もうと努めたが、それは無理で、ふたたび目をつぶらざるを得なかった。辛辣な返答が口から出かかったが、その代わりに、非常に小さな声で答えた。それはあまりに小さく、記録中の痩せた書記係の女は、ルバショウの声を聞くため首を伸ばさなければならないほどだった。

「わたしは、指導部の政策がその下で実施される致命的な状況のもたらす必然性を理解せず、それゆえ反対派的な態度を取ってしまったという罪を認める。わたしは、感傷に駆られ、そのため歴史の論理と相容れない立場に陥ってしまったという罪を認める。わたしは犠牲者たちの泣き声に耳を貸し、それによりかれらを犠牲にすることを余儀なくした根拠に耳を貸さなかった。わたしは、罪の有無の問題を有用か有害かという問題より上位に置いてしまったという罪を認める。最後に、わたしは、人間という概念を人類という概念より上位に置いてしまったという罪を認める。」

ルバショウは中断し、ふたたび目を開けようと試みた。光から顔を背け、隅にいる秘書の女の方をまばたきしながら見た。女は、ルバショウの言ったことをちょうど書き記したところだった。ルバショウは女の痩せた横顔に皮肉な笑みが浮かぶのを見たように思った。

「わたしは」とルバショウは続けた。「わたしの過ちはその結果において革命に致命的な危険をもたらしたにちがいないと認める。歴史の危機的な転換点においてはどのような反対派的行動も党の分裂とそれによる内戦の兆しを内に秘めている。大衆が未成熟な時代においては人道主義的な優しさや自由を掲げる民主主義は革命の自殺を意味する。わたしの反対派的な態度は、まさしく、この見かけは非常に魅力的だが、その結果においては非常に致命的な諸要求に基づいていた。独裁制に対する自由主義的な改革の要求、より広範な人民民主主義の要求、恐怖政治の停止と硬直した党指導体制の柔軟化の要求に基づいていた。こうした要求は、今日のような歴史的な状況においては、客観的に見て有害であり、それゆえ反革命的な性質を持っていたことを認める。」

ルバショウは再度中断した。というのも、喉はカラカラになり声が枯れてしまったからだ。ルバショウには、秘書係の女の鉛筆のカリカリひっかくような音以外何も聞こえなかった。目をつぶったまま少し頭を上げ、さらに続けた。

「このような意味において、ただこのような意味においてのみ、あなたはわたしを反革命と呼ぶことができる。だが、起訴状に書かれた愚かで犯罪的な行為とはわたしは何の関係もない。」

「おまえの言いたいことはそれだけか?」とグレトキンは尋ねた。

その声はあまりに冷酷だったので、ルバショウは驚いてグレトキンの方を見た。まぶしく照らされたシルエットが、いつもながらの折り目正しい姿勢で事務机の向こうにくっきりと浮かび上がった。ルバショウはずっと前から、グレトキンの性格を簡単に描写する言葉を探していた。「非の打ちどころのない残酷さ」、まさにこれがその言葉だった。

「おまえの今回の陳述は目新しいものではない」とグレトキンは耳ざわりな声で続けた。「最初は二年前、次は十二か月前に書かれた二通の先行する悔悟声明において、おまえはすでに公的に、おまえの『客観的に見て反革命的で人民に敵対的な思考』を白状している。おまえは、毎回深く後悔し党に許しを請い、指導部の政策への忠誠を誓った。今おまえは、同じ茶番劇の三回目をわれわれの前で演じようとしている。先ほどのおまえの声明はまやかしだ。おまえは、自分の『反対派的な態度』は白状したが、その論理的な帰結である行動は否定している。今回は、そんなにたやすく逃れられないと、もう言ったはずだ。」

グレトキンは、話し始めたときと同様、急に話をやめた。急に訪れた沈黙の中で、ルバショウには机の背後のフロアライトの電流がブーンとかすかに音を立てるのが聞こえた。同時に光がまた一段まぶしくなった。

「当時の声明は」とルバショウは小声で言った。「戦術的な言い逃れだった。かなりの数の政治的反対派がそのような声明を通じ、引き続き党内で活動できる可能性を手に入れられたことはあなたも承知しているはずだ。今回はそれとは違う。」

「今回は、それじゃあ、本心だというのか?」とグレトキンは尋ねた。その質問はすばやく、声の調子からそれが皮肉でないことがわかった。

「そうだ」とルバショウは落ち着いて答えた。

「それでは、当時は嘘をついていたのだな?」

「そう言いたければ、そう言いたまえ。」

「命が惜しくてか?」

「さらに活動し続けられるようにするためだ。」

「命がなければ活動できない。つまり、命が惜しくてか?」

「そう言いたければ、そう言いたまえ。」

グレトキンの間髪を入れず発せられる質問とそれに対する自分自身の返答の短い合間、ルバショウには、秘書の女の鉛筆のカリカリいう音と電灯のうなる音しか聞こえなかった。電灯は、滝のように降り注ぐ白い光とともに、つねに熱を放出し続けた。そのため、ルバショウは額から汗を拭わなければならなかった。ルバショウは、痛む目を開けていようと懸命に努力したが、目を開けていられる間と間の間隔はますます長くなり、眠気がつのってくるのを感じた。そして、グレトキンがひとしきり矢継ぎ早に質問したあと、数秒ほど休みをおいたとき、ルバショウは、自分の頭がゆっくりとあごの方に沈むのを、自分とは無関係な他人事のように感じた。グレトキンの次の質問に驚いてふたたびビクッと体を動かしたとき、どれくらいかはっきりはしないが、少しの間眠っていたような気がした。

「繰り返すが」とグレトキンはうるさすぎるほど響く声で言った。「おまえの当時の悔悟声明は、それでは、自分の真の考えについて党を欺き、自分の命を救うのが目的だったのだな。」

「それはすでに認めている」とルバショウは言った。

「では、おまえの以前の秘書、市民アローヴァとの決別声明も同じ目的だったのだな?」

ルバショウは黙ってうなずいた。両目の眼窩の圧迫感は、顔の右半分の全神経に広がった。もうかなり前からまた歯が痛み出していたことに、このときようやく気づいた。

「市民アローヴァが、おまえを自分に有利な証言をしてくれる最重要証人に立て続けていたことは知っているな?」

「その報告は受けていた」とルバショウは言った。歯のズキズキする痛みはさらに強くなった。

「おまえが先ほど虚偽だったと言った当時の声明が、市民アローヴァの死刑判決に決定的な役割を果たしたこともまた知っているな？」

「その報告は受けていた。」

顔の右半分全体が収縮して痙攣しているような感じがした。頭はますますぼんやりして重くなり、胸の方に頭を傾けて眠ってしまわないようにするには、努力が必要だった。グレトキンの無骨な声が耳の中でとどろいた。

「ならば、市民アローヴァはひょっとしたら無実だったのか？」

「おそらくは」とルバショウは、血や胆汁の味のように苦く舌に残ったわずかばかりの皮肉を込めて言った。

「なのに、自分の命を救うことを目的としたおまえの虚偽の声明に基づき、処刑されたのだな？」

「おそらくそういうことになるだろう」とルバショウは言い、この悪党め、と気の抜けた無力な怒りを感じながら思った。もちろんおまえの言ったことがありのままの真実だ。おれたち二人のどちらがよりひどい悪党か知りたいもんだ。だがこいつはおれの喉元を押さえていて、こちらは抵抗しようがない。こいつを道連れに、ブランコから落ちることは許されないからだ。とにかく眠らせてくれさえしたらいいんだが。これ以上苦しめるなら、すべてを撤回して黙秘してやるぞ。そしたらおれたちは二人とも終わりだ。

「なのに、おまえは、そんなことをやっておきながら、配慮ある扱いを要求したのだな？」とグレトキンの声は、いつもと変わらぬ非の打ちどころのない残酷さを示して続いた。「おまえは厚かましくもなお、犯罪的な行為を否認しようとするのか？　こんなことをやっておきながら、われわれに信頼してくれと要求するのか？」

ルバショウは、頭をまっすぐにしていようとする努力を放棄した。もちろん、ルバショウを信じられないというグレトキンは正しかった。ルバショウ自身も、この計算ずくの嘘と偽装の弁証法的な迷路の中で、この実在と仮象の薄闇の中で、もはや自分がどこにいるかわからなくなり始めていた。究極の真実はつねにあと一歩のところで後ずさりして逃げ、つかんだ手に残るのは、一つ前の嘘がもたらす偽装のみだった。だがそれを使って真実に奉仕するしかなかった。それにしても真実は、何て惨めな這いつくばった姿勢や舞踏病的痙攣を強いるのだろう。今度こそ本当に本心であり、もう最後の段階に来ていると、このグレトキンに信じさせるにはどうしたらいいのだろう？　眠りたい、そして消えてしまいたいというたった一つの望みしかないのに、いつも誰かを納得させ、語り続け、論証しなければならない。

「わたしは、ほかに何も要求していないじゃないか」とルバショウは言い、苦労して自分の顔をグレトキンの声がする方向に向けた。「ただ党に対する忠誠をもう一度証明したいと言ってるだけだ。」

「おまえにとって、その証明方法はただ一つだけだ」とグレトキンの声が聞こえてきた。「完全なる自白だ。おまえの反対派的な姿勢や動機についてはもう聞き飽きた。われわれが望むのは、そうした姿勢の必然的な帰結であるおまえの諸々の犯罪的行為を公開の場で全面的に自白することだ。おまえがまだ党に奉仕できる唯一の道は、おまえが見せしめになることだ。党の政策に対する反抗が必然的にどのような結果をもたらすかを自らの身をもって大衆に指し示すことによってな。」

ルバショウはナンバー・ワンの簡易軽食のことを思った。炎症を起こしている顔面の神経がひどくうずいた。しかし、そのうずきは、もはや焼けつくようなズキズキとした激痛ではなく、しびれた箇所を殴られるような鈍痛だった。ナンバー・ワンの簡易軽食がまた思い浮かんだ。すると顔の筋肉は引きつり、しかめ面になった。

「わたしは自分がやってはいないことを自白することはできない」と少し震えた声で言った。

「そうだ」とグレトキンの声が響いた。「もちろんそれはできないな。」このときルバショウは、はじめて、グレトキンの声の中に嘲りのような響きを聞いた気がした。

これ以降、取り調べに関するルバショウの記憶は、あとから思い出そうとしても少しぼんやりとしたものになった。あの耳に残る奇妙な口調で、「もちろんそれはできないな」という言葉が発せられたあと、ルバショウの記憶には、長さのはっきりしない空白の時間が生じた。あとから考えると居眠りしたようだった。すばらしく愉快な夢をぼんやりと思い出した。夢を見ていたのはおそらくほんの数秒だった。それは脈略も時間のつながりもない明るい風景の映像で、動物や人間が多く登場し、父親の大農園へと上っていく馬車道を縁取っていたなじみ深いポプラの木や、子供の頃そのポプラの上にかつて見たことがある特別な形をした白い雲が現れた。

次にルバショウが思い出したのは、新たな人物が部屋にいたことと、頭上でがなりたてるグレトキンの声だった。グレトキンは、おそらく机越しにおおいかぶさるようにしていたにちがいなかった。

「取り調べに集中するよう要請する。この人物が誰かわかるか?」

ルバショウはうなずいた。今は、レインコートは着ていなかったが、すぐに兎唇だとわかった。兎唇は中庭を散歩するとき、いつも震えながら肩をすくめてレインコートに身を包んでいた。ルバショウの記憶には、突然聞き覚えのある数字の連鎖が思い浮かんだ、2-3、1-1、4-4、1-5、3-4……「ミックチガヨロシクトイッテイル。」四〇二号がこのメッセージを伝えてきたのは、いつのときだったろうか?

「どこで知り合ったのか?」

ルバショウは声を出すのに苦労した。胆汁のような苦い味が残り、舌が乾き切っていた。

「中庭で散歩しているところを窓から何度も見た。」

「では、それ以前は知らなかったのか？」

兎唇はドアの横の、ルバショウの椅子の斜め後ろに数歩離れて立っており、スポットライトの光が、まともに当たっていた。兎唇の通常は黄色味がかった顔は真っ白で、鼻は蝋細工のようにとがり、縦に割れて真ん中に赤い肉の隆起のある上唇は、剥き出しになった歯列の上で震えていた。両手はだらんと膝まで垂れ下がり、今や電灯に背を向けているルバショウには、フットライトを浴びた幻影のように見えた。打音によるアルファベットの新しい数字の連鎖がルバショウの記憶をよぎった。5–3、5–1、4–3……

「昨日拷問された。」ほとんど同時に、しっかりつかむことのできないある記憶の断片が浮かんだ。この人間の残骸がまともだったころのもとの姿をすでに一度見たことがあるという記憶だった。それは、ルバショウ自身が四〇四号房に収容されるずっと前のことだった。

「正確には覚えていないが」とルバショウは、グレトキンの質問にためらいながら答えた。「今こうしてこの人を近くから見ると、すでにどこかで会ったことがあるにちがいないという気がする。」

この言葉を最後まで言い終わらないうちに、ルバショウは、これは口にしない方がよかったのじゃないかと感じた。視神経が頭の中で鈍く脈打つように痛んだ。精神を集中できるよう、時間を数分もらえないものかと強く願った。すばやく続けざまに質問を発するグレトキンの尋問を受けながら、くちばしで獲物を突っつく猛禽類の姿を思い浮かべた。

「この人物に最後に会ったのはどこだ？　おまえは、いつもは、記憶力がとりわけ良いということで有名ではないか。」

ルバショウは何も答えなかった。自分の記憶を最大限に振り絞ったが、唇をたえず震わせているこのスポットライトを浴びた幻影を自分の記憶のどこにも分類できなかった。兎唇は身動きせず、上唇の上の赤い肉の隆起を舌でなめた。兎唇の視線はルバショウとグレトキンの間をさまようように行ったり来たりした。

速記係の女は書くのをやめ、静かにブーンと鳴る電灯の音と糊のきいたグレトキンのシャツの袖口がカサカサいう音以外何も聞こえなかった。グレトキンは前屈みになり、椅子の肘置きに置いた両腕で体を支え、次の質問をした。

「それではおまえは証言を拒むのだな?」

「思い出せないのだ」とルバショウは言った。

「それならいい」とグレトキンは言い、さらに少し前に身を屈め、ほとんど上半身の全体重をかけるようにして、兎唇の方を向いた。

「市民ルバショウの記憶を助けてやれ。おまえがルバショウに最後に会ったのはどこだ?」

兎唇の顔は、おそらくさらに白くなった。兎唇の視線は数秒間、書記係の女に向けられた。その存在に今やっと気づいたのは明らかだった。だが兎唇の視線はすぐさま、まるで逃げるかのように、落ち着ける場所を探してさらにさまよった。兎唇はもう一度舌で唇をなめ、それから大急ぎで、一息に言った。

「わたしは党指導者を、毒を用いて肉体的に抹殺するよう、市民ルバショウに指示を受けました。」

この廃人同様の男の内部から思いがけず響いてきた、その低く歌うような美しい声に、ルバショウは最初の瞬間ただ驚いた。この声は、明らかに兎唇の中で無傷で残った唯一のもので、兎唇の姿とは気味が悪いほど対照的だった。兎唇が言った内容を理解するのに数秒かかった。兎唇の登場以来似たようなことは予期しており、危険を感じてはいた。しかし、今は、この告発内容のグロテスクさがとりわけ意識された。

その直後、背後から――というのもルバショウは今や兎唇の方を向いて座っていたので――グレトキンの声が聞こえてきた。その声は、今度は、不機嫌で、少しいらいらした感じで響いた。

「その点については、わたしは今のところまだ質問していない。わたしが聞いたのは、おまえが最後に市民ルバショウと会ったのはどこかということだ。」

「失敗したな」とルバショウは思った。「おまえは、答えが間違っていたことを強調してはならなかった。それなら、おれはまったく気づかなかったのに。」ルバショウには、この瞬間自分の意識が完全と言っていいほどはっきりし、非常に明晰で熱を帯びた覚醒状態にあるように思えた。何かいい比喩はないかと探し、「こいつは自動オルガンだ[78]」と心の中で言った。「先ほどは、たんに間違った曲用のローラーを置いてしまっただけだ。」兎唇の次の答えは、前よりさらに美しく天使の声のように響いた。

「わたしは市民ルバショウにB国の通商代表部の祝賀パーティのあとで会いました。そこでわたしは、テロ行為をするよう教唆されました。」

そう話すうちに、それまでせわしなく動いていた視線は、ルバショウの上で止まり、突然そこで釘付けになった。ルバショウは鼻眼鏡を掛け、強い好奇心から兎唇の目を見返した。しかし、その若い男の目の中には、謝罪の求めはなく、むしろ身内の者に対する信頼となすすべなく苦しめられた者の無言の非難が読み取れた。動揺して最初に目をそらしたのは、ルバショウの方だった。

背後でグレトキンの声が、ふたたび自信に満ちて非の打ちどころなく響いた。

「おまえは会合の日付を思い出すことができるか?」

「わたしははっきりと思い出すことができます」と兎唇は不自然なほど美しく響く声で言った。「あれは革命二十周年の祝賀パーティのあとでした。」

兎唇の視線は今なお、ほとんどあからさまに、ルバショウの目に留まり続けた。ルバショウの中で少しずつ記憶がよみがえってきた。はじめはぼんやりとだったが、その後ますますはっきりしてきた。今やついに、兎唇が誰だったか思い出した。しかし、その発見は驚愕ではなく、痛みを伴う不審の念をもたらしただけだった。ルバショウはグレトキンの方に顔を向け、まばたきする目で電灯の光を見ながら言った。

「日付は合っている。ミヒャエルの息子だとは、最初はわからなかった。一度しか会ったことがなかったからだ。きみたちの手にかかる前のことだ。きみたちはこの結果に満足だろうな。」

「それじゃあおまえは、この男を知っており、前述の日の前述の場所でこの男に会ったことを白状するのだな。」

「わたしはもう、そう言っただろう」とルバショウは、力なく答えた。先ほど突然感じた過度の覚醒感は消えていた。ルバショウはふたたび眠くなり、脈打つような鈍い頭痛がまた新たに始まった。「もし、これはあの不幸なミヒャエルの息子だとすぐに言ってくれていたら、もっと早く誰かわかっていたはずだ。」

「起訴状の中ではこの男の氏名は省略なしに挙げられていた」とグレトキンは答えた。

「わたしはミヒャエル教授を世間一般の人と同じく、ペンネームでしか知らなかった。」

「細かいことはどうでもいい」とグレトキンは言うと、ふたたび、上半身全体を兎唇の方に向けて屈めた。まるで二人の間の距離を超え、自分の体重で兎唇を押しつぶそうとするようだった。「報告を続けろ。どんなふうにして出会ったか話せ。」

「また失敗したな」とルバショウは、眠くはあったが考え続けた。「細かいことはどうでもよくなんか、ぜんぜんない。もしおれが、この人間を本当にあの馬鹿げたテロ行為に唆したのなら、名前があろうがなかろうが、最初のほのめかしで、こいつのことを思い出していたはずだ。」しかし、ルバショウはこんな長い解説をするには、疲れすぎていた。そのうえ、説明するには、顔をふたたび電灯の方に向けなければならなかった。このままなら、グレトキンに背を向けていられた。

　自分の身元や父親をめぐってやりとりが交わされていた間、兎唇はうなだれ、上唇を震わせながら白い光の中に立っていた。ルバショウは昔の友人であり同志でもあった偉大なる革命史家ミヒャエルのことを思った。全員がひげを生やし、頭のところに小さな丸数字が光輪のように書いてあったあの会議用テーブルの有名な集合写真では、ミヒャエルは、ナンバー・ツーとして旧指導者のすぐ左に座っていた。ミヒャエルは旧指導者の国家哲学や歴史哲学問題における協力者であり、ついでにチェスの相手であり、おそらくはたったひとりの個人的な友人であった。この「親父」の死後、ほかの同時代の誰よりも当人と親しいと知られていたミヒャエルは、その伝記を書くよう正式な依頼を受けた。ミヒャエルは十年間それに従事したが、その伝記はけっして出版されることはなかった。革命時の諸事件の公的な記述は、この十年の間に奇妙な変化を経験した。主要人物たちがその際に演じた役割はあとから書き換えられ、すべての評価は見直されねばならなかった。しかし、老ミヒャエルは頑固で、ナンバー・ワンの下での新しい時代に内在する歴史の弁証法を何一つ理解しなかった。

「父とわたしは」と兎唇の不自然なほどの美声が響いた。「わたしも父に同行した欧州歴史研究者会議からの帰りにＢ国経由の寄り道をしました。父は、友人だった市民ルバショウを訪ねたかったからです。」

　ルバショウは好奇心と哀愁のまざりあった奇妙な感情を抱きながら耳を傾けた。これまでのところ、話は合っていた。老ミヒャエルは、ルバショウに心の丈を打ち明け、そして少しは助言も得るためにやってきた。かれらが一緒に過ごした晩は、おそらく老ミヒャエルの人生における最後の喜ばしい出来事だった。

「わたしたちは一日しか滞在できませんでした」と兎唇は、今なおルバショウの顔をじっと見つめながら続けた。そうすることで力と励ましを得ようとしているかのようだった。「それはちょうど革命祝賀記念日でした。だから日付を正確に覚えているのです。夕方までは、市民ルバショウはレセプションなどでとても忙しく、父とはほんのわずかしか会えませんでした。しかし、公使館での祝賀パーティが終わった晩に、父を部屋で待っていました。そして父は、わたしが一緒に行くことを許してくれました。市民ルバショウは少し疲れていて、ナイトガウン姿でしたが、わたしたちを心から歓迎してくれました。机の上にはケーキとワインとコニャックが用意されていて、抱き合って挨拶したあと、市民ルバショウは、父に『最後に残ったモヒカン族の別れの宴《うたげ》だ』という歓迎の言葉を述べました。」

ルバショウの背後でグレトキンのがなり声が聞こえた。「アルコールの助けを借りておまえを酔わせ、自分の目的を実現するため、よりいっそう従順にさせようとしたルバショウの意図に、すぐに気づいたか？」

ルバショウには、兎唇のぼろ切れのような顔の上を微笑みが一瞬走ったような気がした。その瞬間にはじめて、あの晩のミヒャエルの息子とのかすかな類似点を見いだした。しかし、その表情はすぐに消え、兎唇はまばたきし、割れた唇の上を舌でなめながら続けた。

「ルバショウは、わたしにはすぐに少しうさんくさく思えました。しかし、わたしは、それらの関連をまだ見抜いていませんでした。」

「哀れなやつ」とルバショウは思った。「こいつらに何をされたんだ……」

「続けろ」というグレトキンの声が響いた。

中断後、ふたたび意識を集中するのに兎唇は数秒かかった。その間、痩せた速記係の女が鉛筆を削る音が聞こえた。

「ルバショウと父は、最初はかなり長い間、思い出を語り合っていました。お互いに長いこと会っていなかったのです。かれらは、革命前の時代について、わたしには聞いたことしかない昔の世代の人たちについて、そして内戦中の出来事について話していました。しばしば、わたしがついて行けないようなあてこすりを使って語り、わたしが理解できないような思い出のことで笑っていました。」

「その際、酒もかなり入っていたのか？」とグレトキンは尋ねた。

兎唇は途方に暮れて、まばたきしながら電灯の方を見た。ルバショウは、このときになってはじめて、兎唇はしゃべる際、小刻みに体を揺するのに気づいた。まるで、苦労してやっと立っているようだった。

「かなりたくさんだったと思います」と兎唇は続けた。「わたしは、ここ数年あれほど機嫌の良い父を見たことがありませんでした。」

「それは」とグレトキンの声が響いた。「おまえの父親の反革命的な活動が暴かれる三か月前だな。そのさらに三か月後には、そのせいでおまえの父親は処刑された。」

兎唇は唇をなめ、ぼんやりと光の方を向いたまま何も言わなかった。ルバショウは突然、衝動に駆られたようにグレトキンの方を見たが、光に目がくらんで目を閉じ、ふたたびゆっくりと視線を背け、いつもの身振りで鼻眼鏡を袖口で拭いた。秘書の女の鉛筆は紙の上でカリカリ音を立て、そして静かになった。

その後またグレトキンの声が聞こえた。

「おまえは当時すでに、父親の反革命的な活動について知らされていたのか？」

兎唇は唇を舌でなめ、「はい、知らされていました」と答えた。

「そしておまえは、ルバショウがおまえの父親と同じ見解を持っていることを知っていたな？」

「はい、知っていました。」

「その会話の決定的な局面について報告しろ。些末的なことはすべて省け。」

兎唇は今や両手を背に回して重ね、両肩で壁にもたれかかった。

「少し経つと、父とルバショウは現在の話に移っていきました。二人は、党の現状と指導部の方法についてけなすような言い回しを使って話していました。ルバショウと父は、党の指導者をお互いの間でたんに『ナンバー・ワン』と呼んでいました。ルバショウは、ナンバー・ワンが党の上にどんと鎮座して以来、その下ではもはや息ができないと言っていました。ルバショウが国外での勤務を好んだ理由もそれだとのことでした。」

グレトキンは、ルバショウの方を見て言った。

「これは、おまえが最初の声明で党指導者とその政策に対する忠誠を誓った直前のことだな?」

ルバショウは、半ば光の方を向き、「おそらくその通りだろう」と力なく言った。

「このような声明を出すというルバショウの意図については会話の中で触れられたのか?」とグレトキンは兎唇に質問した。

「はい、触れられました。父は、そのことでルバショウを咎め、失望したと言いました。ルバショウは笑って、父のことを年老いたピエロとかドン・キホーテと呼びました。ルバショウは、今重要なのは我慢して時を待つことだと言いました。」

「時を待つというこの表現で、何を言おうとしたのだ?」

ふたたびミヒャエルの息子の視線は途方に暮れ、ほとんど情愛がこもったような表情を浮かべて、ルバショウの顔を探した。ミヒャエルの息子がすぐに壁から離れてこちらに来て、自分の額にキスをしようとする[79]のではないかという馬鹿げたイメージが浮かんだ。兎唇のよく響く声が答えるのを聞きながら、ルバショウは、自分が抱いたイメージに苦笑せざるを得なかった。

「党指導者がその職務から退《しりぞ》けられる瞬間です。」

ルバショウの笑いを見逃さなかったグレトキンは素っ気なく言った。

「この思い出をおまえは面白がっているようだな。」

「おそらくは」とルバショウは言い、ふたたび目を閉じた。

グレトキンは、糊がきいてカサカサ鳴るシャツの袖口を直すと、尋問を続けた。

「それではルバショウは、党指導者がその職務から退けられるはずの瞬間について語ったのだな。どのような方法でそれを実現するつもりだったのだ?」

「父は、ある日我慢の限界が来て、党がかれを解任するか自ら退任するよう強いるだろう、だから反対派はこの理念を宣伝し続けねばならないと言っていました。」

「ルバショウの方は何と言ったか?」

「ルバショウは父のことを笑って、ピエロだとかドン・キホーテだとかと、また言いました。その後、ナンバー・ワンはけっして偶然的に現れたものではなく、ある人間的な現象を、すなわち自分自身と自分自身の信念のみがつねに絶対であるという無条件の信念を体現したものだと、そしてその信念から、絶対的で良心の呵責をまったく感じないでいられる道徳的な力が汲み出されるのだと言いました。ナンバー・ワンは、それゆえけっして自発的に権力を手放すことはなく、ただ暴力的な仕方でのみ排除され得るとのことでした。党には、当面何の期待もできない、というのもナンバー・ワンはすべてを取り仕切っており、生きるも死ぬも一緒だと心得ている党官僚を自らの共犯者にしているからだ、と言っていました。」

眠くてたまらなかったが、ルバショウは、この若者が自分の言葉をこれほど正確に覚えていることに、奇異の念を感じた。ルバショウ自身は、もはや会話の詳しいやりとりは覚えていなかった。しかし、すべてが正しいことに疑いはなかった。ミヒャエルの息子にますます興味を覚え、鼻眼鏡越しにじっと観察した。

グレトキンのがなり声がふたたび聞こえた。

「ルバショウは、それにより、いわゆるナンバー・ワンに対する、すなわち党指導者に対する暴力使用の不可避性を明確に強調し、理由付けたのだな？」

兎唇は無言のままうなずいた。

「そしてルバショウの議論は、アルコール飲料を大量に飲んでいたこともあって、おまえに強い印象を与えたのだな。」

ミヒャエルの息子は、すぐには返事をしなかった。その後、先ほどよりはいくらか小声で言った。

「わたしはほとんど飲みませんでした。しかし、ルバショウが言ったことはすべてわたしに深い印象を与えました。」

ルバショウは頭を垂れた。ある疑惑が心に浮かんだ。それはほかのすべてを忘れてしまうほど直接的で、ほとんど肉体的な苦痛をもたらした。果たして本当に、この不幸な若者はこのルバショウの考えからその結論を導き出したのだろうか？　ここにスポットライトを浴びて眼前に立っているのは、本当に自分の論理の血肉化した結果なのだろうか？

グレトキンはルバショウに最後まで考える暇を与えず、がなり声で言った。

「そしてこの理論的な下準備に続いて、直接的な行為の教唆があったのだな？」

兎唇は、沈黙し目をぱちくりさせた。

グレトキンは数秒の間、返答を待った。ルバショウもまた、我知らず顔を上げた。何秒間か過ぎた。その間、ただ電灯のブーンという音だけが聞こえた。そして、ふたたび、いつもよりいっそう几帳面で感情のないグレトキンの声が響いた。

「思い出せるよう手助けしてもらいたいかね？」

グレトキンは、この言葉を意識してさりげなく言ったが、兎唇は、むちで打たれたかのようにビクッと身をすくませた。兎唇は唇をなめた。その目には限りのない動物的な恐怖のゆらめきが現れた。その後、またもやパイプオルガンのようなきれいな声が響いた。

「教唆はその晩ではありません。次の日の朝、市民ルバショウとわたしの二人きりでの会話のときでした。」

ルバショウは苦笑した。その会話と称するものを翌日に延ばしたのは、明らかにグレトキンの演出上の技巧だった。老ミヒャエルがその場にいながら、息子の方が毒殺指令を受けるというのはネアンデルタール人の心理にとってもさすがに信憑性がなさすぎだ。ルバショウは、たった今自分が感じた衝撃を忘れ、グレトキンの方を向き、まばたきしながら電灯の方を見て尋ねた。

「訴訟規則によれば、証人尋問の場では、わたしには反対尋問をする権利があるね？」

「おまえにはその権利がある」とグレトキンは言った。

ルバショウはミヒャエルの息子の方を向き、鼻眼鏡でその若者をじっと見ながら言った。「わたしが思い出す限りでは、きみは当時、きみとお父上がわたしの元を訪れたとき、ちょうど大学での勉強を終えたばかりだったね。」

ルバショウにはじめて直接話しかけられたこのとき、若者は、先ほどの何かを期待し懇願するような表情をふたたび浮かべ、黙ってうなずいた。

「それでは合ってるんだね」とルバショウは言った。「さらにわたしが思い出す限りでは、きみには歴史研究所の自分の下で働いてもらいたいという意図が当時お父上にはあったね。きみはそうしたのかね?」

「はい」と兎唇は言い、少し躊躇したあと、「父が逮捕されるまでは」と付け加えた。

「なるほど」とルバショウは言った。「あの事件はきみが引き続き研究所に残ることを不可能にし、きみは生計の道を探さなければならなかった。」ルバショウは、ここで中断すると、グレトキンの方を向いてゆっくりと言った。

「この点からも明確にわかるが、ミヒャエルの息子と出合った時点では、かれもわたしもかれの将来の職業を予見することはできず、毒殺の指令を下すことは論理的に不可能だ。」

秘書係の女の鉛筆は紙の上で突然止まった。そちらの方を見たわけではないが、ルバショウにも、女が記録をやめ、問いかけるような目で、そのトガリネズミのような顔をグレトキンに向けたことがわかった。兎唇もまたグレトキンの方を見た。兎唇は唇をなめたが、その目には安堵ではなく、ただ困惑と恐怖があった。ルバショウのつかの間の勝利感は消えた。奇妙なことに、出すぎたことをして厳かな儀式の進行を乱すという無作法な振る舞いをしてしまったという感覚を抱いた。実際、その直後に、グレトキンの声は、いつもよりさらに冷静で几帳面に響いた。

「おまえの質問は終わったのか?」

「はい、今のところは」とルバショウは答えた。

「誰もおまえの暗殺指令が、毒物の使用に限られていたとは主張していない」とグレトキンは落ち着き払って言った。「おまえは暗殺テロを指令した。その方法の選択は、おまえの手先に任せた。そういうことだな？」

「はいそうです」と兎唇は答えた。その声にはある種の安堵感が漂っていた。

ルバショウは、起訴状では明確に毒殺を教唆したと書かれていたことを思い出したが、今や、すべての問題がどうでもいいように思えた。ミヒャエルの息子がこの馬鹿げた暗殺行為を実際に行ったのか、ただ似たようなことを計画しただけなのかという疑問や、この自白がまるごと全部教え込まれたのか、あるいは部分的にかという疑問も、たんに法律上の興味を引くだけで、ルバショウの罪を何一つ変えるものではなかった。決定的なことは、この不運な若者はルバショウの論理の具体的な帰結に過ぎないということだった。役割を取り違えていた。明確な事実内容を屁理屈をこねて混乱させようとしていたのは、グレトキンではなく、このルバショウの方だった。これまではグロテスクで言語道断に思えた告発は、確かに粗雑でぎこちないやり方ではあったが、論理の連鎖の中で欠けていた中間部分を補っていたに過ぎなかった。

だが、にもかかわらず、ある決定的な一点においてルバショウは、自分が不当な仕打ちを受けているように感じられた。しかし、今からさらにそれを論じるには、疲れすぎていた。

「ほかには質問はないのか？」とグレトキンは尋ねた。

ルバショウは首を振った。

「おまえはもう行っていい」とグレトキンは兎唇に言った。グレトキンがボタンを押すと、軍服の刑務官が入ってきて、ミヒャエルの息子に金属製の手錠をかけた。兎唇は連れ出される前にドアのところで、中庭での散歩の最後にいつもそうしていたように、もう一度ルバショウの方を見た。ルバショウは、兎唇の視線をのしかかる重りのように感じ、鼻眼鏡をはずし、それを袖口で拭きながら顔を背けた。顔面の脈打つような痛みがふたたび強くなった。

連れ去られていく兎唇がほとんどうらやましかった。やつは今から眠らせてもらえる。

几帳面で情け容赦のない若々しさを持ったグレトキンのがなり声が、耳元で響いた。

「ミヒャエルの息子の自白が、本質的な点において事実と一致していることを、おまえは今認めるのだな?」

ルバショウはふたたび電灯の方を向かねばならなかった。耳鳴りがした。電灯の光は、まぶたの薄い膜を通して熱く赤く燃え上がった。それでも、ルバショウは「本質的な点において」という言い回しを聞き逃さなかった。これによって、グレトキンは、起訴状における破綻を繕い、「毒殺の教唆」を「殺害の教唆」へ訂正する機会を得たのだ。

「本質的な点においては認める」とルバショウは言った。

グレトキンのシャツの袖口がカサカサ鳴った。速記係の女すらもが椅子の上で、思わず体を少し動かした。それにより、ルバショウは、今自分がはじめて、おのれの罪の告白を確定する決定的な発言をしたのだと気づいた。おれにとって何が決定的であり、何が重要か、おれの基準では何を真実と呼んでいるかについては、このネアンデルタール人たちには何もわかりっこない。

「この光は、邪魔かね?」とグレトキンは突然尋ねた。

ルバショウは苦笑した。こいつは現金払いしてくれる。これがネアンデルタール人の心理なんだ。それでもルバショウは、電灯のギラギラする光が一段階柔らかくなったとき、心地よい安堵感と感謝に似た気持ちを感じた。

今やルバショウは、少し目を細めれば、グレトキンの顔すらも見ることができた。グレトキンのそり上げた頭の赤くて幅の広い傷痕もまた見えた。

「……わたしが本質的だと思っている一点を除けばだがね」とルバショウは言った。

「すなわち何だ?」とグレトキンはふたたびこわばった冷たい声に戻って聞き返した。

「こいつは、今、もちろん、実際には存在しなかったあの若者との二人きりの会話の話をおれが持ち出すと思っているだろう」とルバショウは考えた。

「こいつにとっては、iの上に点を打つこの最後の仕上げが重要なんだ。たとえその点が染みのように見えたとしてもだ。だが、こいつの立場からしたらそれが正しいのだろう。」

「わたしにとって重要な本質的な点とは次のことだ」とルバショウは大きな声で言った。「わたしは、おそらく、わたしの当時の信念から暴力行使の不可避性について語った。だが、わたしが暴力行使について語ったとき、意図していたのは、個人的な暗殺ではなく政治的な行動だった。」

「それでは、むしろ内戦ということか?」とグレトキンは聞いた。

「いや、大衆行動だ」とルバショウは答えた。

「それは、おまえ自身もわかっているように、必然的に内戦に至るにちがいない。それが、おまえがそれほど重きを置く違いなのか?」

ルバショウは何も答えなかった。これは実のところ、先ほどまであれほど重要に思えた点だった。しかし、今はもう、この点もどうでもよくなっていた。実際、もし党の官僚制とその巨大な機構に対する断固とした反対派が、けっきょくのところ、内戦を通してしか勝利し得ないならば、その選択肢は、ナンバー・ワンの簡易軽食に毒を潜り込ませるのに比べてどれほどましだというのか? ナンバー・ワンを消せば、おそらくは、この体制の崩壊を流血の惨事なしにすばやくもたらすことができたのではないか?

政治的暗殺は、大衆行動としての政治的殺害に比べてどのような点で名誉に欠けるのだろうか？　あの若者は、確かにおれの意図を間違えて理解したが、その誤解において、おそらくおれ自身がそうであったよりずっと首尾一貫していたのではないのか？

独裁制に対して反対行動を取る者は、内戦をその手段として受け入れねばならず、内戦に尻込みする者は、反対行動を放棄し、独裁制を受け入れねばならないのだ。

ほとんど一世代前にいわゆる〝穏健派〟との論争においてルバショウはこの明確な原則を記したが、それがルバショウ自身に対する判決を意味していた。ルバショウは頭を垂れ、沈黙した。グレトキンとこれ以上議論を続けることは自分にはできないと感じた。完敗したという意識が、ルバショウをほとんどある種の安堵感と言えるもので満たした。戦いを続ける義務感や責任感の重圧は取り去られた。先ほどの眠気がふたたび戻ってきた。頭の中のズキズキする痛みは遠くから聞こえるこだまのようにかすかに感じられるだけだった。数秒の間、机の向こうでこちらを向いて座っているのは、グレトキンではなくナンバー・ワンであるような気がした。そのナンバー・ワンは、最後の会話の別れ際、ルバショウに手を差し出したときに見せたあの訳知り顔の皮肉な目つきをしていた。その後、ルバショウには、サン＝ジュストやロベスピエールやかれらの十六人のギロチンにかけられた同志たちが埋葬されているエランシ墓地の門で読んだ碑銘が思い浮かんだ。そこにはたった一言、Dormir──「眠れ」と書かれていた。

この場面以降、ルバショウの記憶は、あとから思い出そうとしてもふたたび曖昧となった。尋問の最中にまたもや数分か数秒の間眠ってしまったにちがいない。しかし今回は、夢を見たという記憶はなかった。おそらく自白書への署名のため、グレトキンに起こされたのだろう。グレトキンは、そのために自分の万年筆を差し出したが、それは、グレトキンのポケットで温まっていて、ルバショウには不快だった。秘書係の女はもはや記録を取っておらず、部屋の中はまったく静かだった。電灯のブーンという音もやんでおり、電灯は通常の少しほの暗い光を放っていた。そう見えたのは、夜が明けかけていて、外の光が窓から入ってきていたからだった。ルバショウは署名した。その理由は忘れてしまっていたが、先ほどからの安堵感と責任の重圧からの解放感はまだ続いていた。その後、ルバショウは、寝ぼけ眼で、ミヒャエルの息子に党指導者の殺害を教唆したという自白の書かれた調書を読んだ。少しの間、これはグロテスクな誤解だと感じられ、自分の署名を線で消し調書を破り捨てたいという衝動を覚えた。その後、すべてを思い出した。ルバショウは鼻眼鏡を袖口で拭き、机越しに調書をグレトキンに差し出した。

次に覚えているのは、ずいぶん前に自分をグレトキンの部屋に連れて来た軍服の大男に付き添われて、ふたたび廊下を歩いたことである。まどろみの中で、理髪室や地下へ降りる階段のそばを通り過ぎた。来るときに感じた不安がぼんやりと思い浮かんだ。ルバショウは、自分の反応に少し驚き、ひとり曖昧に笑った。その後、独房の扉が背後で閉まるのを聞き、体中に深い幸福感を感じながら、そのままドシンと寝台の上に倒れ込んだ。窓ガラスに映る灰色の夜明けの光と新聞紙を貼った窓枠のいつものようすに目をやったかと思うと、その瞬間に寝入ってしまった。

独房の扉がふたたび開いたとき、夜はまだ完全に明け切ってはいなかった。おそらくルバショウは、一時間も眠っていなかったろう。最初は朝食が運ばれてきたと思ったが、老看守の代わりに外に立っていたのは、またもや先ほどの大男だった。それでルバショウには、グレトキンのところに戻らねばならず取り調べはさらに続くとわかった。洗面台で冷たい水を少し、額と首筋にこすりつけ、鼻眼鏡を掛けて、また新たに行進を始めた。廊下を通り、理髪室や地下へ降りる階段を過ぎた。自分では気づかないものの、少しょろめくような足取りだった。

4

これ以降、ルバショウの記憶のもやは、ますます厚くなった。あとになって思い出すことができたのは、グレトキンとの対話のいくつかの断片に過ぎなかった。その対話は、眠るというよりはたんに意識を失って過ごした一、二時間の短い中断を何回かはさみ、昼夜にわたり何日も続いた。あとになってみても、それが正確に幾昼夜だったかすらわからなかった。おそらく一週間以上だったにちがいない。ルバショウは以前から、被告を肉体的に消耗させるこの方法について聞いたことはあった。その場合、二、三人の予審判事が交代制で継続的に尋問するのが普通だった。しかし、グレトキンの方法で決定的なのは、グレトキンがけっして交代せず、ルバショウとまったく同じくらい肉体的な無理をしていたことだった。それにより、ルバショウからは、虐待を非難する情熱や犠牲者の道徳的優越性という、この後退戦の中で最後に残っていた拠点すら奪われた。

四十八時間後には、すでにルバショウは昼夜の感覚を失った。一、二時間の睡眠の後、軍服を着た大男に揺り起こされたときも、窓の灰色の光が表しているのが、夕暮れなのか夜明けなのか判断できなかった。理髪室や地下へ降りる階段や鉄格子扉のある廊下は、黄色味を帯びたほの暗い電球の光によっていつも同じように照らされていた。尋問中に窓が少しずつではあるがだんだん明るくなり、ついにはグレトキンがフロアライトを消せば朝だった。もしだんだん暗くなり、グレトキンが明かりを点ければ夜だった。

尋問中にルバショウが空腹を覚えると、グレトキンは、紅茶と何かを載せたパンを持って来させた。だが、ルバショウが食欲を感じることはめったになかった。何度か発作的に猛烈な食欲を感じたが、パンを前にすると、そのたびに吐き気に襲われた。グレトキンは、ルバショウの前ではけっして食事を取らなかった。そのためルバショウは、どういうわけか、食事を要求することを屈辱的だと感じた。ルバショウに身体的欲求を想起させることすべてが、グレトキンの前では辱めとなった。グレトキンは疲労の痕跡すらけっして見せず、あくびもせず煙草も吸わず飲み食いもしていないように見え、背筋を伸ばしたいつもの姿勢で、袖口がカサカサいう糊のきいた軍服を着てルバショウの向かいに座っていた。ルバショウにとって最も屈辱的だったのは、トイレに行くための許しを得なければならないときだった。グレトキンは、当直中の刑務官、たいていは、あの大男に連れて行かせ、大男はトイレのドアの前でルバショウを待った。ルバショウは、一度、ドアの向こうで眠り込んだことがあった。それ以来、ドアはいつも半開きのままにされた。

尋問中のルバショウの精神状態は、無関心無感動と、まるでガラスのように透明な不自然なほどの感覚過敏とを交互に繰り返した。意識を失ったのは一回しかなかった。失いかけたことは何度かあったが、ある奇妙な羞恥心が、毎回最後の瞬間にルバショウをぐいと引き戻した。するとルバショウは、煙草に火を点け、まばたきし、そして尋問は続いた。

その間にときどき、自分がこれに耐えていられることを自身でもいぶかしく思った。だが、ルバショウは、素人の意見は肉体的な抵抗力の範囲をあまりに狭く見積もり、その驚くべき弾力性について理解していないことを知っていた。十五日から二十日間も眠るのを許されず、それでも耐え抜いた囚人が何人かいたと聞いたことがあった。

グレトキンによる最初の尋問で自白書に署名したとき、ルバショウはこれですべて終わったという幻想を抱いた。しかし、二回目の尋問の際に、実はやっと始まったばかりだということが明らかになった。起訴状には七つの項目があり、ルバショウはまだその一つを認めたに過ぎなかった。敗北感をその限界まで味わい尽くしたと思っていたが、今や、権力と同じく無力にもはしごのような段があって、敗北も勝利と同様に底がなく、下をのぞくとめまいがするほどの深さになり得ることを知った。グレトキンに強いられ、ルバショウはそのはしごを、一段また一段と降りて行った。

もちろん、もっと簡単な手もあった。全部まとめて署名するか、あるいは全部まとめて否認すればよく、そうすれば休むことができた。しかし、遠回りを要求する義務感が、こうした誘惑に負けるのを阻んだ。ルバショウの人生は、ある一つの絶対的な理念によって支配されすぎてきたため、ルバショウには誘惑の概念も理論的にしか理解できなかった。今やその誘惑は、理髪室や地下へ降りる階段の横をよろめきながら歩く道筋で、あるいはグレトキンのフロアライトの白い光の中で、昼夜どちらとも判別できぬまま過ごす日々を通じ、つねにルバショウとともにあった。その誘惑は、歴史における偉大なる敗北者たちの墓地に書かれていたものと同じたった一つの言葉からなっていた。「眠れ。」

この誘惑に抵抗するのはむずかしかった。というのも、静かで平和的な誘惑だったからだ。安っぽい化粧も、蠱惑《こわく》的な声も、官能的な肉体もなかった。それは押し黙り、議論しようとはしなかった。議論しようとしたのはつねにグレトキンの側だった。その誘惑は、ただ、床屋の紙に書いてあった言葉のみを繰り返した。「誰もが罪を認め、自分を貶めた、だがおまえは黙って死ね。」透明な感覚過敏と入れ替わる形で現れる無関心無感動の瞬間に、それは、ときどき内部からルバショウの唇を動かした。だが、グレトキンには、それが形作る言葉は聞こえなかった。グレトキンは咳払いし、シャツの袖口を直した。他方、ルバショウは、鼻眼鏡を袖口で拭き、困惑し寝ぼけ眼ながらもひとりうなずいた。というのも、その誘惑が何かやっとわかったからだ。この部屋には最も縁がなく、またもう忘れたつもりでいたあの沈黙の相手、「文法的虚構」だとふたたび気づいたのだ。

「それではおまえは」とグレトキンの声が響いた。「反対派の名において外国勢力の代弁者たちと交渉を保ち、かれらの助けで現体制を転覆させようとしたことを否定するのだな？　おまえが、おまえの計画に対する直接的あるいは間接的な支持と引き換えに、領土交渉での譲歩、すなわち我が国の広範な地域の割譲に応じる気でいたことを否定するのだな？」

「そうだ」とルバショウは否定して言った。するとグレトキンはその国の外交官との会談の日付と場所を繰り返した。そのとき、ルバショウは、起訴状の読み上げの際に自分の記憶に浮かんだ、短くて意味のないシーンをふたたび思い出し、グレトキンの方を、寝ぼけ眼で困惑しながら見た、そしてグレトキンにそれを説明しようとしても無駄だということを悟った。そのシーンとは、B国の公使館での外交上の朝食会のあとのことだった。ルバショウは、でっぷりとしたフォンZ氏の隣に座っていた。フォンZ氏は、その数か月前にルバショウがそこで歯をへし折られた例の国の大使館の二等参事官であった。かれらは、ルバショウ家のかつての大農園とフォンZ家の領地において繁殖していたヨーロッパでは希少種のある特別なモルモットの飼育についての会話で盛り上がった。ルバショウとフォンZ氏の父親たちは、そのうえ、お互いの品種を交換し合っていた可能性さえもかなりあった。

「さて御父君のモルモットはけっきょくどうなりましたかな？」とフォンZ氏は尋ねた。「革命のさなかに、つぶしてみな食べてしまいました」とルバショウは答えた。「うちのモルモットからは今は代用油脂を作っていますよ」とフォンZ氏は憂鬱そうに言い、故国における新体制に対する侮蔑感を隠そうとしなかった。フォンZ氏がそれまでに首にならなかったのはおそらくまったくの偶然だった。

「あなたとわたし、わたしたちは似たような状況ですね」とフォンZ氏は愉快そうに言い、ルバショウの健康を祝して自分のリキュールグラスを空けた。「すなわち絶滅寸前だ。モルモットの飼育は終わり、今や平民の時代がやってきた。」「ですが、わたしは、その平民の側につくことを公言していますからね」とルバショウは笑いながら答えた。「そういう意味で言ったのではありませんよ」とフォンZ氏は言った。「けっきょくのところ、わたしもあの黒いチョビひげ小男の政策には同意しています。ただ、あんなに金切り声でわめき立てさえしなければいいんですがね。[80] 十字架にかけられるのは、自分が信じた信仰によってと相場が決まってるんです。」かれらは、その後も少しの間座っていたが、ブラックコーヒーのあと、別れ際にフォンZ氏は、「ルバショウさん、もし万一あなたがたがお国でもう一回革命をやり、そちらの金切り声の大将を罷免することになったとしたら、そのときにはモルモットにもう少し注意を払ってやってください」と言った。「その見込みはほとんどありません」とルバショウは答え、さらに付け加えた。「そちらでは、どうやらそうした可能性を当てにしているようですね?」「もちろんですよ」とフォンZ氏はそれまでと変わらぬくつろいだ調子で答えた。「最近の裁判[81]であれこれ聞かされたことによれば、お国ではとんでもないことがいろいろ起こっているようですからね。」「それでは、おそらくそちらでは」とルバショウは尋ねた。「このまったくもってありそうにない事態が仮に起こったとしたらどうするかということも、考えていらっしゃるのでしょうね?」フォンZ氏は、あたかも、長い間この質問を待ち受けていたかのように、思いがけず明快に答えた。

「傍観します。ただし、それには少しばかり対価が伴います。」

かれらは、半ば片付けられたテーブルの横でブラックコーヒーのカップを手に立っていた。「そちらでは、すでにその対価とやらについても合意があるのですかな？」とルバショウは尋ねたが、その冗談めかした口調が少しわざとらしく響くのを自分でも感じた。「もちろんですよ」とフォンZ氏は答え、少数民族が住んでいるある穀倉地帯[82]の名を挙げた。その後かれらは別れた。

それ以降何年も、ルバショウは、このシーンについて考えたことはなかった。少なくとも意識して思い出したことはなかった。リキュールとブラックコーヒーを飲みながらのたわいもないおしゃべりだった。どうやったら、あれにはまったく意味がなかったとグレトキンを納得させることができるだろうか？ルバショウは、いつもと同じく石のように無表情のまま正面に座っているグレトキンの方を、眠そうな目でまばたきしながら見やった。いや、今からモルモットの話を始めようなんて無理だ。このグレトキンは、モルモットのことなど何一つ理解しないだろう。こいつは、フォンZ氏のような階層の人間[83]とブラックコーヒーを飲んだことなど一度もない。グレトキンが、ときどき抑揚を間違え、つかえながら調書を読み上げていたようすが思い浮かんだ。グレトキンはプロレタリア階級の出身で、大人になってからはじめて読み書きを習った。モルモットの話題から始まる会話の成り行きなど誰にもわからないと言っても、こいつにはけっして理解できないだろう。

「それでは、おまえは、この会話がなされたことを認めるんだな」とグレトキンは確認した。

「あれは、まったくたわいもない会話だった」とルバショウは力なく答えた。しかし、グレトキンによって、ふたたびあのはしごのもう一段下へと自分が追いやられたことをすでに悟った。

「ミヒャエルの息子に対して行った、わが指導者の暴力的排除の必要性に関するおまえの純理論的な説明と同様にたわいもないということか？」とグレトキンは言った。

ルバショウは鼻眼鏡を袖口で拭いた。あの会話は本当に、ルバショウ自身がそう思い込もうとしたほど、たわいもないものだったのだろうか？　確かに何の「交渉」も取り決めもしなかった。それにあの愉快なフォンZ氏にはこの件に関するどのような公的権限もなかった。これらはすべて、せいぜい、外交官用語で「探り合い」と呼ばれるものに過ぎなかった。しかし、この探り合いは、まったくもって、当時のルバショウの論理的思考の延長線上にあった。しかもそれは、党のある特定の伝統とも合致していた。旧指導者は、革命の直前、亡命先から帰国し革命を勝利に導くことができるよう、あの国の参謀本部の協力を要請した[84]のではなかったか？　のちに最初の平和条約において、傍観してもらう代償としてあの国に領土を割譲した[85]のではなかったか？　ある機知に富んだルバショウの友人は、「親父は時間を稼ぐため空間を犠牲にするんだ」とコメントした。忘れてしまっていたこの「たわいもない」会話は、突然、あの論理の連鎖の中にぴったりと当てはまり、ルバショウには、グレトキンの見方以外の方法で解釈するのはむずかしくなった。つかえながら不器用に調書を読み上げるグレトキンは、その頭の働きも同じく不器用で、それゆえあまりに単純でわかりやすい結論に至る。おそらくは、モルモットについて何も理解しないからこそ、そうなのだ。だが、グレトキンはこの会話をどこから知ったのだろうか？　あれを盗聴していたのか？　あの状況からしてその可能性はかなり低い。あるいは、あのでっぷりしたフォンZ氏がスパイとして働いたのか？　どんな複雑な動機があったかは誰にもわからない。こうしたことはよくあった。おれは罠にかけられたのだ。グレトキンとナンバー・ワンの幼稚な思考原理によって作られた罠だった。それに、この賢いはずのルバショウがまんまと引っかかったのだ。

「もしあなたがたが、フォンZ氏との会話についてこれほど正確に情報を得ていたのなら」とルバショウは言った。「その後何も起こらなかったということもご存知のはずですね。」

「確かに」とグレトキンは言った。「われわれがおまえを手遅れにならないうちに逮捕し、国中から反対派を一掃したという事実のおかげでな。もしわれわれがそれを怠っていたとしたら、この反逆の企ては現実になっていただろう。」

これに対してどう答えられるだろうか？「どちらにせよ深刻な結果にはならなかった。ただしその理由は、このおれが、おまえだったらそうしただろうが、党の伝統に従って一貫性を持って行動するには年を取りすぎ、疲れ切っていたからに過ぎない」と答えようか？「いわゆる反対派の全活動は老いぼれの無力なおしゃべりだった。なぜなら、古参党員の世代はおれと同様疲れ切っていたからだ」と答えようか？この世代は何十年もの非合法闘争によって疲弊し、青春時代の半ばをそこで過ごした監獄の壁の湿気によって蝕まれ、党内闘争において誰にも言えずそれぞれが何年も何十年も自分ひとりで処理しなければならなかった肉体的な恐怖を抑えるための、絶え間ない心の緊張によって、精神的にも精根尽き果てていたのでは？何年もの亡命生活と、苛烈な党内分派闘争と、良心の呵責とは無縁なその闘争手段とによって疲弊し、絶え間ない敗北と最終的な勝利のもたらす退廃とによって疲れ切っていたのでは？「ナンバー・ワンの独裁に対して、本当に明確な目的意識を持って行動した反対派などけっして存在しなかった。すべては、ただの饒舌、無力なおしゃべり、子供の火遊びに過ぎなかった。なぜなら、およそ人間が提供し得るすべてのものをこの世代の古参党員たちは差し出したからだ。かれらは、歴史によって魂の熱量の最後の一滴までも絞り出され、エランシ墓地の死者たちのように、のちの世がかれらに正義を行うまで眠って待つというたった一つのことしかもう期待できなくなってしまったからだ。」こう言うべきなのだろうか？

この動じることのないネアンデルタール人にどう答えたらいいだろう？「おまえの前に座っているのは、かつてのルバショウだと思い込んでいるだろうが、実際にはその残骸に話しかけているに過ぎない。

この根本的な誤謬を除けば、おまえはすべて正しい」と言ってやろうか？　「そもそもすべては、おれが行ったことではなく、行わなかったことのために罰せられる結果になった」と言ってやろうか？　「十字架にかけられるのは、自分が信じた信仰によってと相場が決まってるんです」とあの太っちょのフォンＺ氏も言っていたな。

　自白書に署名すると、新たな責め苦が始まるまで自分の寝台で意識を失って横になるため独房に連れ戻されるが、その前にルバショウはグレトキンに一つ質問した。それは、尋問の本題とは無関係な質問だった。しかし、ルバショウは、起訴状の中のさらなる項目を確定する新しい自白書に署名するたびに、グレトキンが少しずつ話しやすくなっていくのに気づいていた。グレトキンは現金払いしてくれるのだ。ルバショウはイヴァノフの運命に関して尋ねた。

「市民イヴァノフは拘禁中だ」とグレトキンは答えた。

「その理由を聞かせてもらえるだろうか？」とルバショウは尋ねた。

「市民イヴァノフは、おまえに対する取り調べをきちんと行わず、個人的な会話の中で、この起訴状の正当性について、ひねくれた疑念を表明した。」

「だが、もしイヴァノフがその起訴状を本当に信じることができなかったとしたら？」とルバショウは尋ねた。「おそらくわたしを信じすぎただけでは？」

「その場合には」とグレトキンは言った。「審理を中止し、おまえの無実に関し自分の信じるところを詳述し、担当部局に正式に提出すべきだった。」

　こいつは、おれをからかっているのだろうか？　しかし、グレトキンは、いつもと同じように背筋を伸ばし、無表情な目つきをしていた。

その次に、ふたたびグレトキンの生温かい万年筆を手にし、立って自白書の上に屈み込んだとき、ルバショウはグレトキンに尋ねた。そのとき、速記係の女はすでに部屋を出ていた。

「もう一つ質問させていただきたい。」

そう言いながらグレトキンのそり上げた頭の幅広い傷痕に目をやった。

「あなたは、ある種の極端な手段、いわゆる手荒いやり方の信奉者だと聞いている。では、どうしてわたしに対しては、ストレートな肉体的圧迫を一度も加えようとしなかったのか?」

「おまえが言っているのは、肉体的な拷問のことだな」とグレトキンは落ち着き払って言った。「おまえも知っているように、それは我が国における刑の執行において法律的に禁じられている。」

グレトキンは一呼吸おいた。ルバショウはちょうど、自白書への署名をし終わったところだった。「そのうえ」とグレトキンは続けた。「ある特定のタイプの体質を持った被告がいる。かれらは、圧力をかけられると自白するが、公開裁判になるとまた否認する。おまえはそういうしぶといタイプだ。裁判におけるおまえの供述の政治的な有用性は、それが自由意志でなされることにある。」

グレトキンが公開裁判について触れたのは、これが最初だった。しかし、大男のあとについて小幅の疲れた足取りで廊下を歩く戻り道でルバショウの心に引っかかっていたのは、裁判の見通しではなく、「おまえはそういうしぶといタイプだ」という言葉だった。この言葉は、そう思うまいとしてもルバショウを心地よい自己満足で満たした。

「おれも老いぼれて子供っぽくなった」と寝台に横たわりながら思った。それでもこの心地よい感情は、眠り込んでしまうまで続いた。

ルバショウは、毎回、執拗な議論のあとで新しい自白書に署名し、ヘトヘトになりながらも不思議な満足感を感じ、一時間かせいぜい二時間後にはふたたび起こされるだろうと意識しながら寝台に身を伸ばした。そのたびに願ったのは、グレトキンが一回でいいから自分を熟睡させ、頭をすっきりさせられるようにして欲しいということだけだった。この願望は、この戦いが最終的に決着し、最後のｉの文字に最後の点が打たれるまで、けっして実現されないだろうとわかっていた。また、新たな戦闘は毎回新たな敗北で終わり、最終的な結果に関しては疑いの余地がないこともわかっていた。では何のために、おれは自分を苦しめ、また苦しめさせるのだろう、もう寝かせてもらえるよう負け戦を中断すればよいだけでは？　ルバショウにとって、死の観念は、あらゆる超越論的な性質をとっくに失っており、眠りという生き生きとして温かい身体的な内容によって満たされていた。だが、にもかかわらず、ある奇妙な遠回りを強いる義務感があって、たとえそれがドン・キホーテ的な風車への突撃に過ぎなくても、眠らずに負け戦を最後まで続けることを強いた。グレトキンがあのはしごの一番下の段までおれを追いやり、このまばたきする目の中で、起訴状の中に最後に残った粗い汚れが論理的に一貫したｉの点に変わるそのときまで、おれはこの道を最後まで行かなければならない。目を見開いたまま暗黒に足を踏み入れるそのときになってやっと、おれにはもう起こされることなく眠る権利があるのだ。

このほとんど絶え間ない昼夜の連続の中で、グレトキンにもある種の変化があった。それは些細なものではあったが、熱を帯びて光るルバショウの目は見逃さなかった。グレトキンは、最後まで背筋を伸ばし、無表情のまま、糊のきいたシャツの袖口をカサカサ鳴らし、事務机の背後の明かりに守られて座っていた。しかし、その声からは、徐々にではあるが少しずつ残忍さが消えていき、同様に、電灯のギラギラする光も少しずつ絞られて、最後にはほとんど普通の光になった。グレトキンはけっして笑わず、ルバショウは、このネアンデルタール人はそもそも笑うことができるものかと自問した。グレトキンの声にも感情のニュアンスを表現するのに充分なしなやかさがなかった。しかし、何時間にもわたる議論のあとで、ルバショウの煙草が切れたとき、自分は煙草を吸わないグレトキンが、ポケットから一箱出して机越しにそれをルバショウに差し出したことが一度あった。

そのうえ、ある一点だけではあったが、ルバショウが勝利を勝ち取ったことさえあった。それは、起訴状の中の、アルミニウムトラストにおけるサボタージュ活動とやらに関連する論点だった。それは、ルバショウがすでに白状している犯罪全体の中では、それ自体としてそれほど重要ではない起訴項目であった。しかしルバショウは、決定的な箇所の場合と同様の粘り強さで反論し、かれらはほとんど一晩中対峙した。ルバショウは、自分に不利な証言と一方的な数値データに対し、すべて一つ一つ反駁した。ぼうっとした頭の中に、ここぞという瞬間になるとまるで奇跡のように浮かんでくる数値や日付を、疲労によりろれつが回らず不明瞭になった声で引用した。そのためグレトキンは、論理的な連鎖を展開できる手がかりを、その間ずっと見つけることができなかった。というのも、かれらの間には、すでに次のような暗黙の了解ができていたからだった。すなわち、グレトキンは、もし起訴内容の核心部分が正しいと証明できれば、たとえその核心がたんに論理的な、いわば抽象的な性格のものであっても、自分の思い通りに細部の欠けている部分を加えて全体像を作り、iの上に点を打つことができた。かれらは、無意識のうちにこのルールに慣れてしまい、二人とも、ルバショウが実際に行った行為と、たんにその信念の帰結として行っていなければならなかったはずの行為とをもはや区別しなかった。かれらは徐々に、仮象と実在を、すなわち論理的な虚構と現実を区別する感覚を失っていった。ルバショウはときどき、まれに訪れる頭の冴えた瞬間に、電撃的にそれを意識した。その際、奇妙な酩酊状態から醒めたような感覚をいつも覚えた。他方、グレトキンの方は、その点を気にしているようには見えなかった。

アルミニウムトラストにおけるサボタージュ問題でルバショウがなおも屈服しなかった明け方ごろ、グレトキンの声には神経質そうな響きが表れた。兎唇がとんちんかんな答えをしたあの最初のときとまったく同じだった。もうかなり前からなかったことだったが、グレトキンは明かりを強くした。しかし、ルバショウの冷笑に気づくと、ふたたびそれを元に戻した。グレトキンはなおいくつか質問したが、効果はなく、その後けっきょく言った。

「それではおまえは、自分に任された工業部門における破壊活動をしたことも、計画したことさえもないと、きっぱり否定するのだな。」

眠くてたまらなかったが、このあと何が起こるか興味を持ちながらルバショウはうなずいた。グレトキンは、速記係の女の方を向いて言った。

「予審裁判部は、起訴状のこの点について、証拠不十分により削除することを勧告すると書きなさい。」

ルバショウは、子供っぽい勝利感に突き動かされて心が躍るのを隠すため、慌てて煙草に火を点けた。ルバショウははじめてグレトキンから勝利を勝ち取った。確かにこれは、全体的な負け戦におけるちっぽけな部分的勝利に過ぎなかった。しかし、それでも勝ちは勝ちだった。昔はあれほど慣れ親しんだこの感情をもう忘れてしまってから、何か月も、何年も、いやそもそもすでに何十年も経っていた。グレトキンは近頃かれらの間で形成されてきた儀礼に従い、書記係の女から自白書を受け取ると、女を帰らせた。

かれらが二人だけになり、ルバショウが自白書に署名するため立ち上がったとき、グレトキンは万年筆を差し出しながら尋ねた。

「工場でのサボタージュは、経験上、政府に打撃を与え、労働者階級に政府に対する不満を抱かせるための反対派にとって最も効果的な手段だ。おまえたちがほかならぬこの手段を使わなかったし使おうとしなかったと、おまえが頑なに主張するのはなぜだ?」

「それは技術的に言って馬鹿げているからだ」とルバショウは答えた。「そのうえ農民を脅かす口実として相も変わらず破壊工作者を持ち出すと、わたしには反吐が出そうな密告病が蔓延することになるからだ。」

久しく得られなかった勝利感のおかげで、ルバショウは、若返ったように感じ、いつもより声高に話した。

「もしおまえが、反対派のサボタージュを、農民を脅かす口実だと思っているなら、我が国の工業の不満足な状態の原因はおまえの意見では何にあるというのだ?」

「出来高払いの賃金が低すぎること、奴隷的労働の強制、懲戒処分の野蛮さ」とルバショウは答えた。「わたしのトラストでも何件かそういうケースがあった。労働者たちは、過労のせいで犯しただけの些細な過失で破壊工作者として射殺された。シフトの開始時間にたった二分遅刻しただけでも解雇され、労働記録に前科がつく。そうなると、どこへ行っても仕事を見つけることは不可能だ。」

グレトキンは、ルバショウをいつもの無表情な目で注視し、いつもの一本調子で尋ねた。

「子供の頃、おまえは懐中時計をプレゼントしてもらったことがあるか?」

ルバショウはあっけにとられて相手を見た。ネアンデルタール人の最も顕著な性質はユーモアのセンスに欠けること、より正確に言えば、軽はずみな言動をまったくしないことだったはずだ。

「おまえはわたしの質問に答えたくないのか?」とグレトキンは尋ねた。

「もちろん答える」とルバショウはますます驚きながら言った。「懐中時計をプレゼントしてもらったとき、おまえは何歳だった?」

「よく覚えていないが、八歳か九歳ぐらいだった。」

「わたしが」とグレトキンは、今なおいつもの几帳面な声で言った。「一時間を分に分けることを知ったのは、十六歳のときだ。わたしの村では、街へ行かなければならないとき、農民は夜明けに駅へ行き、列車が来るまで待合室で横になって寝る。列車はたいてい昼頃には来るが、ときには夜や翌朝になってやっと来ることもある。われわれの工場で働いているのは、こういう農民たちだ。たとえば、わたしの村には今や世界最大のレール工場がある。最初の年、職場主任たちは、溶鉱炉の出銑口から銑鉄を流し出す作業の合間は、仕事をさぼり横になって寝ていた。それは、われわれがかれらを処刑するまで続いた。他国ではどこでも、農民たちが工業に要求される正確さと機械の扱いに慣れるのに、百年から二百年の時間があった。我が国では十年しかなかった。もしわれわれが、どんな些細な理由でもかれらを首にしたり処刑したりしなかったら、国中が停止しただろう。そして、工場の煙突から草が生え、すべてが以前の状態に逆戻りするまで、農民たちは工場で横になって寝ていただろう。昨年、われわれの工場に英国マンチェスターから穏健派の女性団体の代表団がやってきた。われわれはすべて見せたが、その後、かれらはマンチェスターの繊維工業労働者だったらこんな扱いをされるのはけっして許さないだろうと憤慨して記事を書いた。わたしは、マンチェスターの繊維工業は二百年の伝統があると読んだことがある。また、二百年前に始まったとき、そこでの労働者の扱いがどうだったかも読んだ。市民ルバショウは、先ほどマンチェスターから来た穏健派の女性団体の代表団と同じ論法を使った。もちろんおまえは、あの女たちよりもっと事情に通じている。それゆえおまえが、同じ論法を使うのには、驚くほかない。だが、何と言っても、おまえにはあの女たちと共通点がある。おまえたちは、もう子供の頃に、懐中時計をプレゼントしてもらったことがあった。」

ルバショウは何も答えず、新たに芽生えた関心をもってグレトキンをじっと観察した。今のは何だ？ネアンデルタール人が胸の内を吐露したのか？　しかし、グレトキンは、背筋を伸ばして椅子に座り、いつもと同じように無表情な顔つきだった。

「あなたは、多くの点で正しいかもしれない」とルバショウはようやく言った。「しかし、あなたの挑発は受けて立とう。あなたは問題点が生じるもっともな理由をたった今非常に説得力のある形で説明したが、その罪を着せる『贖罪の山羊』を作り続けることがあなたたちにとって何の役に立つのかね？」

「経験から学んだことだが」とグレトキンは言った。「大衆には、理解しにくい複雑な事態に対し、簡単でわかりやすい理由を与えねばならない。歴史から学んだ限りでは、人間は『贖罪の山羊』抜きでやれた試しはないようだ。思うに、これはいつの時代でもなくてはならない社会制度だ。これは宗教に起源があるとおまえの友人のイヴァノフが教えてくれた。確か、『贖罪の山羊』という表現自体もユダヤ民族の習慣から来たと説明していた。ユダヤ民族は年に何回かかれらの神に、あらかじめすべての罪を背負わせた雄羊を生け贄としてささげたそうだ。」グレトキンは一呼吸おいて、シャツの袖口を直した。「ついでに言うと、歴史上には、自分から『贖罪の山羊』を買って出た事例もある。おまえが懐中時計をプレゼントしてもらったその年頃に、司祭はわたしに、イエス・キリストは自分をすべての罪を一身に背負った子羊と呼んだと教えた。もしある人間が、人間の名において十字架にかけられると宣言したとして、それがどのような方法で人間の運命を楽にすることになるか、わたしにはまったく理解できなかった。だが、人間は、二千年の長きにわたり、それをまったく自然なことと見なしてきた。」

ルバショウはグレトキンをじっと見た。こいつの狙いは何だ？　この話の目的は何だ？　ネアンデルタール人の論理はどんな迷路に入り込んだのだ？

「いずれにせよ」とルバショウは言った。「世界中を破壊工作者と悪魔で充満させるより、ありのままを知らせる方が、われわれの見解にとってはよりふさわしいがね。」

「もしわたしの村で」とグレトキンは言った。「革命が起こり、工場ができたにもかかわらず、おまえたちは今なお怠惰で遅れていると言ったとしたら、何一つ達成できないだろう。もしかれらに、おまえたちは労働英雄でアメリカ人より有能だ、すべての災厄の原因は、ただ悪魔と破壊工作者にあると言えば、少なくとも何かは得られる。人類に役立つことが真実で、害になることが虚偽だ。党が成人用の夜間学校向けに出版した世界史の入門書では、キリスト教は、その初期の数百年間は人類の客観的な進歩に貢献したとはっきりと書いてある。キリストが自分は神と処女の息子であると主張したとき、それが本当か嘘かなんて理性的な人間にはどうでもいい。象徴的にそう表現したのだと言われているが、農民はそれを文字通りに取る。われわれも同じように、農民が文字通りに取る有用な象徴を作り上げる権利がある。」

「あなたの論法は」とルバショウは言った。「ときどきイヴァノフの論法を思い出させる。」

「市民イヴァノフは」とグレトキンは言った。「おまえと同じく旧来の知識人階層に属していた。おかげで、イヴァノフとの会話から、学校教育を満足に受けられなかったせいで欠けていた歴史的知識をいくらか獲得することができた。違うのは、わたしが党のために論理的に考えるよう努力している点だ。だが、市民イヴァノフは皮肉屋だった。」

「だった？」とルバショウは尋ね、鼻眼鏡をはずした。

「市民イヴァノフは」とグレトキンは言い、いつもの無表情な目でルバショウをじっと見た。「行政処分ののち、昨晩銃殺された。」

この会話のあと、グレトキンはルバショウを二時間たっぷり寝かせた。独房へ戻る道すがら、ルバショウは、イヴァノフの死の知らせに思っていたほどひどいショックを受けなかったことをいぶかしく思った。その知らせは、ただ、ささやかな勝利感によって感じた活力を霧消させ、ルバショウをまた疲れさせ、眠くならせただけだった。明らかにルバショウの心理状態は、より大きな感情の起伏を許さなくなっていた。ついでに言えば、ルバショウは、すでに会話の途中からあのうぬぼれに満ちた勝利感を恥じていた。グレトキンの個性は、ルバショウに対し大きな力を獲得し、その勝利さえも敗北に変えてしまうほどだった。こいつは、おれやイヴァノフとその同志たちのおかげで生まれた国家の、情け容赦のない化身だ。だがなんて無表情にどっしりと座っているのだろう！　おれたちの肉から生まれた肉[86]、それが今や自立し、冷酷になった。こいつは自分がイヴァノフや「旧来の知識人階層」の精神的な後継者だと自ら認めたのじゃなかったか？　グレトキンとこの新たなネアンデルタール人たちは、ただ、頭に数字の振ってあったあの世代の仕事の仕上げをしているに過ぎない。ルバショウは何百遍もそう繰り返した。あの遺産が、あの教えが、かれらの口から出るとこれほど非人間的に響くのには、いわば風土的な理由があるのだ。イヴァノフが同じ論理を持ち出したとき、それでもその声には、洪水によって沈んだ世界の記憶という過去がまだ響いていた。自分自身の少年時代は、否定することはできても消すことはできない。イヴァノフは、それを最後まで引きずっていた。それが、イヴァノフが語ることすべてにあの憂愁を帯びた軽薄な響きを与えていた。それゆえグレトキンはイヴァノフを皮肉屋と呼んだ。グレトキンたちには、消し去るべきものがない。かれらは自分の過去を否定する必要がない、なぜならそんなものははじめからないからだ。かれらはへその緒なしに生まれ、軽薄さとも憂愁とも無縁だ。

5

N・S・ルバショウの日記の断片から

……いかなる権利があって、退場していくわれわれは、これほど偉そうにグレトキンを見下すのか？ネアンデルタール人が地上に現れたとき、猿どもは嘲り笑ったにちがいない。高度に文化的な猿たちは枝から枝へと優美に身を振って飛び移り、ネアンデルタール人はぎこちなく地上にへばりついていた。猿たちは朗らかにじゃれ合いながら、満ち足りて平穏に暮らした。あるいは、哲学的に熟考しながら蚤を取った。ネアンデルタール人は、暗い顔をして足を踏み鳴らしながらあちこち歩き、棍棒で自分の周りを手当たり次第に殴った。猿たちは面白がって、樹上から見下ろし、その頭上で跳びはね、木の実を投げつけた。ときには、恐怖に襲われることもあった。猿たちは趣味よく気取って果物や柔らかい植物を食べたが、ネアンデルタール人は生肉を食べ、ほかの動物や自分の仲間を殺したからだ。ネアンデルタール人は、昔からそこにあった木を切り倒し、聖なる場所から岩を転がし、原始林のあらゆる法則と伝統を無視した。ぎこちなく残虐で動物らしくなかった。それは高度に文化的な猿の目から見れば歴史の野蛮な逆行だった。

最後に生き延びたチンパンジーたちは、今日もなお人間を見ると鼻にしわを寄せしかめ面をする。

6

五日目か六日目に予期せぬ事件が起こった。ルバショウは、取り調べの最中に意識を失った。かれらは起訴状の最後の問題をめぐって議論していた。ルバショウにそうした行動を取らせることになった動機をめぐる質問の最中だった。起訴状は、その動機をたんに反革命的な思想によると表現し、ついでにいわば自明のこととしてルバショウはある敵国の手先であったと述べていた。この表現に対してルバショウは最後の戦いを挑んだ。議論がすでに夜明けから昼前までかかっていたころ、まったくどうでもいいような場面で、椅子から横にずり落ち、床に倒れ、起き上がらなかった。

数分後に目を覚ましたとき、薄毛の生え残った医者の小さなダチョウ頭が自分の上に屈み込んでいるのが見えた。医者は、瓶の水をルバショウの顔にかけ、こめかみをマッサージした。ルバショウは、バター付きパンとペパーミントの匂いがする医者の息を感じ、思わず嘔吐した。医者は甲高い声を上げて文句を言い、ルバショウを数分間、新鮮な空気の戸外へ連れ出すようアドバイスした。グレトキンは、この場面を無表情な目つきでじっと見ていたが、ベルを鳴らすと、当番兵にカーペットをきれいにするよう命じ、その後、ルバショウを独房まで護送させた。数分後、あの老看守が来て、ルバショウを中庭での散歩に連れ出した。

最初の数分、ルバショウは、新鮮で身を切るような冷気に酔っ払ったような感じがした。自分には肺があり、喉が甘く爽やかな飲み物を飲むように、肺が酸素を体の中に飲み込んでいるのを感じた。冬の太陽は弱々しかったが、澄んで晴れ渡り、ちょうど午前十一時だった。このところ昼と夜がお互いに溶け合って計り知れないほど長く続いてきたが、その以前には、決まってこの時間に散歩に連れ出されていた。深呼吸しながら雪の中を散歩し、太陽の温もりを感じる。どうしてこんなふうに普通に生きられないのだろう？　グレトキンの部屋の悪夢、電灯のギラギラする光、糊がきいてカサカサいうシャツの袖口、こうした不自然な亡霊をすべて振り払い、他の人たちと同じように生きていってはだめだろうか？

いつもの散歩時間だったので、「メリーゴーランド」のお隣さんは、またもや、靭皮編みの靴を履いた痩せた農夫だった。農夫は、ルバショウが少しふらふらした足取りで隣を並んで歩いて行くのを横目で観察し、何回か咳払いをしたあと、監視役の刑務官の方を見ながら言った。

「長いこと顔を見なかったね、だんな。あんた病気みたいだ、もう長くないって感じだよ。もうすぐ戦争が起こるらしいよ。」

ルバショウは何も答えなかった。雪をひとつかみ取って手の中で握り、丸い雪玉を作りたいという誘惑と戦っていた。散歩者の「メリーゴーランド」は、ゆっくりと中庭を回り、かれらの前を二十歩離れてすぐ前の二人が雪の壁の間の小径を踏みしめながら歩いていた。二人はだいたい同じ背丈の男たちで、灰色のコートを着ており、口の前には小さな息の雲が見えた。

「もうすぐ種まきの季節だね」と農夫は言った。「雪が解けるとヒツジは山へ行くよ。上に着くまで、三日かかる。昔は、地区の全部の村が同じ日の朝ヒツジを送り出したんだ。日の出に始まるんだよ。そこら中、道も畑も全部ヒツジだらけ。最初の日は、村中のみんなが、群れのあとを追って一緒に遠足に行くんだ。おそらくだんなは、あんなにたくさんのヒツジは、人生で一度も見たことがないよ、それに牧羊犬もいっぱいいて、砂ぼこりのひどいこと。ああ、面白いったらなかったなあ。」

ルバショウは、歩きながら太陽を見上げた。太陽は相変わらず弱々しかったが、雪の日の空気にすでに生暖かい柔らかさを与えていた。機関銃塔の上のずっと上空を、鳥たちが飛び上がったり滑空したりして戯れるのが見えた。泣き言を言う農夫の声は続いた。

「雪解けが空気の匂いでわかる今日みたいな日は、もうたまらないね。おれたち二人とももう長くないよ、だんな。おれたちは踏みつぶされちゃった。だっておれたちは反動だし、おれたちがまだ幸せだった昔のいい時代は戻ってこないそうだからね。」

「きみは、当時そんなにも幸せだったのかね?」とルバショウは聞いた。しかし、農夫は、か細い首の喉仏を、何かを飲み込むように上下に動かしながら、よくわからないことをブツブツ言っただけだった。ルバショウはそれを横目に観察し、少し経ってから聞いた。

「きみは聖書を読んだことはあるか?」

農夫はうなずいた。

「こんな箇所を覚えているか?」とルバショウは聞いた。「人々が砂漠でこんなふうに叫び始めるところだ。『おお、指導者を選ばせてくれ、そしてエジプトの肉入りスープのもとへ戻らせてくれ。』(87)」

農夫は、訳がわからないまま熱心にうなずいた。その直後、かれらは建物内に連れ戻された。身を切るような冷気の効果は消えて、鉛のような眠気とめまいと吐き気がふたたび戻ってきた。入り口のドアの前でルバショウは屈み、雪をひとつかみ持ち上げ、額と焼けつくように痛む両目にすり込んだ。

期待に反して、自分の独房にではなく直接グレトキンの執務室に戻された。グレトキンは、事務机の前で、ルバショウが去ったときと同じ姿勢で座っていた。あれからどれくらい経ったのだろう？　ルバショウがいなかった間も身動き一つしなかったかのように見えた。カーテンは閉められ、フロアライトは灯っていた。この部屋では、流れ込むものも流出するものもない腐った沼のように時が止まっていた。ふたたびグレトキンと向き合って、事務机の前の自分の席に着きながら、ルバショウは視線をカーペットの濡れた染みに向けた。不快感がまたよみがえってきた。そうか、部屋から担ぎ出されてから、おそらくせいぜい一時間くらいしか経っていないのだ。

「だいぶよくなったようだな」とグレトキンは言った。「われわれは起訴状の最後の問題で中断した。おまえの反革命的な活動の動機をめぐる問題だ。」

グレトキンはシャツの袖口を直し、少しいぶかしげにルバショウの右手を見た。それは、椅子の肘掛けに置かれ、今なお強く固めたちっぽけな雪玉を握りしめていた。ルバショウは、グレトキンの視線を追い、苦笑いすると、手を挙げ、それを電灯の前にかざした。かれら二人は、小さな雪玉が白熱電球の熱によりルバショウの手の中で解けてなくなってしまうのを眺めた。

「動機をめぐるこの問題が最後だ」とグレトキンは言った。「もしおまえがそれに署名してしまえば、われわれの共同作業は終わりだ。」

電灯は、今日はもう長いことなかったほどギラギラする光を発していた。ルバショウはふたたびまばたきせざるを得なかった。

「そうなれば、おまえも休息できる」とグレトキンは言った。

ルバショウはこめかみをさすった。しかし、雪の爽やかさはなくなっていた。グレトキンが自分の言葉を締めくくった「休息」という単語が沈黙の中で残っていた。休息し眠る。「指導者を選び、エジプトの地へ戻らせてくれ。」ルバショウは、鼻眼鏡越しにグレトキンをきっとにらんだ。

「あなたはわたしの動機をわたしと同じくらいよくわかっている」とルバショウは言った。「あなたは、わたしの行動が『反革命的な思想』からでも『敵対勢力の手先』だったからでもないことを知っている。わたしが考え行ったことはみな、わたしの信念と良心に従ってそうしたのだ。」

グレトキンは、引き出しからある書類の束を取り出した。それをパラパラとめくり、一枚の書類を取り出し、いつものしわがれた一本調子な声で読んだ。

「……『われわれにとっては、主観的な〝誠実さ〟の問題などつねにどうでもいい。誤った者は償わねばならない。正しかった者の借金は帳消しとなる。これがわれわれの掟だった。』……こうおまえは逮捕直後におまえの日記に書いた。」

ルバショウは、まぶたの裏にいつもの電灯のきらめきを感じた。自分が考え、書き記した文章は、グレトキンの口から聞くと奇妙なほど露骨な意味合いを帯びていた。まるで、目に見えない司祭の耳に聞かせるためだけに行った罪の告白が、レコード盤に録音され、それが今しわがれ声の棒読みで流されているようだった。

グレトキンは新しい紙を書類入れから取り出したが、そこからは一文のみを読み上げた。その間、いつものように無表情な目でルバショウをじっと見続けた。

「『名誉とは、虚栄心を捨て最後まで一貫して役に立ち続けることだ……』」

ルバショウはグレトキンの視線に耐えようと努めた。

「わたしにはわからない」とルバショウは言った。「自らの名誉を世間と歴史の前で公然と汚すことを党がその構成員に求めるとして、それが党にとってどれほど役に立つというのかね。わたしはきみたちが求めるものには、すべて署名した。わたしは、誤っており客観的に有害であった政策を取り続けていたことを認めた。きみたちにはそれでもまだ足りないのか？」

ルバショウは鼻眼鏡を掛け、電灯の光を避けながら頼りなげにまばたきし、疲れたしわがれ声で、締めくくるように言った。

「何と言っても、N・S・ルバショウの名前は、それ自体が党の歴史の一部だ。きみたちはそれに泥を塗ることで、革命の歴史を汚しているのだ。」

グレトキンは書類をパラパラとめくった。

「それに対しても、おまえ自身が書いたものからの引用で答えられる。おまえはこう書いている。『大衆にはあらゆる文を繰り返しと単純化を通じて叩き込むことが必要だ。真理として示すものは、黄金のように輝かねばならず、誤謬として示すものは、タールのように真っ黒でなければならない。政治的な信条の表明や自白は、大衆にわかるよう、歳の市で売られるレープクーヘンのように色分けされねばならない。』」

ルバショウは少しの間沈黙し、それから言った。

「なるほど、それを狙っていたのか。きみたちの歳の市で、泣き叫び歯をむいて舌を突き出しながら農民を脅かすための見せしめ役を演じろというのだな、それも自発的にだ。ダントンやその仲間たちは、少なくともそれはしないで済んだ。」

グレトキンは書類ばさみを閉じ、少し前屈みになり、シャツの袖を直して言った。

「裁判に出て証言することが、おまえが党に示す最後の奉仕となるだろう。」

ルバショウは何も答えなかった。日向で疲れて居眠りする者のように、目をつぶったまま電灯の光に照らされていた。しかし、グレトキンの声からは逃れられなかった。

「おまえの言うダントンや公安委員会(88)がやったことなど」とその声が言った。「われわれが直面している重要さに比べれば、伊達男たちの悪ふざけだ。それについては本で読んだことがある。あの連中はカツラをかぶり、自分たちの個人的な名誉について熱弁を振るった。連中にとって大事だったのは、ただ格好をつけて死ぬことだけだった。その格好が有益か有害かについては、おかまいなしだった。」

ルバショウは押し黙った。ひどく耳鳴りがした。グレトキンの声が被さってきた。声は、あらゆる方角から来て、ルバショウの頭を逃れようもなく打ちつけた。

「おまえも知っているだろうが、われわれにはすべてがかかっている」とグレトキンは続けた。「歴史上はじめて革命が勝利しただけでなく今もそれを維持している。われわれは、我が国を来たるべき時代の砦へと作り上げた。これは地球上の六分の一の面積を占め、その人口は人類の十分の一に相当する。」

グレトキンの声は、今度はルバショウの背後から響いた。グレトキンは立ち上がり、部屋の中を行ったり来たりしていた。こんなことはこれまで一度もなかった。一歩ごとにブーツはキュッキュッと音を立て、糊のきいた軍服はカサカサ鳴った。革と汗の酸っぱい匂いが感じられた。

「われわれの革命が地球上の六分の一で目標に達したとき、われわれは、世界の残りもやがてわれわれのあとに続くだろうと思った。だがそうではなく、われわれをも押し流しかねない反動の波がやってきた。党には二つの潮流があった。その一つは、冒険主義者だ。かれらは国外での世界革命の勝利を援助するため、すべてを賭けようとした。おまえもその仲間だ。われわれはこの見解を有害だと見抜き、根絶した。」

ルバショウは顔を上げて何か言おうとしたが、グレトキンの足音は頭の中でガンガン響いた。ルバショウはあまりに疲れていた。ふたたび椅子に腰を沈めると、そのまま目をつぶり続けた。

「党指導者には」とグレトキンの声はさらに続いた。「より長期の展望とよりしたたかな戦術があった。

革命の砦を維持し、世界的反動の時期を生き延び、根気よく耐え抜くこと、すべてがこれにかかっていると見抜いていた。世界に新しい革命の機運が熟するまで、おそらく、十年、二十年、場合によっては五十年かかり得ると見抜いていた。それまではわれわれは孤独だ。それまでは、われわれの義務はただ一つ、生き延びることだ。」

ある一つの命題がルバショウの記憶にぼんやり浮かんできた。「革命家の義務は生き延びることだ。」これを言ったのは誰だったか？　おれ自身か、イヴァノフか？　この命題の名においておれはアローヴァを見殺しにした。その結果、おれはどこにたどり着いた？

「……生き延びることだ」とグレトキンの声は響いた。「この砦は何があっても、どんな犠牲を払ってでも守り通さねばならなかった。党指導者は、この命題を誰よりも明確に見抜き、それを最後まで一貫して遂行した。インターナショナル(89)の政策は革命の祖国のナショナルな政策に従属させねばならなかった。この必要性を理解できない者は誰でも根絶されねばならず、ヨーロッパにおけるわれわれの最良の幹部活動家たちは、みな肉体的に抹殺されねばならなかった。もしこの砦を守るために必要なら、海外におけるわれわれ自身の組織を破壊することもわれわれは恐れなかった。反動諸国における革命運動が、われわれにとって都合の悪いときに始まれば、それらを抑圧するため、当該諸国の警察と協力することをわれわれは恐れなかった。この砦を守り抜くためなら、友人を裏切り敵と協定を結ぶことをわれわれは恐れなかった。それが、最初に勝利した革命の担い手であるわれわれに世界史が指示した使命だったのだ。先が読めない者、きれいごとにこだわる者、道徳を説きたがる者は、このことを理解しなかった。だが、我が運動の指導者は、歴史の前で根気よく持ちこたえ、われわれではなく敵の方が自滅する日を待つこと、すべてがこの一点にかかっていると見抜いていた。」

グレトキンは、行ったり来たりを中断し、ルバショウの椅子の後ろに立ち止まった。そり上げた頭の傷痕は汗ばんで光った。グレトキンは息を弾ませ、ハンカチで頭を拭い、本音を漏らしてしまったことで、きまり悪そうに見えた。ふたたび、事務机の後ろのいつもの席に着き、シャツの袖口を直した。電灯の光を一段階弱め、いつもの無表情な声でさらに続けた。

「党指導部の方針には、はっきりとした輪郭と一貫性があった。その戦術は、目的が手段を、例外なくあらゆる手段を正当化するという原理によって決定された。市民ルバショウ、この原理の精神に則り検察官はおまえに死刑を求刑する。表向きの理由はもちろん違う文面となろう。しかし、おまえがそう呼んだこの歳の市の猿芝居の背後で、何が問題となっているかは、検察官と同様、おまえにもわかるだろう。すなわち党の統一性の回復だ。

市民ルバショウ、おまえの分派は打倒され、根絶された。おまえたちは、この国を破滅させかねない冒険主義的な政策を取り続けた。おまえたちの動機などどうでもいい。わたしたちに関心があるのは、おまえたちの活動によって脅かされた党の統一性の回復だ。

党の分裂は内戦を意味するとわかっていたはずなのに、おまえたちは党を分裂させようとした。おまえは我が国の農民層の不満を知っているな。かれらは、われわれがかれらに負わせた犠牲の意味をまだ理解していない。おそらく数か月以内に勃発するであろう次の戦争(90)では、こうした気分は致命的になり得る。それゆえ今日では、これまで以上に党の結束にすべてがかかっている。党は、盲目的な規律と絶対的な信頼によって満たされた一体のものでなければならない。市民ルバショウ、おまえとおまえの分派の構成員たちは、党に亀裂を持ち込んだ。もしおまえの後悔が本物なら、おまえは、われわれがこの亀裂を修復するのを手助けせねばならない。すでに言ったように、それこそが、党がおまえに要求する最後の奉仕だ。

おまえの使命は簡単だ。それはおまえ自身がこれまで自分に課してきたことだ。真理は金箔で飾り、誤謬は黒塗りする。誤謬とは反対派の政策だ。それゆえおまえの使命は、反対派をさげすみの対象にすることだ。おまえの使命は、反対派の活動が犯罪であり、反対派が犯罪者であることを、大衆に納得させることだ。これが、大衆が理解できる簡単な言葉だ。もしおまえが複雑な動機の話を始めれば、それは大衆の中に新たな混乱を引き起こすだけだろう。市民ルバショウ、おまえの使命は、おまえに共感や同情が呼び起こされるのを防ぐことだ。反対派に対する共感や同情は、この国にとっては危険なのだ。

同志ルバショウ、党がおまえに課した使命を理解したものと、わたしは期待する。」

グレトキンがルバショウを「同志」と呼んだのは、かれらが知り合って以来はじめてだった。ルバショウはサッと顔を上げた。熱い波が頭に上ってくるのを感じ、抑えようがなかった。鼻眼鏡を掛ける間、ルバショウのあごは少し震えた。

「了解した。」

「注意してもらいたいが」とグレトキンは続けた。「党はおまえに何の見返りも約束しない。われわれは、被告たちのある者には肉体的な圧力をかけ、従わせた。またある者は、命を助ける、あるいは人質としてわれわれの手の内にあった家族の命を助けるという約束によって従わせた。同志ルバショウ、おまえに対しては、何の約束もしないし、どんな取引も提案しない。」

「了解した」とルバショウは繰り返した。

グレトキンは書類をパラパラとめくり、話を続けた。

「おまえの日記にはわたしを感銘させた箇所があった。おまえはこう書いている。『わたしは自分の義務に従って考え、行動した。もしわたしが正しければ、後悔すべきことは何もない。もし間違っているなら、わたしは償いをするだけだ。』」

グレトキンは書類から顔を上げるとルバショウをまじまじと見た。

「同志ルバショウ、おまえは間違っていた。だから償うのだ。党がおまえに約束するのは、一つだけだ。もう革命を害するものについて恐れる必要がなくなった最終的な勝利の暁に、ある日、機密書類保管庫の書類が公表される。そのとき、世界は、おまえがそう呼んだ歳の市の猿芝居の背景を知るだろう。それをわれわれが、歴史が指示した台本に従って、世界の前で演じねばならなかったということもな。」

グレトキンは、数秒ためらったあと、シャツの袖口を直し、少しぎこちなげに最後の言葉を言った。その間、グレトキンの頭の傷痕は赤らんだように見えた。

「そのときには、おまえと旧世代のおまえの友人たちにも、今はおまえたちが諦めねばならぬ共感や同情が当然注がれることになろう。」

グレトキンはそう言いながら、ルバショウの方に自白書を押しやり、自分の万年筆をその横に置いた。

ルバショウは、立ち上がり、引きつった笑いを浮かべて言った。

「もしネアンデルタール人が感傷的になったら、どんなふうだろうかとずっと自問してきた。それが今わかった。」

「何を言いたいのかよくわからないが」とグレトキンは言い、同様に立ち上がった。

ルバショウは自白書にサインした。顔を上げたとき、壁のナンバー・ワンの肖像画が目にとまった。そこには、ナンバー・ワンが何年も前の別れ際に見せた訳知り顔のあの皮肉な表情があった。それは気のふさいだ者が見せる冷笑と蔑視の混じり合った表情で、至るところに掛かっている油性プリントの肖像画の中から人類をじっと見下ろしていた。

「わからなくたっていい」とルバショウは言った。「イヴァノフやルバショウやミヒャエルたちのような前の世代だけしかわからなかったことがいくつかあるのだ。それももう過ぎたことだ。」

「裁判までは、もうおまえを煩わさないよう指示しておこう」と少し間をおいてグレトキンは言い、ふたたび背筋を伸ばし、居ずまいを正した。ルバショウの笑いが、グレトキンをいらつかせた。「ほかに特別な望みはあるかね？」

「眠ること」とルバショウは答えた。ルバショウはすでに開いたドアのところにいたが、囚人を引き取るため外で待っていた軍服の大男の横では、鼻眼鏡を掛けとがったあごひげのその姿は、ちっぽけで見栄えのしない老人に過ぎなかった。

「もうおまえの眠りを妨げないよう指示しておこう」とグレトキンは言った。

グレトキンは、ルバショウの背後でドアが閉まると、自分の事務机に戻った。数秒ほどじっと座っていたが、それから、秘書の女を呼び鈴で呼んだ。

秘書は部屋の隅のいつもの席に着いた。「同志グレトキン、ご成功おめでとうございます」と女は言った。

グレトキンはつまみを回して電灯を通常の光度に戻し、視線を電灯の方に向けて言った。「これのおかげさ。そのうえ、眠らせず肉体的に消耗させたこと。すべては体質上の問題だよ。」

文法的虚構

「目的を示すのではなく手段も示せ。この地上では手段と目的は強く合体しており、目的が変われば手段も変わり、手段を変えると目的も変わってしまうのだから。」

フェルディナント・ラッサール『フランツ・フォン・ジッキンゲン』

1

「罪を認めるかという質問に対し、被告ルバショウは明確に『はい』と答えた。反革命の手先であったかという検察官のさらなる質問に対して、被告は少し声を落としたものの、同じく『はい』と答えた。」

管理人ヴァスィリーの娘は、たどたどしく、音節ごとに区切りながら読み上げた。娘は新聞をテーブルの上に広げ、行を指で追っていたが、その合間に、花柄のスカーフを何度か結び直そうとした。

「弁護人を望むかという質問に対して、被告ルバショウはその権利を放棄すると表明した。裁判は次いで起訴状の朗読に移った。」

管理人ヴァスィリーはベッドの上で顔を壁に向けて寝ていた。ヴェーラ・ヴァスィリエーヴナには、父親が朗読を聞いているのか寝ているのか、わかったためしがなかった。父親はときどきひとりブツブツ言っていたが、娘の方はそれには注意を払わず、教育上の理由から毎晩新聞を大声で最後まで読むのが日課だった。工場での仕事のあと、党細胞の集会に参加せねばならず、夜遅くになってやっと帰ってきたときもそうだった。

「起訴状が断定するところによれば、被告ルバショウは、文書による証拠、物的証拠ならびに予審における本人の自白により、起訴事項のすべてにおいて有罪が確定している。予審に対して抗告すべきことがあるかという裁判長の質問に対し、被告は、ありませんと答えた。加えて、わたしは自らが犯した人民に敵対する犯罪に対して心から後悔し自発的に自白しましたと述べた。」

管理人のヴァスィリーは身動きしなかった。ベッドから見上げる頭の真上には、ナンバー・ワンの肖像画が掛かっていた。肖像画の横には錆びたフックが壁に刺さっており、そこには、少し前までパルチザン司令官姿のルバショウの写真も掛かっていた。ヴァスィリーの手は、無意識のうちに、馬毛を詰めたマットレスの穴を探った。そこには以前、手垢で汚れた聖書が娘に知られないように隠してあった。しかし、ルバショウ逮捕の直後に娘はそれを見つけ、教育上の理由で捨ててしまった。

「検察官に促され、次に被告ルバショウは、反対派から革命の祖国に対する反革命の反逆者へと変貌するに至った過程について詳しく述べた。被告は、固唾を呑んで見守る法廷内の聴衆の前で、その報告を次のような言葉で始めた。『人民参審員のみなさま、わたしは、予審判事と我が革命的司法の代表者であるみなさまの前で、わたしがどのようにして屈服するに至ったかを説明いたします。わたしの話は、我が党の基本方針からのほんのわずかな逸脱さえも不可避的に反革命的な悪行へと変質せざるを得ないことをみなさまに証明するでしょう。分派闘争の論理的な帰結として、わたしたちは一歩また一歩と泥沼へはまっていきました。この決定的な瞬間になお、党指導部と党の路線の正しさに対するひそかな疑いや動揺のある者たちに、わたしの転落例を通して警告するために、わたしはみなさまにわたしがたどった道筋について語ります。恥辱にまみれ、塵埃の中に投げ出され、死を前にして、わたしはみなさまに裏切り者の悲しき経歴について語ります。それが、我が国の何百万という大衆に教訓として、恐ろしき反面教師として役立つことを願いながら……』」

管理人のヴァスィリーはベッドの上で寝返りを打ち、顔をマットレスに埋めた。どんなひどい状況下でも思わず笑ってしまうような悪態をつくので、神様にも部下たちにも人気があったあの小柄でひげづらのパルチザン司令官ルバショウの写真が目の前に浮かんだ。「塵埃の中に投げ出され、死を前にして……。」(91)ヴァスィリーは呻いた。聖書はもうなかったが、多くの章句を暗記していた。

「検察官は、これに続き、被告ルバショウの発言に対し、その前秘書であり反逆行為のかどで処刑された市民アローヴァの運命に関していくつか質問を行った。被告ルバショウの返答から、当時、党の監視機関により窮地に立たされた被告が、自らの命を救い下劣な策謀を引き続き継続するため、おのれの犯罪の責任を無実のアローヴァに被せたことが明らかとなった。N・S・ルバショウは、こうした言語道断の犯罪を、嘲笑うような冷笑を浮かべながら恥知らずにもあけすけに白状した。検察官が被告に『おまえは、どうやら、あらゆる道徳的な基準を失くしてしまったようだな』という質問を向けたとき、被告は嘲るような笑いを浮かべ、『そのようですね』と答えた。被告の振る舞いは、法廷の傍聴人たちの間に自然に湧き上がる怒りと軽蔑の嵐を繰り返し呼び起こしたが、裁判長はそれを静粛にという声で、すぐに抑え込んだ。ただ一度、革命的な正義感が哄笑の波に席を譲ったことがあった。すなわち、被告が『歯が痛くて我慢できない』ので休廷をお願いしたいと言って、自らの犯罪の説明を中断したときである。裁判官がこの望みをすぐに聞き届け、軽蔑するように肩をすくめながらも審議を五分間中断したことは、まさしく我が革命的司法の公正な取り扱いを示すものであった。」

管理人のヴァスィリーは仰向けになり、ドイツの監獄から釈放されたルバショウが、凱旋パレードで大衆集会の中を先導されたときのことを思い出した。赤旗と横断幕の下、ルバショウは松葉杖をつきながら演壇に立ち、微笑みながら鼻眼鏡を袖口で拭いていた。その間中、会場では歓呼の叫びがやもうとしなかった。

それから総督の兵士たちは主を官邸に連れて行き、全部隊を集めた。そして主に緋色のマントを着せ、その頭を葦のむちでなぐり、唾を吐きかけ、その前にひざまずいて祈った。(92)

年老いたヴァスィリーはふたたび壁の方に向きを変えた。手でマットレスの穴を探ってみたが、そこには何もなかった。頭上のフックにも何も掛かっていなかった。娘がルバショウの写真を壁からはずしゴミ箱に放り込んだとき、ヴァスィリーは抵抗しなかった。監獄行きの恥辱を受けるには、年を取りすぎていたからだ。

娘は読むのをやめていて、お茶を沸かすために、プリムス・コンロ[93]をテーブルの上に載せた。灯油の鼻を突く臭いが守衛室に広がった。「わたしが読むのをちゃんと聞いてた？」と娘は尋ねた。

ヴァスィリーはおとなしく顔をこちらに向けると「全部しっかり聞いていたよ」と答えた。

「これでわかったでしょ」とヴェーラ・ヴァスィリエーヴナは、シューシュー音を立てるコンロにポンプで灯油を入れながら言った。「あいつは自分の口から裏切り者だと白状してるじゃない。もし本当じゃなければ、自分からはそう言わないでしょ。わたしたち、工場の集会で決議を挙げて、みんなで署名したのよ。」

「おまえに何がわかる」とヴァスィリーはため息をついた。

ヴェーラ・ヴァスィリエーヴナはさっとこちらを見たので、ヴァスィリーはふたたび壁の方を向いた。娘がそんなふうに見るたびに、ヴァスィリーにはこの守衛室を独り占めにしたいヴェーラ・ヴァスィリエーヴナにとって自分が邪魔者であることが思い出された。娘は三週間前に同じ工場の補助整備士とともに結婚登記簿に登録したが、このカップルには一緒に暮らす部屋がなかった。相手の若者は自分の部屋を二人の同僚と分け合っていたが、近頃では、住宅トラストから部屋を割り当ててもらうまで、何年もかかることがよくあった。

コンロはようやく火が点いた。ヴェーラ・ヴァスィリエーヴナは、煤で底が真っ黒になったやかんをコンロにかけた。

「党細胞のリーダーはわたしたちに決議を読んでくれたの。その中には、裏切り者は容赦なく根絶しろって書かれているわ。やつらに同情を示す者は誰でもそいつ自身が裏切り者だから、告発しなきゃね」と娘はわざと冷淡に説明した。「労働者には警戒が必要なの。わたしたちはそれぞれ、決議への署名を集めるための用紙をもらったのよ。」

ヴェーラ・ヴァスィリエーヴナはくしゃくしゃになった紙を一枚、ブラウスの襟元から取り出し、机の上でそのしわを伸ばした。ヴァスィリーは今や仰向けに寝ていて、錆びついたフックはちょうど頭の真上にあった。コンロの横に広げて置いてある署名用紙の方を横目でちらりと見た。その後、すばやく顔を背けた。

しかし、主は、シモン・ペトロに言った。お前にはっきり言っておこう、今夜、鶏が鳴く前に、お前は私のことを知らないと三度言うだろう[94]。

やかんのお湯がぶくぶく言い出した。年老いたヴァスィリーはずるそうな顔をして聞いた。

「内戦を戦った者も署名しなければならんのか?」

娘は花柄のスカーフをしたまま、立ってやかんの上に屈み込んだ。「強制じゃあないわ」と言い、ふたたび先ほどと同じ独特な目つきで老人の方をちらっと見た。「工場ではもちろんあいつがわたしたちの棟に住んでいたことは知られているわ。党細胞のリーダーは集会のあと、父さんが最後まであいつの友人だったのか、よく一緒に話をしていたかってわたしに聞いたわ。」

年老いたヴァスィリーは、ぱっとマットレスの上に起き上がった。突然の緊張で咳き込み、瘰癧患者のような傷痕のある痩せ細った首の血管が膨らんだ。

娘は机の端に二つのコップを置き、どちらのコップにも袋から紅茶の粉を少しパラパラと入れた。「いつもひとりで何をブツブツ言ってるの?」と娘は聞いた。

「その忌々しい署名用紙をよこせ」と年老いたヴァスィリーは言った。

娘はそれを渡した。「何が書かれているかちゃんと読んであげようか?」

「いらん」と言いながら、老人は署名欄にたどたどしく自分の名前を書いた。「知りたくもない。さあ、お茶をくれ。」

娘は、コップを渡した。ヴァスィリーの唇は震えた。薄い黄色の液体をちびりちびりと流し込みながら、ひとりでブツブツつぶやいた。

お茶を飲んでしまうと、娘はまた新聞を読みだした。被告ルバショウとミヒャエルへの尋問は終わりに近づいていた。党指導者に対する毒殺の陰謀をめぐる審議は傍聴者の間に憤激の嵐を呼び起こした。「狂犬どもを撃ち殺せ」という大きな叫び声が何度も聞かれた。最後に検察官が、これらの行為の動機を尋ねたとき、休廷して以降虚脱状態に見えた被告ルバショウは、弱々しく途切れがちの声で次のように説明した。

「わたしたち反対派が、革命の祖国の政府を転覆するという犯罪的な目標をひとたび立てて以降は、この目標にふさわしいと思った手段は何でも、すなわちわれわれが立てた目標と同じくらい下劣な手段は何でも用いました。わたしが申し上げられることはそれだけです。」

ヴェーラ・ヴァスィリエーヴナは椅子を後ろへ強く押しやり、「反吐が出るわ」と言った。「こいつのへつらいには、気分が悪くなりそう。」

娘は新聞を放り出し、コンロとコップをガチャガチャ音を立てて片付け始めた。ヴァスィリーは娘の方を見ていたが、温かいお茶のおかげで勇気が湧き、ベッドに起き上がった。

「わかったような顔をするんじゃない。あの人がそのとき何を考えていたかなんて誰にもわからない。党はおまえたちすべてに賢く振る舞うよう教え込んだが、賢すぎるやつは、まっとうであるのをやめなきゃならん。肩なんかすくめるんじゃない。」ヴァスィリーは、かっとなって続けた。「今の世の中、賢さとまっとうさは、いがみ合ってる。片方に肩入れしたらもう一方は諦めなきゃならん。自分が正しいとあまりに思い込むのは、人間には良くない。だから、おまえたちは、『はい、はい』、『いいえ、いいえ』とだけ言いなさい。それを越えることは悪から来る[95]と書かれているんだ。」

ヴァスィリーはマットレスに身を沈めると、娘がどんな顔をしたか見ないで済むよう、顔を背けた。これほど勇敢に娘に反論したことは、もう長いことなかった。もしあの娘《こ》がこの守衛室を自分と夫のために欲しいと願ったら、今回のことで何が起こるか、わかったもんじゃない。けっきょく生きていくためには、賢く立ち回らにゃならん。さもなきゃ、この年でこれから監獄行きだ。あるいは、この寒さの中、橋の下で寝なきゃならん。じゃあ、けっきょく、うまく立ち回るか、まっとうに生きるかのどちらかだ。両方一緒にというのは、やはり無理な話だ。

「今から、終わりの部分を読むからね」と娘は通告した。

検察官はルバショウへの尋問を終えた。引き続いて、被告ミヒャエルが再度尋問され、毒殺の試みについての陳述を細部にわたって繰り返した。「訴訟規則では反対尋問の権利が認められているが被告ミヒャエルに対して質問したいことがあるかという裁判長の問いに対して、被告ルバショウは、その権利は放棄すると表明した。これにより、証拠調べは終了し、公判は次回に持ち越された。審理再開後、裁判長は、検察官に発言を許した。」

検察官による論告を年老いたヴァスィリーは聞いていなかった。壁の方を向いて眠ってしまっていた。

自分がどれくらい眠っていたのか、娘が何度灯油をランプにつぎ足したのか、娘が何度人差し指を滑らして新聞の一番下に達し、それから新しいページの最初の段へと移っていったのか、あとから思い出そうとしてもわからなかった。検察官が、それまでの論告を要約し、被告たちに対して死刑を求刑したときになって、はじめて目を覚ました。おそらくは、終わりに近づき、娘が声の調子を変えたせいか、あるいは休止を入れたせいだろう。いずれにしても検察官による論告の中の「この狂犬どもをみなまとめて銃殺することを要求する」という太字で印刷された最後の文が言い終えられたとき、年老いたヴァスィリーはふたたび目を覚ました。

その後、被告たちに最終陳述が許された。

「被告ミヒャエルは人民参審員たちの方を向いて、自分の年の若さに免じて、慈悲と寛大な処置を請うた。もう一度自分の犯罪の下劣さを認め、すべての罪を煽動者ルバショウに押しつけようと試み、その際、興奮のあまり、ひどくどもった。それは法廷内でいささかの哄笑を引き起こしたが、裁判長によってすぐに静められた。裁判長は、その後、被告ルバショウに最終弁論を許した。」

この新聞の記者は、このあと、被告ルバショウが「熱い眼差しで廷内を見回したが、一つとして同情するような顔を見つけることができず、絶望してうなだれた」ようすを具体的に描写していた。

被告ルバショウの最終陳述は短かった。それは、法廷での被告の振る舞いが引き起こしたやりきれぬ印象をさらに強めた。

「人民参審員のみなさま」と被告ルバショウは陳述した。「わたしはここで我が人生で最後に申し述べます。反対派は打ち負かされ、根絶されました。自分は何のために死ぬのかと今日自問すると、突然、絶対的で漆黒の無が現れます。仮に、後悔をせず、党や運動と和解できぬままに死ぬとしたら、わたしが死なねばならないような理由はなくなってしまいます。それゆえ、わたしは、人生の最後の瞬間に際して、祖国と大衆と全人民の前に跪くのです[96]。政治的な偽装や、論争や陰謀による仮面舞踏会はもう終わりです。検察官殿がわたしたちに死刑を求刑する前に、わたしたちは政治的にはとっくに銃殺されています。歴史によって屈辱を与えられた敗者とは悲しいものです。人民参審員のみなさま、わたしはみなさまの前で、たった一つだけですが弁明することがあります。わたしには楽ではありませんでした。虚栄心と高慢さの最後のかけらが、わたしの耳に『黙って死ね』とささやきました。あるいは、見栄を張り、死を前にして感動的な演説をしながら死ねと、胸をはだけて告発者に戦いを挑めとささやきました。そちらの方が、根っからの反逆者であったわたしにとっては、楽であったでしょう。しかし、わたしはその誘惑を乗り越えました。これでわたしの使命は終わりです。わたしは償いを済ませ、歴史との勘定を清算しました。あなたがたに慈悲を請うても嘲笑されるだけでしょう。以上です。」

「……短い協議ののち、裁判長は判決を言い渡した。最高革命裁判所評議会は、被告全員を有罪とし、最高刑、すなわち銃殺と個人の全財産の没収という刑に処した。」

　年老いたヴァスィリーは頭上の何も掛かっていないフックをじっと見つめ、小声でつぶやいた。「御心のままに。アーメン。」そして壁の方へ向きを変えた。

2

それではこれで終わったんだな。ルバショウには、真夜中前には自分が死ぬことになるとわかっていた。

喧噪に満ちた公判のあと、戻ってきた自分の独房の中を行ったり来たりした。窓まで六歩半行き、六歩半戻った。窓から三つ目の黒い石タイルの上に立ち止まって耳を澄ませるたびに、井戸の深みから上がってくるような沈黙が、漆喰塗りの壁の間をさわさわと音を立てて向かってきた。どうして外も内もこんなに静かになってしまったのか、ルバショウにはまだ理解できなかった。しかし、もう何もこの平穏を乱すことができないことは、すでにわかっていた。

そのうえ、振り返ってみると、この恩恵とも言える沈黙が、自分の上に釣鐘のように降りてきた瞬間がいつだったかも、はっきりと言えた。それは公判中のことで、最終陳述を始める直前だった。ルバショウは、利己心や虚栄心の最後のかけらも意識の中から焼き尽くしたと思っていた。しかし、自分の目で傍聴者たちの顔を見回し、どの顔にも無関心と軽蔑しか読み取れなかったあの瞬間、哀れんで投げてもらう骨を求める飢餓感と自分自身の言葉で自らを温めたいという凍てついた願望が最後とばかりにルバショウを襲った。過去の栄光について語りたい、イヴァノフとグレトキンが自分をその中に編み込んだ網をたった一度の反抗で引き裂きたい、ダントンのように告発者に向かって「お前たち、我が命に手をかけたな。ならば命よ、さあふたたび身を起こし、お前たちに立ち向わんことを」と叫びたい。こうした誘惑に駆られた。ああ、おれは革命法廷でのダントンの演説をすべて覚えている。子供の頃に暗記し、一語一語繰り返して言える。「お前たちは我が共和国を血の海の中で窒息させようとしている。自由への足跡は今後いつまで死を意味し続けることになるのか？　これは独裁だ。独裁はその覆いを取り去り、頭をもたげた。独裁がわれわれの屍のうえを闊歩する。」

これらの言葉が出かかって唇がじりじり焼けた。しかし、この誘惑はほんの数秒しか続かず、その後、最終陳述を始めたときには、あの釣鐘が降りてきて、もう手遅れだと悟った。

今からもう一度この道を戻り、もう一度自らの足跡を残した墓に入ろうとしても、手遅れだった。今さらどんな演説をしても、もう何も撤回できなかった。

かれらすべてにとって手遅れだった。かれらの誰ひとりとして、最後に公開の法廷に立ったとき、被告席を演壇に変え、世界に真実を暴露し、ダントンのように裁判官たちに告発を投げ返し、「私の住まいはまもなく無の中となろう、だが、私の名前は歴史のパンテオン(97)に入るだろうと」と述べることはできなかった。ある者たちは、ミヒャエルの息子のように、ただただ肉体的な恐怖から沈黙し、またある者たちは命だけでも助かりたいという希望から沈黙し、さらにある者たちは、少なくとも妻や息子をグレトキンらの魔の手から逃すために沈黙した。最上の者たちは、自らを贖罪の山羊とすることで党に最後の奉仕をするために沈黙した。そのうえ、かれらにはそれぞれに、アローヴァのようなその死に対して責任を持つべき者たちがいた。かれらはあまりに深く自分の過去に編み込まれており、自分たちの回りくどい道徳と論理の規範によって自分が張った蜘蛛の巣に捕らわれていた。それゆえ、かれらはみな有罪だった。ただし、それは、かれらが自ら罪を認めたあの行為のせいではなかった。かれらはあと戻りできなかった。かれらの表舞台からの退場は奇妙なゲームの規則に厳密に従って行われた。歴史はかれらの最後の歌を聞こうとはしなかったし、かれらも歌わず、その口から出たのはオオカミの夜の遠吠えだった。

それでは、これで終わったのだ。ルバショウには、それももうどうでもよかった。もう一緒に遠吠えする必要はなかった。償いを済ませ、勘定は清算済みだった。おれはもはや何ものにも影を落とさず、あらゆる絆から解放された男だ。最後まで考え抜き、最後まで行動し抜いた。おれになお残された時間は、あの「物言わぬ相手」のものだ。その存在領域は、「最後まで考える」が終わった、まさにその場所から始まるのだ。ルバショウは党が一人称単数を使うことに対して党員のすべてに植えつけたあの羞恥心から、それを「文法的虚構」と命名していた。

ルバショウは自分を四〇六号と隔てる壁の横に立っていた。リップ・ヴァン・ウィンクルが退去して以来、四〇六号房は無人だった。鼻眼鏡をはずし、誰も自分を見ていないか盗み見るように周りを見回し、そして打った。

2-4、1-3、2-3(98)

耳を澄まし、少年のように恥じらいながら、その後、もう一度打った。

2-4、1-3、2-3

この数字の組み合わせをもう一度繰り返しながら、その間じっと耳を澄ました。壁は沈黙したままだった。ルバショウはこの「ワタシ」という言葉を打音による対話の中で使ったことは一度もなかった。耳を澄ましたが、打った音は何の残響もなくやんだ。

ルバショウは、房内の行ったり来たりを続けた。沈黙の釣鐘が上から降りてきて以来、いくつかの疑問が心に引っかかっていて、それに対する答えをすぐにでも見つけたかった。それらは素朴な子供らしい疑問だった。最も重要な疑問は、意味のある苦しみと無意味な苦しみの違いに関係していた。意味のある苦しみは生物学的な原因によるのに対し、無意味な苦しみは社会的な原因によった。この後者を失くすことこそが革命の唯一の意義だった。しかし、後者の苦しみを失くすことが、一時的には前者の苦しみの総量を大幅に増やすという代価によってしか実現できないことが示された。それゆえ、今や疑問は、そのような手術は正当化されるかというものだった。もし抽象的に「人類」について語るならば、正当化されることは明らかだった。しかし、2-4、1-3、2-3という数字の組み合わせに適用されると、すなわち血と肉からなる実際の人間に適用されると、それは恐ろしく馬鹿げた結果に行き着いた。少年の頃、ルバショウは、あらゆるこの種の疑問に対する一つの答えが党活動の中に見いだせると信じていた。その活動は四十年続いたが、自分が活動を始めるきっかけとなったこの問いを、活動を始めたとたんに忘れてしまっていた。今、四十年が過ぎ、ルバショウは少年時代のこの素朴な問題提起に戻ってきた。党はルバショウが差し出せるものはすべて受け取ったが、この問いへの返事は怠ったままだった。ルバショウがその魔術的な数の組み合わせを、誰もいない隣の房の壁に打っているあの物言わぬ相手も、これについては知らぬふりだった。この相手は、緊急で、論理的で、どうしても答えを知りたいような質問には、答えてくれなかった。

しかしそれでもこの相手にしゃべらせる方法はあった。「来たれ、甘き死よ」という歌のメロディーに対してそれはときどき反応した。ピエタの重ねられた手や少年時代の特定の思い出に対しても反応した。こうした振動を引き起こすためのいくつかの音叉があった。そして振動が始まると、神秘主義者が恍惚か聖なる没頭とかと呼んだある状態が生み出された。現代心理学者の中で最も偉大で冷静な者(99)がこの状態の実在を認め、それを「大洋的感覚」と命名した。そして実際、その中では個人的なるものは海の中の塩粒のようにその中に溶けるが、同時に、無限の海がこの一粒の塩の中に捕らえられているように思えた。その塩粒は特定の時間と空間の中に限定されるものであることをやめた。その状態においては、思考はその方向を失い、磁極における方位磁針のように回転し始め、そしてついには、軸から離れて、夜のオーロラのように空間の中を自由に漂った。そして、すべての観念や感覚が、それどころか歓喜や苦痛自体も意識のプリズムで屈折した一つの同じ光線が作るスペクトルに過ぎないと思えるほどになった。

ルバショウは房内を行ったり来たりした。以前は、この種の素朴な物思いを恥ずべきこととして自分に禁じていた。今は恥ずかしいとは思わなかった。今や死を前にしており、死においては、形而上的なものが現実となった。ルバショウは窓辺に立ち止まった。機関銃塔の上に青空が少し見えた。それは色あせてはいたが、それでも、子供の頃に父親の大庭園の芝生に寝転がってポプラの枝が上でゆっくり動くのを眺めるたびに頭上に見えた、あの空の特別な青さを思い出させた。どうやら、ほんの少し見える空の青さだけでも、あの「大洋的感覚」を引き起こすのには十分なようだった。どこかで読んだことがあったが、新しい宇宙論によれば、世界の容積は有限であり、空間には果てはないもののそれは球の表面のように自らの内部に閉ざされているという。当時はその意味がまったくわからなかった。今、それを理解したいと自分が痛切に願っているのを感じた。この話をどこで読んだかも、すでに思い出した。ドイツで最初に逮捕されたあと、同志たちは非合法に出版された党機関誌の切れ端をルバショウのためひそかに獄中に持ち込んでくれた。上にはパン工場でのストライキについての三段組の報告があり、下には一段組の小さな字で書かれた埋め草として、世界は有限であるというその発見が載っていた。機関誌はその記事の真ん中でちぎれていた。ちぎれていた箇所に何が書かれていたかは、その後もついに知ることはなかった。

ルバショウは窓辺に立ち、鼻眼鏡を使って誰もいない房に続く壁を叩いた。子供の頃、元々は天文学を勉強したかった。それがけっきょくは四十年間も別のことをしてきた。検察官はどうして、「被告ルバショウ、無限の件はどうなったのかね?」と聞かなかったのだろう? 聞かれたとしても何も答えられなかっただろう。そしてまさに、ここにこそ、おれの罪の元々の原因があるのだ。これ以上大きな原因があり得るだろうか?

ルバショウはあの新聞の小記事を読んだとき、当時もひとり獄中にいて、直前に受けた拷問で手足に傷を負いながらも、ある奇妙な興奮状態に陥った。あの「大洋的感覚」がルバショウを運んで行ったのだが、あとになってそれを恥じた。党はそうした状態を拒否し、それを小市民的神秘主義、象牙の塔への逃亡と呼んだ。党はそれを使命からの逃避、階級闘争への裏切りと呼んだ。「大洋的感覚」は反革命的なものだった。

というのも闘争では両足を大地につけて立たねばならなかったからだ。党はどうやってそうするかを教えた。無限とは政治的に疑わしい量であり、「ワタシ」とは同じく疑わしい質であった。そのような単位の存在について党は耳を貸そうとはしなかった。個人の定義は、百万人の集団を百万で割ったものとされた。

党は個人の自由意志を否定した。だが同時に、絶対的な献身性と意志の集中を個人に要求した。党は個人が二つの選択肢のどちらかを選ぶ能力を否定した。だが同時に、つねに正しい選択肢を選ぶことを要求した。党は、個人が善悪を判断する力を否定した。だが同時に、罪や裏切りについて大げさに語った。個人は、致命的な経済関係のもとで、どこからも影響を受けずあらかじめ決められた通り永久に止まることなくカチカチ回転する時計仕掛けの歯車であった。しかし、党は、歯車が時計仕掛けに逆らい、その進行に影響を与えることを要求した。この計算にどこか間違いがあったのだ。ことは思い通りにいかなかった。

四十年の間、ルバショウはこの致命的な経済関係と戦った。これが人類の根本的な災いであり、人類の内臓をむしばむ癌だった。ここでこそ手術に着手せねばならず、そうすれば、あとは自然に治っていくはずだった。これ以外はすべて素人療法、夢想家のいかさま治療だった。重病人を手かざしや信心深いお説教で治すことはできなかった。外科医のメスとその冷静な判断しかなかった。だが、どこにメスを当てようと、そこにはもともとの腫瘍に代わって、新しい腫瘍が生じた。それで、またもや、ことは思い通りにいかなかった。

四十年の間、ルバショウは、党員が守るべき規律に厳密に従って生きてきた。つねにその論理的な思考の原則を尊重し、すべてを最後まで考え抜き、最後まで行動し抜いた。古い非論理的な道徳律の残滓を理性の硝酸銀棒(100)で自分の意識の中から焼き尽くした。あの「物言わぬ相手」からの誘惑を拒絶し、理性を信じて力の限り「大洋的感覚」に抵抗した。それでおれはどこにたどり着いた？　議論の余地のない論理的前提からまったく馬鹿げた結果が生じた。イヴァノフやグレトキンの反論の余地のない演繹的推論は、おれを一直線に公判での不気味な猿芝居へと導いた。すべてを最後まで考え抜くのは、おそらく人間には向いていないのだ。

ルバショウは鉄格子の窓を通して機関銃塔の上に少しだけ見える青空をじっと眺めた。自分の過去を振り返るたび、自分が四十年の間凶暴に走り回って、大量殺人を、それも純粋理性による大量殺人を犯してきたように思えた。人間を古い紐帯から解き放ち、「すべきでない」や「してはならない」というブレーキを緩め、あたりかまわず目的に向かって突進させるのは、おそらく人間には向いていないのだ。

空が赤く染まり始め、夕暮れが近づいていた。機関銃塔の周りを、黒っぽい鳥の群れが力を抜いてゆっくりと羽ばたきながら旋回していた。ことは思い通りにいかなかった。人間の目の前に目標を置いて、その手にメスを持たせても、それだけでは不十分なのは明らかだった。メスを使って実験するのは、人間には向いていないのだ。ひょっとしたらいつか将来は可能になるかもしれない。だが、今のところは、人間は、そうするには若くて危なっかしすぎるのだ。偉大なる実験場、革命の祖国、自由の砦、そこにおける人々の生活のひどさといったら！　グレトキンは、起きたことすべてを、革命の砦は守り続けねばならないという表現で正当化した。しかし、その内実はどうだったか？　ああ、コンクリートで天国は作れない。砦は守られるだろう。だがそれは、世界に対してもはや伝えるべき何のメッセージも何の手本も持たない。教皇アレクサンデル六世(101)がキリスト教の神の国の理想を汚したのと同じように、ナンバー・ワンの体制は社会主義の未来国家というユートピアを永久に汚したのだ。革命の旗は弔旗となって風に吹かれている。

ルバショウは、独房内を行ったり来たりした。静かで、ほとんど真っ暗だった。やつらが連れに来るまでもうそれほど時間はないはずだ。この計算にはどこかに間違いがあった。いや、この計算システムそのものが間違っていたのだ。ルバショウは、リヒャルトとピエタのことがあって以来、もう長いこと薄々そう感じていた。しかし、思い切ってそれをすべて自分に白状したことは一度もなかった。おそらく、すべては、時間の見積もりが大雑把すぎたからかもしれない。おそらく革命は早く来すぎたのだ。奇形で異形な四肢を持つ早熟児だったのだ。ローマ文明もすでにキリストの時代に死に瀕しているように見えた。われわれの文明のように骨の髄まで腐っていた。当時もまた最良の者たちでさえ、大変革の機はもう熟していると思った。しかし、その後、古い時代遅れの世界はさらに五百年ほど続いた。歴史の鼓動はゆっくりしている。人間の計算単位は年だが、歴史の計算単位は世代だ。おそらくわれわれも、やっと始まりの始まりに来たところなのだ。ああ、できるならおれも、大衆の相対的成熟理論を完成させるため、もっと生きていたかった。

独房内は静かだった。ルバショウには、石タイルの上を歩くキュッキュッという自分の足音以外は聞こえなかった。かれらがルバショウを連れ出すはずの扉まで六歩半、外がほとんど夜になってしまった窓まで六歩半。もうすぐで、すべて終わりだった。しかし、自分はそもそも何のために死ぬのかと自問しても、ルバショウには何の答えも見つからなかった。

この体系には間違いがあった。おそらく間違いは、おれがこれまで疑う余地がないと見なしてきた目的は手段を正当化するという命題の中に潜んでいるのかもしれない。この命題の名において、おれは他人を犠牲にし、今や自分自身も犠牲となる。この命題こそが、革命の偉大なる同胞愛を抹殺し、われわれすべてを凶暴な大量殺人者に変えてしまった。おれはかつて日記に何と書いただろう？「われわれは道徳が持つすべての慣習と規範を思い切って振り捨て、論理的一貫性という唯一の強制の下にいる。われわれは倫理的なバラストなしに航海する。」

おそらく不幸の根幹はここにある。おそらく、バラストなしに航海するのは、人類には向いていないのだ。そしておそらく理性だけでは、コンパスとしては不十分なのだ。それは、あまりに長期間、回りくねった遠回りのコースを示すので、目的地は霧の中で完全に見失われてしまう。

おそらくこれから大いなる暗黒の時代が来るのだ。

おそらくそのあとになって、それもずっとあとになってやっと、致命的な経済関係と「大洋的感覚」の両方を理解する新しい旗印と新しい精神のもとに、新しい運動が生まれるだろう。おそらく新しい党の構成員は修道服をまとい、手段の純粋さのみが目的を正当化し得ると教えるだろう。おそらくかれらは、個人は百万人を百万で割り算した産物であるという命題は間違っていると教えるだろう、そして百万人のワタシ—タチの新しい統一体への統合という掛け算に依拠する新しい種類の数学を導入するだろう。その統一体はもはや無定型の大衆ではなく、ワタシ的性質を保持し、百万倍に強化された「大洋的感覚」を伴い、果てはないがそれ自身の中に閉じた宇宙空間の中で……

ルバショウは、独房内の行ったり来たりを中断し、耳を澄ました。鈍く押し殺された、太鼓を叩くような音が外の廊下で湧き起こった。

3

太鼓の音は、遠くから吹いてくる風のように響いた。それはまだ遠くにあって、だんだん近づいてきた。ルバショウは動かなかった。石タイルの上の脚は自分のものでなくなり、もはや自分の意志には従わなかった。地球の重力が、脚の中でゆっくりと大きくなっていくのを感じた。覗き穴から目を離さないまま、窓まで二歩後ずさりした。何回か深く息をし、煙草に火を点けた。寝台の横の壁がコッコッ音を立てた。

ヤツラハミツクチヲツレテイク。オマエニヨロシクトイッテイル。

ルバショウの両脚から重い感じが消えた。扉のところへ行き、両方の手のひらですばやくリズミカルに扉の金属部分を叩き始めた。四〇六号に伝えるのはもはや無意味だった。その房は無人で、連鎖はここで途切れた。ルバショウは叩きながら目を覗き穴に押しつけた。

廊下には、いつものようにうす暗い電灯が点いていた。いつものように四〇一号から四〇七号(102)までのコンクリートの扉が見えた。太鼓の音は膨れ上がり、足音がやってきた。石タイルの床の上を、何かを引きずりながらゆっくりと近づいてくる足音がはっきりと聞こえた。突然、兎唇が視界に入った。兎唇は、グレトキンの部屋のスポットライトの中に立っていたときと同じようにそこにいた。唇はわなわなと震え、手錠をかけられた両手は奇妙な形にねじ曲げられた姿勢で背中の後ろに垂れていた。兎唇には覗き穴の背後のルバショウの目は見えなかったが、目の見えない者が何かを探すような眼差しでルバショウの房の扉をじっと見つめていた。あたかもその背後に命が助かる一縷の望みでもあるかのように。その後、命令が発せられ、兎唇はおとなしく向きを変えて歩き出した。その後ろには、軍服を着てガンホルダーを着けた大男が歩いていた。かれらはひとりずつルバショウの視界から消えていった。

太鼓の音は引いていき、ふたたび静かになった。寝台の横の壁がコツコツ鳴った。

アイツハヨクガンバッタナ。

ルバショウが四〇二号に降伏の意志を伝えた日からずっと、かれらはもはやお互いに話をしていなかった。四〇二号はさらに打ってきた。

オマエニハアトヤク十プンホドジカンガアル。ドンナキブンダ？

最後の待ち時間を楽にしてやろうと四〇二号が会話を始めたのが、ルバショウにはわかった。それはありがたかった。寝台に座って打ち返した。

サッサトオワッテクレレバイイガ。

オマエハキットヘタバッタリシナイ、と四〇二号は打ってきた。

オマエハヤハリタイシタヤツダカラナ……四〇二号は途中でつかえ、最後の言葉を急いで繰り返した。タイシタヤツダ……会話に中断が生じないよう努力しているのが見て取れた。オマエハマダオボエテイルカ？「チイサナリンゴノヨウナムネ」ハハハ。タイシタヤツダ。

ルバショウは外の廊下の方に聞き耳を立てた。まだ何も聞こえなかった。四〇二号は、ルバショウの考えを見抜いたようで、すぐにまた打ってきた。

キキミミヲタテルナ。ヤツラガクルマエニオレガハヤメニチャントオシエル。モシイノチヲユルサレルトシタラ、ナニヲスルカ？

ルバショウは少し考え、そして打った。

テンモンガクヲケンキュウスル。

ハハハ、と四〇二号は打ってきた。オレモソウスルカナ。オソラクホカノホシニモニンゲンガスンデイルトイワレテイル。オマエニチュウコクサセテモラッテモイイカ？

ドウゾ、とルバショウは不思議に思って打ち返した。

ダガワルクトラナイデクレ。イチシカンノギジュツテキナチュウコクダ。ショウベンヲシテオケ。コウイウトキニハイツモソノホウガイイ。ココロハモエテモ、ニクタイハヨワイ。ハハハ[103]。

ルバショウは笑い、言われた通りトイレ用バケツの方へ行った。その後、ふたたび寝台に戻り、座って打った。

アリガトウ。スバラシイイケンダ。トコロデオマエノケイキハアトドレクライダ？

四〇二号は数秒間沈黙した。それから、それまでよりは少しゆっくりと打ってきた。

マダ十八ネン。マルマルデハナイ、六五三[104]〇ニチダケ。四〇二号は少し中断し、それから付け加えた。

ホントハオマエガウラヤマシイ。そしてまた新たに中断し、その後打ってきた。

カンガエテモミロ、マダ六五二九カイモオンナノイナイヨル。

ルバショウは、これには何も答えなかった。それから打った。

オマエハダガドクショデキルシ、ベンキョウモデキル……

ソレダケノアタマガナイ、と四〇二号は打った。そしてその後、大きくそして大急ぎで打ってきた。

キヲツケロ、ツイニヤツラガキタ……

四〇二号はそこで黙ったが、数秒遅れて冷静に付け加えた。

ザンネンダ。チョウドタノシクオシャベリシテイタノニ……

ルバショウは寝台から立ち上がった。少し考え込み、それからゆっくりと打った。

ドウモアリガトウ……

独房の扉の鍵がガチャガチャいった。扉がぱっと開き、外には、軍服の大男とひとりの私服の職員がいた。私服の職員はルバショウの名前を呼び、何かの書類から何かの文章を棒読みした。かれらがルバショウの腕を背中の方にねじり手錠をかけている間、四〇二号が大急ぎで壁に打っている音が聞こえてきた。

オマエガウラヤマシイ。オマエガウラヤマシイ。サヨウナラ……

外の廊下ではふたたび太鼓の音が始まった。音は、理髪室のところまでかれらに付いてきた。ルバショウには、どのコンクリートの扉の背後にも、覗き穴に押しつけられた目があって、自分を見つめているとわかっていたが、顔を右へも左へも向けなかった。大男は手錠をきつすぎるほど締めたので、手錠は手の甲の関節をこすった。また腕は後ろへねじられた際に軽く捻挫しており、両方とも痛んだ。

地下室への階段が見えてきた。ルバショウは、少し歩みを緩めた。私服の職員は、階段の前で立ち止まった。小柄で、少し目が飛び出ていた。職員は尋ねた。

「何か希望はありますか?」

「いいえ」とルバショウは答え、地下室への階段を降り始めた。私服の職員は上に残ったまま、飛び出た目で見送った。

地下室への階段は狭く照明は暗かった。手すりにつかまることができなかったので、ルバショウは転ばないように気をつけた。太鼓の音はやんでいた。ルバショウには、自分の三段後ろを軍服の男が降りてくるのが聞こえた。

階段はらせん階段だった。ルバショウは、よく見るために身を屈めなければならなかった。そのとき、鼻眼鏡が顔から外れ、二段下の踏み板の上に落ちてレンズが割れ、さらに何段か跳ね落ちて、一番下の段で止まった。ルバショウは一瞬の間どうしようかと立ち止まったが、その後、残りの数段を慎重に足を下ろしながら降りた。背後の大男が身を屈めて壊れた鼻眼鏡をポケットに入れるのが聞こえたが、ルバショウは振り返らなかった。

ルバショウは今やほとんど前が見えなかったが、足の下には、ふたたび堅い床があった。壁の輪郭がはっきりせず、突き当たりも見えない長い廊下がルバショウを迎えた。軍服の男は、つねに後ろ三歩の距離を維持していた。ルバショウは男の視線を首筋に感じていたが、振り返らなかった。同じリズムで一歩また一歩と慎重に足を前に出した。

ルバショウには、もう何分も前からずっとこの廊下を歩いているように思えた。今なお何も起こらなかった。もし軍服の男が背後で革のガンホルダーを開いたら、おそらく聞こえるにちがいない。それまではまだ時間があり、おれはまだ安心だ。あるいは、この男は、口を開けた患者の上に屈み込む際に抜歯鉗子を袖口に隠す歯医者のように、背後でこっそり行動するだろうか？　ルバショウは何かほかのことを考えようと努力したが、振り向いて背後の男が何をしているか見るのを我慢するために、全注意力を集中しなければならなかった。

変だな、公判中にあの釣鐘が上から降りてきた瞬間から歯の痛みが消えた。おそらくちょうどあのとき、傷が開いて膿が出たのだろう。おれはだがあいつらに何と言ったっけ？　わたしは祖国と大衆と全人民の前に跪き……その続きは何だったかな？　大衆と人民はどうなったんだろう？

四十年の間、人民は脅しや誘惑によって、でっち上げられた恐怖と慰めによって砂漠を追い立てられた。だが、約束の地はどこにあったんだろう？

そもそもこの人類にはそうした放浪の末にたどり着く目的地があるのだろうか？　それは、ルバショウができるならまだ答えが欲しいと思った問いの一つだった。モーゼもまた約束の地に足を踏み入れることを許されなかった。それでも、モーゼは、山の上からそれが足下に広がるのを見ることは許された[105]。目的地があることを目に見える形で確信し、穏やかに死ねた。だが、このニコラス・サルマノヴィッチ・ルバショウは死に際してどこの山にも導かれなかった。ルバショウの目にはどこを見ても、砂漠と夜の闇しか見えなかった。

鈍い衝撃がルバショウの後頭部を襲った。長い間来ると覚悟していたがそれでも不意打ちだった。自分の膝がくずおれ、自分の体が半分ほど回転するのを感じて不思議だった。倒れながら、芝居みたいだ、でも何も感じないなと思った。身を縮め、頬を冷たいコンクリートの床につけたまま倒れていた。目の前が暗くなった。海がルバショウを揺らしながら夜の波の上を運び、海面上の薄い霧のベールのように、いろいろな記憶がルバショウの中を通り過ぎていった。

玄関のドアがノックされ、ルバショウはかれらが自分を逮捕に来た夢を見ていた。だが、どちらの国におれはいるのだろう？

ルバショウは、ナイトガウンの袖口に腕を通そうと努力していた。だが、頭上に掛けられ、おれを見下ろしているのは、どちらの肖像画だろう。

皮肉な笑いを浮かべるナンバー・ワンだろうか、それとも目が据わったもう一方[106]だろうか？

ある形のはっきりしない人影が、ルバショウの上に屈み込んだ。ガンホルダーの新鮮な革の匂いがした。だが、この人影の、きつめの軍服の袖口とポケットの折り返しにはどちらの徽章がついているのだろう？何の名において黒ずんだ銃身を持ち上げるのだろう？

二発目の叩きつけるような衝撃がルバショウの耳を襲った。そして静かになった。海のさざなみが聞こえた。波がルバショウを穏やかに持ち上げた。波は遠くの方から寄せて来て、ゆっくりと去って行った。何事もなかったように永遠が肩をすくめた。

一九三九年一月—一九四〇年三月

（1） ニコロ・マキャベリ（一四六九–一五二七）はイタリア・ルネサンス期の政治思想家。政治を宗教や道徳から導かれる理想とは切り離して論じる現実主義的な政治理論を説いた。『ディスコルシ』（原題『ティトゥス・リウィウスの最初の十巻についての論考』）は、古代ローマの歴史家リウィウスの書いた『ローマ建国史』冒頭の共和政期の事例と当時の歴史的事件を取り上げながら政略について論じた書物で、『君主論』と並ぶマキャベリの代表作である。
ここで言うブルトゥス（ブルータス）はルキウス・ユニウス・ブルトゥス（?–前五〇九）を指す。彼はローマ王タルクィニウス・スペルブスを追放し、ローマに共和政を打ち立て、初代執政官を務めた。また自分の息子たちが追放された王に内通して陰謀を企てた際は、自ら裁判官として死刑を言い渡した。なお、ローマの共和制の末期に、カエサル（シーザー）の暗殺に加わったマルクス・ユニウス・ブルトゥス（前八五–前四二）は、彼の子孫ではあるが別人である。

（2） 引用元として挙げられているが、ドストエフスキーの『罪と罰』のどこにもこの表現は存在しない。ただし、第一部第二章において作中人物の一人であるマルメラードフが酒場でくだを巻きながら吐いた台詞の中に、もっと卑近ではあるが少しだけ類似した表現が見られる。おそらく、その箇所を〝高尚に〟解釈しすぎて誤訳し、結果的に創作してしまったのか、あるいは作者の思い違いによるまったくの誤引用だと思われる。

（3） サン＝ジュスト（一七六七–一七九四）はフランス革命期の政治家。ロベスピエールとともに、急進共和派に属し、彼の側近として革命後の恐怖政治の時期に理論・実務・軍務の各方面で大きな影響力を持った。政敵に対しては容赦なく、ジロンド派の打倒やダントンの処刑に大きく関わった。一七九四年七月二十七日のテルミドールのクーデターでロベスピエールらとともに逮捕され、翌日二十六歳の若さで処刑された。引用文は、ルイ十六世に対する国王裁判で、王の罪を糾弾し処刑を求めた彼の演説の一節である。

（4） 鼻眼鏡（パンスネ）は、耳に掛けるつるの部分がなく、鼻に挟んで掛ける方式の眼鏡。取りはずしが簡単でおしゃれなこともあり、十九世紀後半から二十世紀初頭にかけてヨーロッパで大流行した。

（5）人民委員は各省庁の大臣クラスの役職を指し、一九四六年までのソビエト連邦の行政執行機関の長の名称として使われた。

（6）人民委員部は一九四六年までソビエト連邦とその構成国家に存在した行政機関で、内務人民委員部は刑事警察、秘密警察、国境警察、諜報機関を統括していた。

（7）ヨシフ・スターリン（一八七八−一九五三）を指す。彼は一九二二年に共産党書記局長に就任し、一九二四年にロシア革命の指導者レーニンが死ぬと、一国社会主義建設可能論を唱え、世界革命を唱えるトロツキー派との権力闘争に勝利した。その間、共産党書記局に権限を集中し、一九三〇年代後半にはモスクワ裁判や百数十万人の犠牲者を出した大粛清を通じて、自分に対抗する可能性のある政敵や革命前からの古参党員（いわゆるオールド・ボリシェビキ）の大部分を殺害するとともに、自己を神格化するキャンペーンを通じてスターリン崇拝を徹底させ、秘密警察を使った恐怖政治を通じ、死ぬまで絶対的権力を握った。

（8）瘰癧《るいれき》は、頸部リンパ節が数珠状に腫れる結核症の一種に対する昔の俗称。

（9）ここで言う内戦は、ロシア革命後に、革命の自国への波及を恐れた諸外国からの間接・直接の支援を受け、一九一八年五月のチェコ軍団の蜂起から一九二二年十一月の白軍ヴラーンゲリ軍団の壊滅までの期間に旧ロシア帝国領で戦われたロシア内戦を指す。最終的には、君主主義者や保守主義者などからなる白軍が軍事的にも敗北し、各国も軍事的干渉を断念することで、赤軍（革命軍）の勝利に終わった。なお、日本もチェコ軍団救出を口実に一九一八年から一九二二年までシベリアに出兵した。

（10）ロシア正教会で最も有名な聖母マリアのイコン（テンペラ技法を用いた板絵の聖画像）の一つ。

（11）オーストリア出身の詩人・作家であるライナー・マリア・リルケ（一八七五−一九二六）の詩「ピエタ」（一九〇六年作）を指す。

（12）ヨハン・ゼバスティアン・バッハ（一六八五−一七五〇）による、独唱と通奏低音のための聖歌（BWV四七八）の題名。

(13)　ここでは、一九一九年から一九四三年まで存在した国際的な労働者組織である第三インターナショナル（別名：コミンテルン）を指す。第三インターナショナルは、第一次世界大戦開始に際し、戦争支持派や平和派などに分裂して実質的に崩壊してしまった当時の第二インターナショナル（一八八九年、パリで創設）に対抗し、一九一九年にロシア共産党を中心に各国共産党や社会民主主義者の左派グループによってモスクワで創設された。一九三〇年代後半以降は、スターリンによる大粛清によってその幹部とスタッフのほとんどが銃殺され、一九四三年にソビエト連邦の政策転換によって解散した。なお、第一インターナショナルは、マルクスやエンゲルスらにより、一八六四年にロンドンで創設され、ヨーロッパの労働運動に影響を与えたが、社会主義を説くマルクスらのグループと無政府主義を説くバクーニンらのグループに分裂し、一八七六年に解散した。

(14)　wer はドイツ語であり、英語の who（誰）に当たる疑問詞。

(15)　サボタージュとは、工場などで故意に生産施設を破壊したり不良品を作ったりして経済活動を破壊する行為。すでに一九二〇年代末には、政敵や古参党員を権力機構から締め出し、強大な権力を手中にしていたスターリンだったが、自らが主導する経済政策の失敗の責任を転嫁するためのスケープゴートをつねに必要とした。そのため、さまざまなサボタージュ事件が繰り返しでっち上げられた。また、工業や産業部門の指導的な科学者や経済学者が社会主義体制を転覆するためにサボタージュを行ったとする「産業党裁判」（一九三〇）や「メンシェビキ裁判」（一九三一）のような見せしめ裁判も行われた。これらの裁判は、おそらく拷問によると思われるが、被告のほぼ全員が、「自分は外国に操られたスパイであり政府転覆のためサボタージュを行いました」と自ら進んで自白し死刑宣告を受け入れたこと、一般市民を偽装した秘密警察職員が傍聴席に動員され都合の悪い発言が出ると野次や怒号で打ち消されたこと、被告に死刑を求める大衆運動が組織化されたことなど、その進め方においても、のちのモスクワ裁判を先取りするものであった。

(16)　蔣介石による上海クーデターを指す。一九二四年に孫文指導の国民党と共産党の間で、軍閥に対抗するための協力関係（第一次国共合作）が成立したが、孫文の死後に国民党の実権を握った蔣介石は、一九二七年四月十二日に上海でクーデターを起こした。これにより、当時の中国共産党とその指導下にあった労働組合組織は壊滅させられ、多くの労働者や市民が殺害された。死者三百名、逮捕者五百名、行方不明者五千名とされる被害を受け、共産党と労働者組織は影響力を失い、その後も、第二次国共合作が成立する一九三七年頃まで、共産党排除に重点を置く国民党と共産党の国共内戦により、日本軍の侵略に対する効果的な抵抗は困難となった。なお、アンドレ・マルローの『人間の条件』（一九三四）は、上海クーデター前後の中国を舞台とした小説として有名である。

(17) スペイン内戦での人民戦線政府側の敗北を指す。一九三六年一月の総選挙で左派を中心とする人民戦線政府が成立したが、七月に軍の一部が反乱を起こし、フランコ将軍が率いるモロッコ駐留軍がスペイン本土に上陸すると、それに対抗する勢力との間で三年にわたる内戦となった。イタリアのムッソリーニ政権とドイツのナチス政権は反乱軍側を支援したのに対し、イギリス・フランスは不干渉政策を取り、アメリカも中立の立場を宣言したものの石油の提供などを通じてフランコ側を間接的に助けた。それに対し、ソビエト連邦やメキシコは人民戦線政府を支持して軍事支援を行い、各国から多くの義勇兵が市民の資格で人民戦線政府側の軍に参加した。しかし、人民戦線政府側の内部対立もあり、一九三九年三月三十日のバレンシア陥落によりフランコ側が勝利する形でこのスペイン内戦は終結し、その後は、フランコの率いるファランヘ党による反共ファシスト政権が成立した。

(18) 片眼鏡（モノクル）は、十九世紀以降、ヨーロッパの上流階級で流行したが、視力矯正器具としてよりも、シルクハットやフロックコートなどとともに、貴族階級のまねをして優美を装うためのアイテムとして使用者から好まれた。

(19) ピエタ（嘆きの聖母像）は、十字架から降ろされたキリストを膝の上に抱いて嘆き悲しむ聖母マリアをモチーフとした彫刻や絵画を指す。中世における最も有名な図像表現モチーフの一つである。

(20) 一九三三年のナチスによる政権掌握とその後の白色テロを指す。ナチスは、一九三三年一月三十日に政権を握ると、二月二十七日に国会議事堂放火事件を口実に緊急事態を宣言し、ヴァイマル憲法で保証された基本的人権を停止するとともに、保護検束制度を使って共産党をはじめとする左派を逮捕拘禁し収容施設に送り込んだ。さらに、共産党議員や社会民主党議員の多くを逮捕した上で、三月二十三日には「全権委任法」を国会で可決させ、ヴァイマル憲法の規定に基づく「合法的な」手段で国会から議決権を奪い、独裁体制を確立した。この逮捕拘禁は、正規の警察だけでなく、補助警察であるナチスの突撃隊や親衛隊によっても行われ、同年十月までに約十万人が保護検束され、そのうち数百人がリンチ等で殺害されたと言われている。

(21) 薄葉紙は、辞書などの印刷に使う、厚さの非常に薄い紙のこと。

(22) ここで言う穏健派は、共産党と並んで当時の労働運動を指導していた社会民主主義者を指す。ソビエト連邦とそれに指導された各国の共産党は、一九二〇年代半ばからいわゆる「社会ファシズム論」を唱えたが、それによると社会民主党やそれに率いられた労働運動は左翼的な装いを持ったファシズムの一形態に過ぎず、ファシズムそのものに対する戦いよりも、社会民主党に対する戦いをまず優先すべきであるとされた。ドイツにおいては、この方針により、ナチスの台頭に対する反ファシズム勢力の共闘が妨げられ、結果的にナチス政権の成立に利する結果となった。しかし、一九三三年のナチスの政権奪取後も、共産党によるこの方針は維持され、「社会ファシズム論」が公式に否定され、ファシズムに反対する広汎な人民戦線（統一戦線）方針が提唱されるようになったのは、一九三五年になってからであった。

(23) 兎唇は、口唇口蓋裂の一種で中央が先天的に縦に裂けている症状やその症状の人を指す差別用語。

(24) 罪なきイエスが、十字架上で死ぬ間際に、自分に迫害を加える者たちの罪の執り成しを祈った次の言葉が背後にあると思われる。「そのとき、イエスは言われた。『父よ、彼らをお赦しください。自分が何をしているのか知らないのです。』」（ルカによる福音書　第二十三章　第三十四節　新共同訳）

(25) ロシアの革命家、政治家、哲学者でありソビエト連邦の初代指導者（人民委員会議議長）であったウラジーミル・レーニン（一八七〇―一九二四）を指している。その主著は、『国家と革命』。

(26) ナチスドイツは、一九三三年に発生した国会議事堂放火事件を国際的な共産党組織による陰謀として描くために、当時ブルガリア共産党中央委員会国外事務局委員としてドイツで活動していたゲオルギ・ディミトロフ（一八八二―一九四九）らを逮捕し、取り調べた。しかし、ディミトロフは裁判で検察側の主張をすべて論破し、翌年、無罪釈放された。この事件は、ルバショウの逮捕と釈放というエピソードのモデルとなったと思われる。

(27) 虐げられていたエジプトから、モーゼに率いられて脱出したイスラエルの民に、神が与えると約束した理想の地カナンを指す。旧約聖書では「乳と蜜の流れる国」（申命記　第十一章　第九節）と表現されている。

(28) ナチスドイツを指す。

(29) イタリア・ムッソリーニ政権による第二次エチオピア戦争（一九三五－一九三六）を指す。当時の国際連盟はイタリアを侵略者と見なして経済制裁を発動したが、禁輸対象に石油などの戦略物資は含まれず、また英仏も自国の利害に直接関係しないことから融和的な政策を取ったため、侵略を止めることはできなかった。このため、この事件は国際連盟の無力さをさらけ出す結果となった。

(30) カール・リープクネヒト（一八七一－一九一九）を指している。彼は、ドイツの政治家で、第一次世界大戦が勃発した一九一四年、社会民主党の主流派に反してただひとり、帝国議会で軍事公債発行に反対した。彼はその後社会民主党を脱党し、一九一六年にドイツ共産党の前身となったスパルタクス団をローザ・ルクセンブルクらと結成するが、一九一九年一月のスパルタクス団蜂起の際に反革命義勇軍に捕まり、ローザ・ルクセンブルクとともに殺害され、遺体は川に投げ捨てられた。

(31) 清教徒（ピューリタン）は、十六世紀後半のエリザベス朝時代に、イングランド国教会の改革を唱えたキリスト教・カルヴァン派の一派。華美な儀式や娯楽を嫌い、清貧な信仰生活を説いたため、しばしば人生を楽しまず、謹厳で潔癖な生活を送る人のたとえに用いられる。

(32) 一九〇三年から一九三〇年代中ごろまで使われていた睡眠薬の商品名。過剰に摂取すると死に至る。

(33) モデルとなっている事件は第一次モスクワ裁判である。一九三六年八月十九日から同二十四日にかけて開かれた。被告人は、ジノヴィエフ、カーメネフ、スミルノフらのロシア革命の中核を担った大物政治家やレフ・トロツキー（一八七九－一九四〇）らに率いられた左翼反対派を含む十六名。全員が外国のスパイとして破壊活動を行うとともにスターリン暗殺を企てたとされ、有罪となり銃殺刑を宣告された。なお、トロツキー自身は一九二九年に国外追放されており、この時点では亡命先にいたため殺されなかったが、スターリンの送り込んだ刺客により一九四〇年に亡命先のメキシコで暗殺されている。

(34) モデルとなっている事件は第二次モスクワ裁判である。一九三七年一月二十三日から一月三十日にかけて開かれた。被告人は十七名で、左翼反対派に加え、スターリンの失政のスケープゴートとして各産業分野の責任者なども含まれていた。外国のスパイとして破壊活動を行うとともにスターリン暗殺を企てたとされ、十三名が銃殺刑、四名が懲役刑を受けた。なお、この四名も一九四一年までに全員獄中で殺害された。

(35) モデルとなっている事件は第三次モスクワ裁判である。一九三八年三月二日から三月十三日にかけて開かれた。被告人は二十一人で、その中でとりわけ重要なのは、党切っての理論家でもあったニコライ・ブハーリン(一八八八-一九三八)である。外国のスパイとして破壊活動を行うとともにスターリン暗殺を企てたとされ、十八名が銃殺刑、三名が懲役刑を受けたが、この三名もやはり一九四一年に全員獄中で殺害された。

(36) 歴史的事実としては、カテゴリーP=「裁判の対象者」が、公開裁判の形で行われたモスクワ裁判などの被告たちに対応するのに対し、ここで言うカテゴリーA=「行政処分の対象者」は、こうした見せしめ裁判と並行してスターリンが行った、はるかに規模の大きい大粛清の犠牲者を指す。その対象は、共産党幹部、一般党員にとどまらず一般の人々にも及ぶが、この時期だけで百三十万人以上が即決裁判や欠席裁判で有罪となり、約七十万人が死刑判決を受け、残りの六十万人以上も強制収容所や刑務所に送られた。地域によっては軍や党の地方組織の幹部のほとんどがスパイや反逆者として粛清され、組織が機能麻痺したり、ひどい場合は指導部がまるごと消滅したりするケースもあった。こうした大粛清の理由としては、スターリンの異常なまでの猜疑心のほかに、農業集団化の失敗や経済建設の遅れの責任を取らせるスケープゴートを必要としたこと、軍や党の幹部を自分が昇進させた若い世代に総入れ替えすることで自分に忠誠を尽くさせ、個人崇拝を徹底させようとしたことなどがあったと言われている。

(37) ゲルマン民族の優秀性という幻想を説き、それによる世界秩序の再編を唱えたナチス政権を指す。

(38) 航行時の船の安定性を保つために、船底やタンクに積む水・砂などの重量物のこと。

(39) この文と後続する文の背後には、モーゼによってエジプトから連れ出されたイスラエルの民が、偶像崇拝を禁じた神の掟を破り、黄金の仔牛の像を崇めたために罰せられたこと(旧約聖書　出エジプト記　第三十二章)、約束の地カナンを前にして敵に尻込みしたため、罰としてカナンに入る前にその後四十年間砂漠をさ迷わねばならなかったこと(旧約聖書　民数記　第十四章)などに関する旧約聖書の記述がある。

(40) 異端審問とは中世にカトリック教会が異端者の審問と処罰のために設けた宗教裁判を指す。特に十五世紀中頃のフェルナンド二世の時代にスペインで行われた異端審問は過酷であり、その異端審問所長官（大審問官）トマス・デ・トルケマダは十八年間の在職中に八千人を焚刑（火あぶり）に処したと伝えられている。

（41）一九二〇年代末から一九三〇年代前半にかけてスターリン体制下で実施された農業の集団化を指す。革命直後には、一九一七年に採択された「土地に関する布告」を通じ、地主や貴族の所有していた土地を国有化し、その利用権を農民に与えるという形で個人農家が作り出された。農業の集団化では、農業生産の主体は農家からコルホーズに変わったが、その過程で、集団化に抵抗する自営農民に対する「クラーク（富農）撲滅運動」と称した弾圧（穀物の強制的な徴発、強制移住、収容所送り）が行われた。これにより、この時期のソビエト連邦の農業生産高は五十％減少し、大規模な飢饉（一九三二－一九三四）を招き、国内で六百万人から七百万人と推定される餓死者が出た。犠牲者の大部分は、現在のウクライナの農民であった。ホロドモールと呼ばれるこの大飢饉は、天候不順などで食糧が不足しているにもかかわらず、極端に高い工業化目標を掲げ、それに必要な外貨獲得のために農民を犠牲にして穀物の強制的な徴発による飢餓輸出を続けたために、人為的に引き起こされたものであった。また、クラーク（富農）といっても、その概念自体が当時の集団化政策によって構築されたもので、その実体は豊かな階層ではなく単なる自営農であり、貧しい階層も含まれていた。

（42）アンチキリストは、新約聖書「ヨハネの手紙」に記述のあるキリストの敵を意味し、この世の終末が近づいたときに現れるとされ、イエスがキリストであることを否定し、教会を迫害したり、キリストの名を騙って誤った教えを流布して人々を惑わしたりする偽預言者を指す。

（43）第三インターナショナル（コミンテルン）を指す。詳しくは註(13)参照。

（44）「同志よ、日向へ、自由へ」（ドイツ語：Brüder, zur Sonne, zur Freiheit）は、もともとレオニード・ペトロヴィチ・ラディン（一八六〇－一九〇〇）がモスクワのタガンカ刑務所で作ったロシア語の有名な労働歌「勇敢なる同志よ、歩め！」（ロシア語：Смело, товарищи, в ногу!）のメロディーに、ドイツ語で新たに作詞した歌の題名である。なお、この歌のメロディーは人気があり、労働歌として各国語版の複数の詞がつけられただけでなく、ナチスの突撃隊もこれを利用し、「鉱山と炭鉱の同志よ」（ドイツ語：Brüder in Zechen und Gruben）という詞をつけ、行進曲として使っていた。

(45) アメリカの作家ワシントン・アーヴィング(一七八三―一八五九)による短編小説の主人公の名前。小説のストーリーは、主人公の猟師が山中でオランダ人の一団に遭遇し、振る舞われた酒を飲んで寝てしまうが、目覚めたら下界では何十年も過ぎて世の中が変わってしまっていたというもの。いわゆる浦島太郎伝説のアメリカ版。

(46) 歴史的事実としては、第一次世界大戦後のハンガリー革命とその失敗をめぐる経緯が背後にあると思われる。一九一九年三月、政権を握った共産党はハンガリー・ソビエト共和国を宣言し、コミンテルンの指導の下に農地改革や企業の国有化を始めたが、ホルティ将軍が率いる反革命軍がブダペストに入城すると、クン・ベーラを首班とした共産主義政権は四か月で崩壊した。その後、ホルティによる権威主義的支配体制が続き、ハンガリーは第二次世界大戦でも枢軸国側に参加した。なお、クン・ベーラは革命政権の崩壊後にソビエト連邦に亡命し、コミンテルンで活動するが、スターリンによる大粛清の犠牲となって一九三九年に処刑された。

(47) レフ・トルストイ(一八二八―一九一〇)はロシアの小説家。『戦争と平和』、『アンナ・カレーニナ』、『復活』などの作品がある。伯爵家に生まれながら、人間の良心とキリスト教的博愛主義に基づく人道主義的な立場から体制批判を行った。その作品には、単なる理想主義にとどまらない骨太のリアルな描写が多い。

(48) 荒野で四十日間断食し神に祈るイエスに対し、自分を礼拝すれば奇跡や不死や地上の権力を与えようとサタンが三度誘惑した際、それを退けてイエスが投げた言葉(新約聖書 マタイによる福音書 第四章 第十節)。コイネー(古代ギリシャ語)で「サタンよ、退け」の意。

(49) カント哲学の用語で、経験に先だって人間が持つとされる先験的認識能力や先験的意志能力。狭い意味では、論理的な推論の能力。

(50) 受難劇とは、新約聖書に描かれたイエス・キリストの受難を題材とする宗教劇の一種である。通常は、歓呼の叫びで迎えられたイエスのエルサレム入城から始まり、裁判、十字架上での苦悶の死、復活と昇天までが描かれる。聖書の内容を字の読めない民衆に教え広めるため、中世以降クリスマスや復活祭などの際に繰り返し上演された。

(51) イグナティウス・デ・ロヨラ(一四九一―一五五六)はスペインの宗教家。清貧、貞潔、宣教を掲げてイエズス会を創設し、プロテスタントの宗教改革に対抗した教会改革と宣教に努めた。イエズス会は、ロヨラが導入したその軍隊的な規律で有名。

（52）カール・マルクス（一八一八－一八八三）はドイツの革命家、政治家、哲学者であり科学的社会主義の創始者。共産主義の目的と見解をはじめて明らかにした『共産党宣言』や、資本主義を政治的経済学的に分析した『資本論』の著者。哲学的にはヘーゲル左派に属する。いわゆるマルクス主義の名称は彼の名前に由来する。

（53）ゲオルク・ヴィルヘルム・フリードリヒ・ヘーゲル（一七七〇－一八三一）はドイツ観念論における最も重要な哲学者のひとり。自然、歴史、精神を含む世界を、矛盾を内蔵しながらつねに変化する弁証法的発展の過程として捉えた。その主著は、『精神現象学』、『論理学（大論理学）』など。

（54）スパルタクス（？－前七一）は古代ローマの剣闘士奴隷であり、ローマ史上最大の奴隷反乱であった第三次奴隷戦争（通称：スパルタクスの乱）の指導者。この反乱は二年間にわたりローマに抵抗したが、最後は、執政官クラッススの率いるローマ軍に破れ全滅した。なお、ケストラーにはスパルタクスを主人公とした『奴隷戦争』（*Der Sklavenkrieg* [1939]）という小説がある。

（55）ジョルジュ・ダントン（一七五九－一七九四）はフランス革命期の政治家。ジャコバン派の指導者のひとりだが、恐怖政治の早期収拾を説き、ロベスピエールらと対立し、「寛容派」として処刑された。

（56）フョードル・ドストエフスキー（一八二一－一八八一）はロシアの小説家。二十代の頃に空想的社会主義の一種であるフーリエ主義を信奉する革命サークルに加わり、四年間の懲役刑を受けた。『カラマーゾフの兄弟』、『悪霊』、『白痴』、『罪と罰』、『地下室の手記』などの作品がある。これらの作品の中では、本小説の中でも取り上げられる『罪と罰』のように、道徳的基準の源であった神が存在しなくなって以降の世界における人間の自由と倫理の根拠の問題が、しばしば主題として取り上げられている。

（57）ネロ（三七－六八）はローマの皇帝。身内の殺害や、ローマの大火の責任をキリスト教徒に負わせ大虐殺を行ったことなどから、暴君の典型とされる。

（58）ジョゼフ・フーシェ（一七五九－一八二〇）はフランスの政治家。革命期には反革命派を弾圧したが、政治的な変節を繰り返し、テルミドールのクーデター以降も、総裁政府、ナポレオン時代、王政復古期に、いずれも警察大臣としてつねに権勢を持ち、その時々の反対勢力を弾圧した。そのため「変節の政治家」として知られる。

(59) マハトマ・ガンディー（一八六九—一九四八）はインド独立運動の指導者。イギリスの植民地支配に対して、非暴力・不服従の抵抗運動を展開した。

(60) 銀貨三十枚と引き換えにキリストを売ったユダの行為を指す。（新約聖書　マタイによる福音書　第二十六章　第十四—十五節）

(61) ここの叙述の背後には、「主の使は、しばの中の炎のうちに彼に現れた。」（旧約聖書　出エジプト記　第三章　第二節　新共同訳）、「モーセが神のもとに登ると、主は山から彼を呼んで言われた」「主はモーセに言われた、『見よ、わたしは濃い雲のうちにあって、あなたに臨むであろう』」（旧約聖書　第十九章　出エジプト記　第三節、第九節　新共同訳）などの聖書の記述がある。

(62) 註(41)参照。

(63) ソビエト連邦では、既に革命直後から政治犯を収容する強制収容所がソロヴェツキー諸島にあったが、一九三〇年代のクラーク（富農）撲滅運動や大粛清に伴って、新たに大規模で本格的な強制収容所が、国内の主に辺境地域に作られた。それらは、その後も労働収容所として量と数を拡大し、スターリンの死後の一九五七年まで存続した。収容所での強制労働による労働力は、ソ連経済の開発計画の中に不可欠の構成要素として組み込まれた。一九三〇年代から一九五〇年代の間に数百万人が送り込まれ、過酷な労働を通して運河開発や鉱山開発、地方都市建設などの社会的インフラ建設に従事させられた。その間、厳しい労働条件と虐待により収容者の一割が亡くなっている。ちなみに、第二次世界大戦後の日本兵の「シベリア抑留」もこうした収容所への収容とそこでの強制労働という形で行われた。たとえば高杉一郎のシベリア抑留記『極光のかげに』（一九五〇）を読むと当時の収容所での状況がよくわかる。なお、これらのソ連時代の犯罪行為による被害の詳しい実態は、スターリンの死後も、「雪どけ」と言われたフルシチョフ時代の一時期を除けば、ソ連崩壊までは隠されていた。しかし『収容所群島』を書いたソルジェニーツィンの著作を通じて、また一九八〇年代後半のペレストロイカ以降は、アンドレイ・サハロフ博士らによって設立された国際人権団体「メモリアル・インターナショナル（MEMORIAL International）」による聞き取り調査などを通じて少しずつ明らかになってきた。ただし、二〇〇〇年代に入りロシアのプーチン政権が独裁的な傾向を強め、ソ連時代の強大なロシアの復活を志向するようになると、こうした負の過去との対峙にはふたたび圧力がかかり、その活動は政治的な弾圧を受けるようになった。ロシア最高裁判所は、二〇二一年十二月にメモリアル・インターナショナルの解散を命じたが、その活動は続き、メモリアルは二〇二二年十月にノーベル平和賞を受賞した。

(64) 表現主義は、主に一九一〇年頃から一九二〇年代前半までに見られた芸術潮流で、自然主義や印象主義に対立し、外界そのものや外界の印象をそのまま表現するのではなく、それから得られた内面の動きを主観的に表現することに重点を置いた。

(65) 自然主義は、自然科学の進展により、現実と現実をそうあらしめている因果関係が意識されるようになったことを背景として十九世紀後半から起こった芸術潮流で、理想化を行わずたとえ醜悪なものでも現実をありのままに描写しようとする芸術的な立場を指す。

(66) ナチスドイツにおけるヒトラー崇拝を指す。

(67) ルキウス・コルネリウス・スッラ（前一三八-前七八）は共和政ローマ後期の独裁官。その保守的な政策と冷酷さで知られた。

(68) ガストン・デ・ガリフェ（一八三〇-一九〇九）は第二帝政期のフランスの将軍兼戦争大臣。普仏戦争さなかに二か月間だけ存続した世界最初の労働者階級による革命政権パリ・コミューン（一八七一）鎮圧の責任者であり、鎮圧後の、殺戮に近い過酷な掃討によって知られた。

(69) アレクサンドル・コルチャーク（一八七四-一九二〇）はロシア帝国の軍人、ロシア革命後のロシア内戦での白軍の総司令官。

(70) 日本聖書協会の新共同訳による。

(71) 靭皮とは、樹木の堅い外皮の内側にあって、比較的柔らかいが強靱な繊維を含む薄い皮のことを言う。

(72) キリスト教系の教会などで、ミサなどの際に先唱者の唱句に呼応して、残りの会衆が祈りを唱える形で進行する祈りの形式。

(73) ワイヤーなどを使って書き割りや小道具や人形などを上からつるしたり、動かしたりする仕掛けのある舞台の天井。

(74) 二十世紀の前半、図書館、裁判所、法律事務所、銀行などでは、バンカーズ・ランプと呼ばれるアール・デコ様式の緑色のガラスのランプシェードを持つ真鍮製の卓上スタンドが広く使われていた。

(75) レープクーヘンは蜂蜜を甘味料とし、シナモンなどのスパイスや柑橘類の皮やナッツ類を用いて焼いた柔らかいクッキー。クリスマスシーズンに作られることが多く、大きさも大小さまざまだが、丸い形だけでなく装飾も兼ねてハートや星や家や人の形にして色付けされたりする場合も多い。

(76) 旧約聖書に書かれた神話上の大洪水。神は堕落した人類を滅ぼすために四十日間雨を降らせ、それにより地上を百五十日間水が覆い、ノアの方舟に乗った生きもの以外はすべてのものが死に絶えたとされる(旧約聖書　創世記　第六章-第八章)。

(77) 遮眼灯は、後ろ側に光を反射する枠があり、光が正面だけを照らすので、相手からは自分が見えないタイプの灯りのことを指す。

(78) 音楽家が演奏するのではなく、たとえば人がクランクを回したり、重りやバネで駆動する時計仕掛けで自動演奏できるオルガンを言う。初期の頃は、演奏される音楽は、オルゴールのように多数のピンのついた曲用ローラー(ドラム式の回転胴)に記録されていたが、大きさの決まった曲用ローラーでは、演奏時間も限られていたため、曲のレパートリーを増やすためには、それを取り替える必要があった。

(79) 西洋における接吻は、尊敬、親愛、恭順の印として、親しい者や敬うべき者の額や頬や手や唇などに自分の唇を当てる行為である。しかし、ここでの叙述は、たとえば新約聖書における以下のユダの裏切りのシーンも想起させる。「イエスを裏切ろうとしていたユダは、『わたしが接吻するのが、その人だ。捕まえて、逃がさないように連れて行け』と、前もって合図を決めていた。ユダはやって来るとすぐに、イエスに近寄り、『先生』と言って接吻した。」(新約聖書　マルコによる福音書　第十四章　第四十四-四十五節　新共同訳)

(80) ヒトラーとその演説時の特徴を指している。

(81) モスクワ裁判を指す。

（82）当時から穀倉地帯として有名であった今日のウクライナを指す。ウクライナは、革命前は旧ロシア帝国領であったが、十月革命後の一九一七年にウクライナ人民共和国としていったん独立を宣言した。しかし、一九二一年に内戦が赤軍の勝利に終わると、ふたたびソビエト連邦に組み入れられ、この会話が行われた当時はその一部であった。ここでのフォンZ氏の発言からは、反対派が国内で内紛を起こそうとしているならばそれをけしかけ、その混乱に乗じてソ連領内で不満を持つウクライナ民族主義者に反乱を起こさせ、それに介入するという形でふたたび東方に勢力圏を拡大したいというドイツ側の政治的な思惑が読み取れる。なお、ウクライナでは、スターリン専制下での過酷な政策と恐怖政治に対する反発から、独ソ不可侵条約を破棄したドイツ軍が一九四一年六月に実際に侵攻してくると、それを歓迎する者も多く、ウクライナ民族主義者の中には、当初ナチスとともに戦って「独立ウクライナ国家」の樹立をめざしたステパーン・バンデーラのようにリヴィウポグロムなどの民族浄化に加担した者もいた。ただしナチスは、ウクライナ民族主義者を利用しただけで、ウクライナの独立は認めようとはせず、むしろ独立運動を弾圧した。またそもそもウクライナ人を含むスラブ系の人たちを「劣等種族」と見なし、農民たちを過酷に収奪したため、その後の独ソ戦ではウクライナ人の多くはドイツ軍と戦い、多数の犠牲者を出した。第二次世界大戦でのソ連の死者二千六百六十万人のうち六百八十五万人はウクライナ人だと言われている。戦後、ウクライナは再度ソ連に組み入れられ、一九九一年のソ連崩壊によりようやくウクライナ共和国として独立を果たしたが、二〇二二年二月以降、ふたたび、ロシアのプーチン政権による侵略を受けている。

（83）ドイツ語の「フォンZ」という名前のフォン（von）は英語のofやfromに相当し、土地を表す固有名詞の前に付けると「Zという領地を持った、Zという領地出身の」という意味を持つ。したがって、vonが付く名字は、通常は、本人あるいはその先祖が貴族や領主であったことを示唆する。

（84）保守反動と社会主義運動弾圧の拠点でもあったドイツの参謀本部は、第一次世界大戦末期、「敵の敵は味方」という論理に従い、敵国ロシアを革命運動によって弱体化させるため、当時スイスに滞在していた共産党（ロシア社会民主労働党）の多数派（ボリシェビキ）指導者レーニンが、途中下車のできない封印列車でドイツ領を通ってロシアに帰国することを許した。ここの記述はそのことを指している。

(85) 第一次世界大戦末期の一九一八年三月六日に、革命後のロシアは、これ以上の戦争継続は困難と判断し、ドイツと単独講和するためブレスト・リトフスク条約を締結した。その際、足下を見られたロシアは、領土的に大幅な譲歩を強いられ、穀倉地帯のウクライナをはじめ、旧帝政時代のロシア領の多くを失った。その中には、現在のフィンランドやバルト諸国なども含まれている。ここの記述はそのことを指している。

(86) 旧約聖書では、アダムが寝ているときに、神がそのあばら骨の一部を取ってイブを作ったとされ、聖書にはアダムの言った以下の言葉が記されている。「人は言った。『ついに、これこそわたしの骨の骨　わたしの肉の肉。これをこそ、女（イシャー）と呼ぼう。まさに、男（イシュ）から取られたものだから。』」（旧約聖書　創世記　第二章　第二十三節　新共同訳）

ここでは、もともとは自分の一部だったものが、自分とは異質のものとして自己に対立するようになるという本文のこれ以降の記述を象徴する表現として使われている。

(87) ここの叙述は聖書における以下の二箇所の記述を背景としている。「そして、互いに言い合った。『さあ、一人の頭を立てて、エジプトへ帰ろう。』」（旧約聖書　民数記　第十四章　第四節　新共同訳）「イスラエルの人々は彼らに言った。『我々はエジプトの国で、主の手にかかって、死んだ方がましだった。あのときは肉のたくさん入った鍋の前に座り、パンを腹いっぱい食べられたのに。あなたたちは我々をこの荒れ野に連れ出し、この全会衆を飢え死にさせようとしている。』」（旧約聖書　出エジプト記　第十六章　第三節　新共同訳）

(88) 公安委員会はフランス革命中の一七九三年に国民公会によって設置された政治機構で、一七九四年七月二十七日に、テルミドール九日のクーデターによってロベスピエールらが逮捕されるまでは、事実上の革命政府だった。

(89) 第三インターナショナルを指す。詳しくは註(13)参照。

(90) 歴史上は一九四一年六月に始まったドイツとの戦争を指す。スターリン指導下のソビエト連邦は、一九三九年八月にナチスドイツと独ソ不可侵条約を結び、ポーランドを東西で分割し合った。これによりソ連の中立性を確保したドイツは、一九三九年九月にポーランドに侵攻して第二次世界大戦が始まったのだが、ドイツは一九四一年六月二十二日にこの独ソ不可侵条約を破棄し、ソ連領内に突如侵攻した。

(91)「わたしは泥の中に投げ込まれ塵芥に等しくなってしまった。」(旧約聖書　ヨブ記　第三十章　第十九節　新共同訳)という聖書の記述が背後にある。
(92)「兵士たちは、官邸、すなわち総督官邸の中に、イエスを引いて行き、部隊の全員を呼び集めた。そして、イエスに紫の服を着せ、茨の冠を編んでかぶらせ、『ユダヤ人の王、万歳』と言って敬礼し始めた。また何度も、葦の棒で頭を叩き、唾を吐きかけ、ひざまずいて拝んだりした。」(新約聖書　マルコによる福音書　第十五章　第十六-十九節　新共同訳)からの部分引用。
(93)ケロシンなどの揮発性の低い灯油を燃料とする卓上コンロ。
(94)「イエスは言われた。『ペトロ、言っておくが、あなたは今日、鶏が鳴くまでに、三度わたしを知らないと言うだろう。』」(新約聖書　ルカによる福音書　第二十二章　第三十四節　新共同訳)からの引用。
(95)新約聖書　マタイによる福音書　第五章　第三十七節からの引用。
(96)ここまでのルバショウの発言では、第三次モスクワ裁判でのブハーリンの最終弁論での実際の発言が部分的に使われている。
(97)すべての神に献げられた神殿という意味で、もともとは古代ローマ最大の円形の神殿を指す。そこから転じ、すべての国家的英雄や功労者をまつる霊廟という意味で使われることが多い。実際に、パリのパンテオンも、一七九一年以来、フランスの偉人たちをまつる墓所として利用されている。
(98)この綴りが表すichは原作のドイツ語で一人称単数の「わたし」を意味する。
(99)ジークムント・フロイト(一八五六-一九三九)を指す。フロイトは、Das Unbehagen in der Kultur(1930)(邦訳『文化の中の居心地悪さ』嶺秀樹・高田珠樹訳　二〇一一)の冒頭で、ロマン・ロランが宗教的意識の源泉と呼んだ「大洋的」感情について分析している。
(100)主に外科で、不良肉芽などを焼灼し傷の治癒を促進するために使われていた、硝酸銀を主成分とする薬品を尖端に付けた治療用の細長い棒。
(101)ボルジア家出身の教皇アレクサンデル六世(一四三一-一五〇三)は、ルネサンス期に見られた世俗化して腐敗した教皇の代表格であり、カトリック教会の権威を大きく失墜させたことで有名。本来は妻帯禁止の聖職者でありながら、愛人との間に複数の子供がおり、縁故や賄賂を使って教皇職を得ると、息子のチェーザレ・ボルジアをはじめ身内の者を要職に就け、政略結婚や政敵の暗殺による財産没収などの権謀術数を駆使してボルジア一族の繁栄とローマ教皇庁の軍事的強化に努めた。また、それによりローマの治安悪化やフランスからの干渉戦争を招いた。

(102) 原作の原稿では、三〇一号から三〇七号と間違った数字が挙げられている。それぞれ四〇一号から四〇七号と訂正して訳した。

(103) キリストは捕らわれる日の夜、ゲッセマネの園で、自分と一緒に一晩中祈るよう弟子たちに命じたが、弟子たちは疲れて眠ってしまう。その際に、キリストが弟子のひとりペトロに言った以下の言葉が背景にある。「誘惑に陥らぬよう、目を覚まして祈っていなさい。心は燃えても、肉体は弱い。」(新約聖書 マタイによる福音書 第二十六章 第四十一節 新共同訳)

(104) 原作の原稿では、この箇所とその二行後に、十八年間の日数換算では数値的に合わない三五三〇日と三五二九日という数字がそれぞれ挙げられている。千の位の数字に関し、六と三を取り違えたと思われるので、それぞれ六五三〇日と六五二九日に訂正して訳した。

(105) ここの叙述の背後には以下の聖書の記述がある。「モーセはモアブの平野からネボ山、すなわちエリコの向かいにあるピスガの山頂に登った。主はモーセに、すべての土地が見渡せるようにされた。ギレアドからダンまで、ナフタリの全土、エフライムとマナセの領土、西の海に至るユダの全土、ネゲブおよびなつめやしの茂る町エリコの谷からツォアルまでである。主はモーセに言われた。『これがあなたの子孫に与えるとわたしがアブラハム、イサク、ヤコブに誓った土地である。わたしはあなたがそれを自分の目で見るようにした。あなたはしかし、そこに渡って行くことはできない。』主の僕モーセは、主の命令によってモアブの地で死んだ。」(旧約聖書 申命記 第三十四章 第一節—五節 新共同訳)

(106) ヒトラーを指す。この作品に特徴的なことだが、ここでも、ヒトラーとスターリン体制の類似性が一貫して示唆されている。

訳者あとがき

本作は、ハンガリー生まれのユダヤ人作家、アーサー・ケストラー（一九〇五ー一九八三）の長編小説『日蝕（Sonnenfinsternis）』を、ドイツ語原本から初めて翻訳したものである。

『日蝕』は、スターリン専制下のソビエト連邦（以下、ソ連と略す）で一九三〇年代後半に行われたモスクワ裁判の犠牲者をモデルとした政治小説である。それと同時に、ドストエフスキーの『罪と罰』や『悪霊』や『カラマーゾフの兄弟』の系譜を受け継ぎ、政治と倫理の問題をめぐる議論の交わされる観念小説でもある。さらには、全体主義的な体制下の監獄で、一人で戦わねばならなかった孤独な人間の心の動きを丹念に追ったサスペンスタッチの心理小説でもある。作品は主人公の老革命家ルバショウが逮捕されるところから始まり、彼が処刑されるまでの獄中体験に過去の回想シーンがフラッシュバックされる形で進行する。

ケストラーは一九四〇年三月にこの作品をパリで書き上げた。しかし、その頃すでにナチスドイツによるパリ侵攻が迫っており、ドイツ軍から逃亡する混乱の中で、このドイツ語原稿は失われてしまった。そのため、当時、ケストラーのガールフレンドであった二十一歳の美術学生ダフニー・ハーディが訳した英訳原稿だけが残った。それが一九四一年にロンドンで出版され、いわばそのまま原作に「昇格」することになった。日本でもこの英訳版からの重訳が、戦後まもなく『真昼の暗黒（Darkness at Noon）』という題で二度翻訳され、二〇〇九年には岩波文庫からも翻訳が出た。ところが、長らく失われたと考えられてきたドイツ語原本のタイプ原稿が、二〇一五年に若きドイツ人文学研究者マティアス・ヴェーセルの手によって、チューリヒのある出版社の資料庫で七十五年ぶりに発見された。

原作のタイプ原稿は、英語版とはもともと少し内容が異なるうえ、両者を突き合わせてみると、ダフニー・ハーディが訳し飛ばしたり誤訳したりした箇所も多い。特に心理描写などでは、英語版からの翻訳では酌み取りにくかった表現も、ドイツ語の原作を読むと腑に落ちるところが多い。訳者の感想では、ケストラーはこの心理小説を、個々の語彙選択や多くの伏線を含めてかなり緻密に計算して書いており、すべての心理表現が細部に至るまで非常に明快で、その意図を理解して訳せば曖昧にはならない。英語版のもう一つの問題は、原作では非常に明瞭な、ナチスとスターリン体制という二つの全体主義的な体制の並行性を意識させる表現が、しばしば曖昧になっている点である。この作品を、二十世紀に一時期存在したソ連型社会主義やスターリン専制下で行われた残虐行為を批判した反共小説とのみ捉えるのか、それとも、何らかのイデオロギーや理念、あるいは宗教、民族、国家などの共同幻想に基づく理想社会の実現や、それらを共有する既存の共同体の防衛という〝崇高〟な目的を掲げて突き進む政治運動の危険性と呪縛を広く問題としたアンチ・ユートピア小説と捉えるのか。これは、本小説が持つ批判の射程にも関わる重要な点である。こうした事情もあってか、二〇一八年にドイツ語原作が初めて出版されたのに次いで、それを原本に改めて訳し直した英語版も二〇一九年にニューヨークで出版されている。以上が、既に先達による翻訳が数点ある作品を、訳者が今回改めて原作から訳出したいと思った理由の一つである。

もちろん翻訳を志した最大の理由は、この作品自体のおもしろさにある。すでに、述べたように、『日蝕』は、政治小説であり、観念小説であり、心理小説でもある。
政治小説という観点で言うと、日本では、この作品は戦後一時期ベストセラーになったものの、どちらかと言うと、当時はまだ実態のよくわからなかったソ連の内実を暴露した反共小説としてのみ読まれ、現在はほとんど忘れられたかの感がある。しかし、後に『一九八四年』や『動物農場』を書いたジョージ・オーウェルは、この作品を「傑出した小説」として絶賛し、『収容所群島』の著者ソルジェニーツィンやケストラーの伝記作者でもあるマイケル・スキャメルも、新たに出版されたドイツ語版に寄せた序文の中で、この小説を評して以下のように述べている。

「『日蝕』はアンチ・ユートピア小説であり、ザミャーチンの『われら』、ハクスレーの『うるわしき新世界』、オーウェルの『一九八四年』、そしてブラッドベリの『華氏四五一度』と比較し得る。残念なことに、これらはいずれも、今日に至るまでその現実性を少しも失っていない二十世紀からの警告の声である。」

また、最初に英語版が出た英語圏でも、アメリカの「現代文学社（Modern Library）」編集部が、英語で書かれた重要小説百選リストの第八位にこの小説を選ぶなど、今でも重要な小説と見なされている。ちなみに、二〇一八年に新たに出版されたドイツ語版も、書籍、音楽、映画などに関するドイツ語圏での著名なランキングサイト「歴代最高傑作（Die Besten aller Zeiten）」で、同年に出版された他の十四冊の小説と並んで、二十一世紀に出版された小説ベストランキングの中に選ばれている。

さて、この作品の直接の背景には、すでに述べたようにモスクワ裁判がある。また、ケストラーがこの作品を書くに当たっての直接の問いは、ロシア革命の指導的メンバーであり、いわば筋金入りの共産主義者であったブハーリン、カーメネフ、ジュノヴィエフ、カール・ラデックらの被告たちが、なぜ一様に、自分たちが犯してもいないグロテスクな犯罪を自ら進んで認めたのかということだと言われている。実際、主人公のルバショウも、その外見と性格はトロツキーとカール・ラデックを、思考方法はブハーリンをそれぞれモデルにしたと著者自身が旧ドイツ語版のあとがきの中で述べている。しかしその一方で、ドイツの地方都市の党細胞リーダーのリヒャルトやベルギーの港湾地区党幹部レーヴィと主人公ルバショウとの関係など、小説の中で語られる主要なエピソードは、むしろ中堅活動家としての体験を思わせ、一九三一年に共産党に入党し、ナチス政権下でソ連の諜報員として非合法活動をしていた時代のケストラー自身の体験や見聞が基になっている。また、リアルな獄中体験の描写なども、実際にスペインで右派のフランコ政権軍側に逮捕、投獄され、死をも覚悟せざるを得なかった作者の実体験が反映している。その意味で、モスクワ裁判の犠牲者に仮託しながらも、その重点は、自らが正しいと信じ命懸けで行ってきたこれまでの活動の何が問題だったかを、改めて問い直すことにあったように思われる。

ソ連型の社会主義は、二十世紀最大の政治的実験と言われ、多くの血の犠牲の下に成立し維持されたが、それは、共産党の一党独裁のもとで作られた中央集権的官僚体制とそれに寄生する一部の特権階層（ノーメンクラトゥーラ）を生み出しただけで、経済発展や基本的な生活レベルの向上という点でも資本主義の自由市場経済に完敗した。残ったのは、物不足の恒常化と社会活動全般の停滞、および個人の自由を抑圧する閉塞した社会のみで、その多くは一九九〇年前後に自壊した。そうした現実を歴史的な事実として既に確認済みの今日の私たちにとっては、当時の人々が、なぜ社会主義にそれほどの魅力を感じたのかを心理的に追体験することはむずかしい。しかし、ヤン＝ヴェルナー・ミュラーが『試される民主主義』（上巻　岩波書店、二〇一七）の序章で「イデオロギーの名のもとに作られた制度の多くが、救いようもなく時代遅れだと思われた自由主義の諸制度よりも、遙かに優れた機能を確実に発揮すると、多くのヨーロッパ人は信じていた」と書いているように、剥き出しの市場経済の下で一部の特権階層と大多数の貧困層の差が歴然としてあった時代には、資本主義から社会主義への転換は歴史的必然であり、社会主義経済の発展こそが人類に貧困と抑圧のないユートピアをもたらし、それを担う唯一の前衛である共産党は歴史の意志を体現した絶対的な存在であるというイデオロギッシュな主張には、抗いがたい魅力があった。獄中のルバショウの述懐の中にも、ロシア革命により、誰もが「ユートピアへの門が開かれ」たと思ったという記述がある。だが、そうした理想社会実現という目標を掲げながら、当時のスターリン専制下では、秘密警察と密告の助けを借りた恐怖政治が続き、農業集団化の過程で人為的に引き起こされた大飢饉ホロドモール（一九三二―一九三三）により数百万人が餓死し、大粛清（一九三〇年代）により百三十万人以上が犠牲となっていた。また、各地に作られた大規模な強制収容所ではのべ数百万人の人々が非人間的な条件の下で強制労働を強いられ、（一九三〇年代―一九五〇年代）、ソ連一国の利害を優先するあまり国際的な労働運動や平和運動に混乱をもたらすような裏切り行為（独ソ不可侵条約調印、第一次ソ連・フィンランド戦争など）も行われた。それらの多くは作品中で、直接的あるいは間接的な形で繰り返し言及されているが、この理想と現実の差が大きければ大きいほど、こうした運動に身を投じた者にとって問題は深刻であったであろう。

この作品の主人公ルバショウは、自分が理想だと信じた目的のために生涯をかけ、自己犠牲を厭わず献身的に活動してきた。しかし、やがてその理想とは矛盾する現実に次々と直面すると、現状をあるべき理想からの逸脱と解釈し、反対派として、ナンバー・ワン（スターリン）主導の主流派の路線から心理的な距離を取り始める。しかし、彼は何の組織だった行動を起こすこともなく、将来何らかの大衆的な反対運動の機運が起こり、再び政治的に影響力を発揮できるようになるまで生き残ることを優先する。そのため、表向きは主流派への忠誠表明を繰り返し、同じような志を持つ仲間や個人秘書のアローヴァが粛清されていくのも見殺しにする。その結果、少しずつ外堀を埋められる形で追い詰められ、けっきょくは逮捕されてしまう。獄中で、自らの反対派としての中途半端で一貫性のない立場の無力さを突きつけられ、はじめてこれまで活動の何が問題であったかを突き詰めようとする。しかし、それまでの思考方式から抜けられないルバショウには、「目的は手段を正当化する」というテーゼを前提に、その目的として何が正しいのかをただ論理的に（logisch）一貫性を持って（konsistent）考え抜くことしかできない。そして、まさにこの抽象的な思考方式により、「血と嘘の中でしか未来のユートピアが築けないのなら、大衆の意識が未成熟な時代には、反対派の主張よりもナンバー・ワンと党主流派のやり方が正しい」という論理に絡め取られ、もしそうであるなら、「そうした歴史の意志を体現した国家と唯一の前衛である党を守ることが何よりも重要だ」というグレトキンの主張に屈服する。そして、これまで「目的は手段を正当化する」というテーゼに則り、将来の戦いに備えて生き残るという〝正しき〟目的のために手段としての他者を見殺しにしてきた過去の罪悪感から、今度は、「反対派が揺るがした党の不謬性と一体性を回復する」という〝正しき〟目的のために自らを差し出し、党に最後の「奉仕」をするため、犯してもいない罪を認め、反革命スパイ分子として処刑されるという道を選ぶ。作者は、こうした形で、純粋な論理の生み出した倒錯した結論とそれによる政治的人間としての主人公ルバショウの挫折を描く。

なお、そこにいたる過程では、自由を奪われ、外界から隔離され、情報を遮断され、つねに予測を裏切ることが起きる不条理な状況で、自分の過去と向き合うことを余儀なくされた一個人が、死の恐怖、拷問への恐怖、自らの理念の崩壊の恐怖、見え隠れする無意識の虚栄心などを抱え、過去との対決と過去の合理化への誘惑との間でつねに揺れ動く心理が丁寧に描かれる。そのうえ、今日ではストックホルム症候群という名で知られている「拘束下にある被害者が加害者にある種の好意や共感を抱くようになる」心の動きまでが捉えられていて、睡眠剥奪などの肉体的な圧迫などとあいまって、主人公ルバショウが徐々に現実感覚を失い、前述した倒錯した結論に至らざるを得なかった拘禁下の状況もリアルに表現されている。しかもその合間には、ラジカルな形で社会改革を説く理想主義の危険性を忘れ、つい惹きこまれそうになるほど興味深い観念的な論争が、最初の尋問と独房内での夜の対話という形で、ルバショウと彼の旧友であった予審判事イヴァノフとの間でくりひろげられる。この部分は、同じくドストエフスキーに大きな影響を受けた埴谷雄高の『死霊』や『幻視のなかの政治』などのいくつかの作品にも通じるものがあるが、何らかの理想や共同体の利益を前面に出して個人の尊厳や生存を踏みにじるような行為を正当化しようとする議論では、この作品でイヴァノフが展開した正当化の論理は、残念ながら今なお現役である。

ただし、この作品は、ルバショウの政治的人間としての挫折では終わらない。死刑判決を受け、生者の世界から切り離された時点で初めて、作者が「文法的虚構」と呼んだ物言わぬ相手とルバショウとの別次元の対話が始まる。ただし、そこでの表現形式は、もはや論理的な思索ではなく、切れ切れの回想や脈略のない断章という形式を取らざるを得ない。というのも、論理的な一貫性を持った思索においては、その抽象化の操作により、けっきょくは生身の人間が消えてしまうからであり、これに「目的は手段を正当化する」という論理が加わると、あらゆる行為が簡単に正当化されてしまうからである。死を前にしたルバショウの、「(論理的な一貫性を持って)すべてを最後まで考え抜くのは、おそらく人間には向いていないのだ」、「人間は、そうするには若くて危なっかしすぎるのだ」という切れ切れの述懐は弱々しく響くかもしれない。しかしその中にこそ、〝崇高〟な目的を声高に掲げて突き進む政治運動の魅惑に引き込まれないための鍵があるようにも思える。いずれにせよ、作品の中では、ケストラーが問うた問題の答えは出ていない。

最後になるが、八十年以上前に書かれたこの作品には、たとえば、吃音や口唇口蓋裂症に対する差別的な描写など、今日の観点からは見過ごせないような問題もある。また、主人公やそれに準ずる主要人物はすべて男性であり、ルバショウとアローヴァの関係のあり方も男性にとっていかにも都合が良く、そのほかにも女性蔑視的な表現など、ジェンダー論の観点でみると問題点は多い。それは、当時の共産主義運動における問題であるだけでなく、一部は作者ケストラー自身がそのことに無自覚であったことも関係している。しかし作品そのものの時代的な限界なので、その部分も含めて原作に忠実に訳した。

謝辞：版権取得の交渉や翻訳原稿の校正でお世話いただいた三修社の永尾真理さん、ドイツ語の表現に関する訳者の疑問に丁寧に答えてくれた広島大学の同僚のハンス＝ミヒャエル・シュラルプさん、および、つたない原稿を丁寧に読んで多くのアドバイスをくれた兄の岩崎稔にこの場を借りて感謝したい。また、つねに私の生きる力の源でもあり、三十年以上私と一緒に人生を歩んでくれている岩崎由美子にも、改めて感謝したい。

岩崎克己

二〇二二年末

著者紹介

Arthur Koestler（アーサー・ケストラー）

1905年ブダペストに生まれ、1919年以降ウィーンで育ったドイツ系ユダヤ人作家。1983年ロンドンで自死。1931年に共産党に入党しソビエト各地を旅行。パレスチナ、パリ、ベルリンでジャーナリストとして活動。1936年に英字紙の特派員として内戦中のスペインに派遣。翌年、右派フランコ軍によって投獄されるも、イギリス政府の働きかけで釈放。1938年に共産党を離党後、「モスクワ裁判」の被告たちをモデルとした本作『日蝕』を1940年にパリで書きあげ、ドイツ軍のパリ侵攻から逃れてロンドンに亡命。逃避行中の混乱の中で原作は失われ、英語への翻訳版だけが残る。戦後『真昼の暗黒』という題で何度かその英語版からの重訳が出たが、2015年に75年ぶりにドイツ語原作原稿が発見される。初期の作品：『スペインの遺書（*Ein spanisches Testament* 1937）』、『奴隷戦争（*Der Sklavenkrieg* 1939）』、『日蝕（*Sonnenfinsternis* 1940）』（ドイツ語で執筆）、『出発と到着（*Arrival and Departure* 1943）』、『夜の泥棒（*Thieves in the Night* 1946）』（英語で執筆）など。

訳者紹介

岩崎克己（いわさき　かつみ）

1959年生まれ。金沢大学文学研究科修士課程修了。福井大学教育学部助教授を経て、現在広島大学外国語教育研究センター教授（博士）。主な研究領域は、ドイツ語教育、ドイツ文化事情。著作：『日本のドイツ語教育とCALL—その多様性と可能性—』（三修社 2010）、Wortschatztest zu 100 Grundverben an einer Universität in Japan（*Neue Beiträge zur Germanistik* Nr. 159 2020）など。

日蝕《にっしょく》

二〇二三年五月二〇日　第一刷発行

著者　アーサー・ケストラー
訳者　岩崎克己
発行者　前田俊秀
発行所　株式会社　三修社
〒150-0001　東京都渋谷区神宮前二-二-二二
TEL　〇三-三四〇五-四五一一
FAX　〇三-三四〇五-四五二二
振替　〇〇一九〇-九-七二七五八
https://www.sanshusha.co.jp
編集担当　永尾真理

印刷所　株式会社平文社
製本所　株式会社松岳社
装幀　土橋公政

 ISBN978-4-384-06027-0 C0097